ΈΝΑΣ ΛΌΓΟΣ ΓΙΑ ΝΑ ΖΩ

DOUG SIMPSON

Μετάφραση
NIKOLETTA SAMOILI

Το Ένας λόγος Για να Ζω είναι αφιερωμένο σε όλα εκείνα τα άτομα που κάποια στιγμή πίστεψαν ειλικρινά ότι δεν είχαν λόγο να ζήσουν, αλλά επέμειναν, άντεξαν τις θλιβερές στιγμές και ήταν πολύ ευγνώμονες που δεν έκαναν τη λάθος επιλογή να πάρουν τον εύκολο δρόμο.

ΕΥΧΑΡΙΣΤΊΕΣ

Ένα μεγάλο ευχαριστώ σε όλο το σκληρά εργαζόμενο προσωπικό του εκδότη μου, Next Chapter. Είστε ανεκτίμητοι και πολύτιμοι. Σας ευχαριστώ για όλα όσα κάνετε για εμάς τους συγγραφείς.

ΠΡΌΛΟΓΟΣ

Δεν μπορούσα να κάνω παιδιά.

Κάποιος τρελός μπάσταρδος με έκανε σχεδόν δισεκατομμυριούχο, όταν έστειλε μια σφαίρα στο κρανίο του συζύγου μου ένα βράδυ αργά.

Ήμουν μόνη μου. Δεν είχα κανέναν, απολύτως κανέναν. Είχα πολλά χρήματα, αλλά τα χρήματα δεν είναι τα πάντα, και όταν δεν έχεις τίποτα άλλο, τα χρήματα είναι επίσης τίποτα. Είχα φίλους, αλλά ήταν όλες σύζυγοι ή φίλες των επιχειρηματιών ή των συνεργατών του μακαρίτη του συζύγου μου στο γκολφ. Καμία από αυτές δεν ήταν προσωπικά αρκετά κοντά μου ώστε να σκεφτώ καν να μοιραστώ τις προσωπικές μου σκέψεις μαζί τους.

Δεν φαντάζεστε πόσες φορές κάθισα στο τραπέζι της κουζίνας με ένα ψηλό ποτήρι νερό στο δεξί μου χέρι και μια γροθιά γεμάτη υπνωτικά χάπια στο αριστερό μου χέρι.

Χρειαζόμουν έναν λόγο για να ζήσω.

Τσέλιαν

Ο Μελ επέστρεψε από το παντοπωλείο στο Πορτ Μπραμπλ και τακτοποίησε τις τέσσερις σακούλες με τα ψώνια του, χαρούμενος που οι τρεις μέρες οδήγησης επιτέλους τελείωσαν για λίγο. Ήταν καταβεβλημένος από την εξάντληση μετά τη μακρά διαδρομή βόρεια από τη Φλόριντα και ήθελε να πέσει αμέσως στο κρεβάτι, αλλά ήταν ακόμη λίγο νωρίς γι' αυτό. Ήξερε ότι αν αποκοιμιόταν τώρα, θα ήταν εντελώς ξύπνιος στη μέση της νύχτας.

Ξεκλείδωσε την πίσω πόρτα του σπιτιού που είχε νοικιάσει πρόσφατα και βγήκε στη σκεπαστή βεράντα. Οι τελευταίες ακτίνες του ήλιου που έδυε έλαμπαν στις κορυφές των απαλών κυμάτων, καθώς αυτά ελίσσονταν ανεμπόδιστα προς την ελαφρώς επικλινή, εκπληκτικά μεγάλη παραλία της λίμνης Γουινατάτσι.

Ο Μελ στάθηκε εκεί για λίγα λεπτά και ευχαρίστησε σιωπηλά τις "Δυνάμεις που υπάρχουν" για την εκπληκτική του τύχη. Ήταν πεπεισμένος ότι είχε κατευθυνθεί από αυτές τις μυστηριώδεις δυνάμεις σε αυτόν τον προφανή παράδεισο του βορρά για το καλοκαίρι. Γύρισε πίσω στο εσωτερικό του εξοχικού και πήρε το ελαφρύ αντιανεμικό του πριν βγει στην αμμώδη παραλία.

Ψάχνοντας ανατολικά και δυτικά κατά μήκος της άκρης του νερού, κατέληξε στο συμπέρασμα ότι ήταν προφανώς ο μόνος άνθρωπος εκεί έξω αυτό το ψυχρό βράδυ του Μαΐου. Μπορούσε να δει φώτα να λάμπουν μέσα από τα παράθυρα μερικών εξοχικών κατοικιών, αλλά η συντριπτική πλειοψηφία τους ήταν προφανώς ακόμα άδεια από τους κατοίκους του καλοκαιριού. Στην πραγματικότητα δεν τον εξέπληξε και τόσο πολύ, καθώς ήξερε ότι ήταν ακόμα αρκετά νωρίς και ψυχρά για να σκέφτονται οι κάτοικοι του καλοκαιριού τις διακοπές στην παραλία.

Το επόμενο πρωί ο Μελ άνοιξε τα μάτια του και αμέσως παρατήρησε το φως της ημέρας να ξεπροβάλλει μέσα από τις άκρες των περσίδων στο παράθυρο του υπνοδωματίου. "Κοιμήθηκα σαν μωρό", μουρμούρισε στον εαυτό του. "Ώρα για την πρώτη σου πρωινή βόλτα στην παραλία του Μπράμπλγκροουβ".

Ντυμένος με ένα κοστούμι τζόκινγκ και τα γυαλιά ηλίου του καλά χωμένα σε μια τσέπη, ο Μελ αποφάσισε να κατευθυνθεί δυτικά για να αποφύγει κάθε πιθανότητα να κοιτάξει απευθείας τον κίτρινο, φωτεινό, πρωινό ήλιο, αν αποφάσιζε να ξεπροβάλει μέσα από τον συννεφιασμένο ουρανό. Για άλλη μια φορά, δεν εντόπισε κανέναν άλλον κατά μήκος της παραλίας προς οποιαδήποτε κατεύθυνση. Με το φως της ημέρας, καλωσόρισε τη νέα ευκαιρία να ερευνήσει τις γειτονικές εξοχικές κατοικίες. Κάποια φαίνονταν νεότερες και μεγαλύτερες από άλλες. Οι πλουσιότεροι κάτοικοι πιθανότατα αγόραζαν κάποια από τα παλαιότερα και έχτιζαν κάτι πιο κατάλληλο για τη θέση τους στη ζωή, σκέφτηκε.

Ο Μελ κοίταξε μπροστά του και αμέσως παρατήρησε κάποιον να περπατάει προς το μέρος του κατά μήκος της παραλίας. Το άτομο αυτό δεν είχε εμφανιστεί την τελευταία φορά που κοίταξε προς αυτή την κατεύθυνση, ίσως ένα λεπτό νωρίτερα, οπότε δεν είχε ιδέα από πού είχε έρθει. Το άτομο ήταν κουκουλωμένο ωραία και ζεστά, με την κουκούλα της φόρμας τζόκινγκ δεμένη σφιχτά γύρω από το λαιμό του και μόνο το πρόσωπό του να ξεπροβάλλει.

"Καλημέρα", φώναξε χαρούμενα ο Μελ, όταν είχαν απόσταση έξι με επτά μέτρα μεταξύ τους.

"Καλημέρα", απάντησε απαλά μια καθαρά γυναικεία φωνή, χωρίς να τον κοιτάξει απευθείας.

Ο Μελ δεν μπορούσε να μην δει τη θλίψη στο πρόσωπό της καθώς προσπερνούσαν ο ένας τον άλλον και συνέχιζαν να περπατούν προς αντίθετες κατευθύνσεις. Σκέφτηκε ότι θα μπορούσε να ήταν λίγο πιο φιλική, αλλά στη συνέχεια επέπληξε αυστηρά τον εαυτό του. Δεν είχε κανένα δικαίωμα να κρίνει όταν δεν ήξερε απολύτως τίποτα γι' αυτήν ή τις συνθήκες της.

Αφού περπάτησε δυτικά για περίπου σαράντα πέντε λεπτά, ο Μελ γύρισε πίσω και κατευθύνθηκε προς τα ανατολικά. Κοιτάζοντας στο βάθος, είδε τη φιγούρα κάποιου που υπέθεσε ότι ήταν η κυρία που συνάντησε νωρίτερα, αλλά από τόσο μακριά, θα μπορούσε να είναι οποιοσδήποτε. Σύντομα του αποσπάστηκε η προσοχή από τον ήχο μιας μηχανής. Ελέγχοντας τη λίμνη, παρατήρησε μια μηχανοκίνητη βάρκα με τέσσερις ψαράδες να κατευθύνεται ανατολικά. Ο Μελ χαιρέτησε και μερικοί από τους ψαράδες χαιρέτησαν κι αυτοί.

Καθώς ο περιπατητής πλησίαζε, ο Μελ αναγνώρισε τα ρούχα της γυναίκας που είχε περάσει νωρίτερα. Συμπέρανε ότι θα ήταν προσβλητικό εκ μέρους του αν απλά περνούσε δίπλα της χωρίς να πει τίποτα, οπότε αποφάσισε να επιχειρήσει μια δεύτερη προσπάθεια για συζήτηση. "Α, συναντιόμαστε ξανά. Είναι ένα όμορφο πρωινό για βόλτα, δεν συμφωνείτε;"

Η κυρία σταμάτησε και κοίταξε κατευθείαν τον Μελ αυτή τη φορά με μια μικρή ένδειξη χαμόγελου. "Ναι, είναι σίγουρα ένα όμορφο πρωινό για βόλτα". Μετά από μια παύση συνέχισε. "Δεν νομίζω ότι θυμάμαι να σας έχω δει πέρυσι. Είστε καινούργιος εδώ;"

"Ναι. Είμαι εδώ δώδεκα ολόκληρες ώρες περίπου. Έχω νοικιάσει το εξοχικό των Τζόνσον για τη σεζόν. Ίσως τους ξέρετε;"

"Ω, ναι. Έρχονται εδώ για χρόνια. Εκπλήσσομαι που δεν θα έρθουν φέτος".

"Λοιπόν, απ' ό,τι καταλαβαίνω, ο κ. Τζόνσον έπαθε μια σοβαρή καρδιακή προσβολή πριν από μερικούς μήνες και ήθελαν να μείνουν κοντά στους γιατρούς τους στην πατρίδα. Δεν έχω συναντήσει ποτέ τους Τζόνσον αυτοπροσώπως, αλλά έχουμε έναν κοινό φίλο που λειτούργησε ως μεσαζολαβητής για να μπορέσω να νοικιάσω το σπίτι τους. Τους διαβεβαίωσα ότι αν είχαν όρεξη να έρθουν εδώ αργότερα το καλοκαίρι, θα μετακόμιζα ευχαρίστως όποτε ήθελαν να επιστρέψουν".

"Πολύ ευγενικό εκ μέρους σας. Ελπίζω να σας αρέσει εδώ μαζί μας".

"Σας ευχαριστώ. Κι εγώ το ίδιο. Έρχεστε εδώ πάνω εδώ και πολλά χρόνια;"

Το πρόσωπό της έγινε ξαφνικά σκυθρωπό και κοίταξε την άμμο σαν να σκεφτόταν την απάντησή της. "Ναι, ο σύζυγός μου και εγώ έχουμε το σπίτι μας εδώ για πολλά, πολλά χρόνια".

"Αυτό είναι υπέροχο. Ανυπομονώ να τον γνωρίσω κι εγώ".

Τα μάτια της δάκρυσαν και δάγκωσε το κάτω χείλος της. Ο Μελ ήξερε αμέσως ότι δεν έπρεπε να το πει αυτό, αλλά δεν μπορούσε να το ξέρει αυτό εκ των προτέρων.

"Μακάρι να μπορούσατε, αλλά πέθανε πριν από δύο μήνες", ψιθύρισε πριν ξεσπάσει σε δάκρυα.

Σκατά, τώρα κοίτα τι έκανα, σκέφτηκε ο Μελ καθώς στεκόταν εκεί μπερδεμένος και την κοιτούσε και αναρωτιόταν τι έπρεπε να κάνει μετά.

Κάλυψε το πρόσωπό της με τα χέρια της και συνέχισε να κλαίει ανεξέλεγκτα. Μετά από κάτι που ο

Μελ το ένιωσε σαν μια αιωνιότητα, αλλά μάλλον δεν ήταν πολύ περισσότερο από ένα ή δύο λεπτά, ο Μελ πλησίασε κοντά της και έβαλε απαλά τα χέρια του γύρω της. "Δεν πειράζει. Κλάψτε όσο θέλετε", είπε απαλά, κοντά στο αυτί της. "Θα νιώσετε καλύτερα αφού αφήσεις τα δάκρυα να φύγουν".

Κατέβασε τα χέρια της και τα δάκρυα συνέχισαν να τρέχουν στα μάγουλά της. Προσπάθησε να πει κάτι, αλλά δεν έβγαιναν λέξεις. Τότε πίεσε το σώμα της πάνω στο σώμα του Μελ και τύλιξε τα χέρια της γύρω από το λαιμό του. Έτρεμε ανεξέλεγκτα καθώς έκλαιγε με λυγμούς στον ώμο του, ενώ οι δυο τους κρατιόντουσαν σφιχτά ο ένας από τον άλλο. Έμοιαζε με αιωνιότητα για τον Μελ μέχρι οι λυγμοί να δείξουν σημάδια υποχώρησης, αλλά τελικά άρχισε να ηρεμεί.

Με τους λυγμούς πίσω της, η κυρία έλυσε τα χέρια της από το λαιμό του Μελ και απομακρύνθηκε, σκουπίζοντας τα δάκρυα από τα μάγουλά της. "Λυπάμαι πολύ γι' αυτό", ψιθύρισε. "Εσείς μου είστε μια εντελώς άγνωστος και εγώ παθαίνω νευρικό κλονισμό μπροστά σας".

"Δεν χρειάζεται να λυπάστε για τίποτα. Θα πρέπει να αισθάνεστε καλύτερα τώρα που μπορέσατε να απελευθερώσετε λίγη από τη συσσωρευμένη θλίψη και το θυμό σας. Χαίρομαι που ήμουν εδώ και μπόρεσα να σας προσφέρω λίγη παρηγοριά".

"Στην πραγματικότητα, χαίρομαι που ήσασταν κι εσείς εδώ και μου προσφέρατε ευγενικά έναν ώμο για να κλάψω. Έχω κλάψει πολύ τους τελευταίους δύο μήνες με πολύ λίγους ώμους γύρω μου για να μου προσφέρουν παρηγοριά".

"Ω, αυτό είναι πραγματικά ατυχές. Ελπίζω ότι θα είμαι εδώ για όλη τη σεζόν και θέλω να θυμάστε ότι ο ώμος μου θα είναι πάντα στη διάθεσή σας όποτε τον χρειαστείτε. Με ακούτε;" είπε ευγενικά.

Έσπασε το πιο αμυδρό χαμόγελο. "Σας ευχαριστώ.

Θα το θυμάμαι αυτό, και παρακαλώ πιστέψτε με όταν λέω ότι είμαι πραγματικά ευγνώμων που ο ώμος σας ήταν διαθέσιμος σήμερα το πρωί. Το όνομά μου είναι Τσέλιαν Μόρισον", είπε και άπλωσε το χέρι της. "Είναι ένα ασυνήθιστο όνομα. Τ Σ Ε Λ Ι Α Ν."

Ο Μελ έσφιξε απαλά το κομψό χέρι της Τσέλιαν. "Είμαι ο Μελ Χαλντέιν. Χάρηκα για τη γνωριμία. Μένω περίπου τέσσερα σπίτια ανατολικότερα. Πιθανόν να ξέρετε πού μένω, επειδή γνωρίζετε τους Τζόνσον εδώ και αρκετό καιρό".

Η Τσέλιαν χαμογέλασε. "Ναι, ξέρω ακριβώς πού μένετε. Μένω περίπου τέσσερα σπίτια δυτικά. Αν θέλετε, μπορείτε να με συνοδεύσετε μέχρι το σπίτι".

"Θα ήθελα πολύ να σας συνοδεύσω στο σπίτι. Είμαστε έτοιμοι;"

Περπάτησαν σιωπηλά για μερικά λεπτά μέχρι που η Τσέλιαν σταμάτησε μπροστά σε ένα από τα νεότερα και μεγαλύτερα διώροφα σπίτια. "Αυτό είναι το σπίτι μας", είπε. "Μάλλον πρέπει να συνηθίσω να λέω το σπίτι μου. Θα θέλατε να έρθετε μέσα για λίγα λεπτά για ένα ζεστό ποτό;"

"Σας ευχαριστώ για την ευγενική σας προσφορά, αλλά το στομάχι μου λέει ότι πρέπει να πάω σπίτι και να φάω πρωινό. Περπατάτε κάθε πρωί τέτοια ώρα περίπου;"

"Κάθε πρωί."

"Κι εγώ το ίδιο. Θα ήθελες έναν τακτικό σύντροφο για περπάτημα ή προτιμάς να είσαι μόνη σου;" ρώτησε ο Μελ.

Η Τσέλιαν σταμάτησε για μια στιγμή. "Ξέρεις, νομίζω ότι ήρθε η ώρα να έχω ξανά έναν σύντροφο για περπάτημα. Αποδέχομαι ευχαρίστως την ευγενική σου προσφορά".

"Σούπερ. Θα σε συναντήσω έξω από την πόρτα σου αύριο το πρωί. Τι ώρα θα ήθελες να ξεκινήσουμε;"

"Περπατάω επίσης το βράδυ πριν νυχτώσει", είπε.
"Αλήθεια;"

"Για την ακρίβεια, συνήθως το κάνω. Τι ώρα θα συναντηθούμε απόψε;"

"Τι λες για τις 7:30;"

"Θα είμαι εδώ."

Η Τσέλιαν χαμογέλασε και γύρισε για να μπει μέσα. "Αντίο, και ευχαριστώ για άλλη μια φορά που ήσουν εδώ για μένα σήμερα το πρωί".

Πρέπει να πω ότι μπορώ σίγουρα να χαρακτηρίσω την πρωινή βόλτα ως ενδιαφέρουσα, σκέφτηκε ο Μελ καθώς έβλεπε την Τσέλιαν να μπαίνει στο εξοχικό της.

Αφού κατανάλωσε το συνηθισμένο πρωινό του με φρέσκα φρούτα, ο Μελ μετέφερε το υπερμεγέθες φλιτζάνι του καφέ του στο εφεδρικό υπνοδωμάτιο, όπου είχε στήσει τον υπολογιστή του. Αφού έλεγξε τα ηλεκτρονικά του μηνύματα και απάντησε όπου χρειαζόταν, ανέσυρε το χειρόγραφο του νεότερου έργου του, το οποίο δεν είχε ακόμη τίτλο.

Την τελευταία φορά που προσπάθησε να γράψει κάτι πάνω σε αυτό, πριν από μια εβδομάδα στη Φλόριντα, είχε πάθει ένα άσχημο συγγραφικό μπλοκάρισμα. Αφού κοίταξε τη σελίδα για μερικά λεπτά, τα παράτησε αηδιασμένος. Το μόνο που μπορούσε να σκεφτεί εκείνη τη στιγμή ήταν η Τσέλιαν που έκλαιγε με λυγμούς.

Ο Μελ έκανε μια αναζήτηση στον υπολογιστή για το "Τσέλιαν", ελπίζοντας ότι θυμόταν τη σωστή γραφή, και σοκαρίστηκε από τα αποτελέσματα που εμφανίστηκαν στην οθόνη. Μετά από πολυάριθμες αναφορές στο χωριό Τσέλιαν της Δυτικής Βιρτζίνια, κοντά στο Τσάρλεστον, το επόμενο πιο συχνό αποτέλεσμα ήταν η κάλυψη της δολοφονίας του Ντίτερ Μόρισον, όπου αναφερόταν και η σύζυγός του Τσέλιαν.

Ο Μελ ήταν πολύ περίεργος να διαβάσει μερικές από

τις αναρτήσεις, αλλά η κοινή λογική του υπερίσχυσε της περιέργειάς του. Τώρα ήξερε γιατί ξέσπασε τόσο εύκολα σε λυγμούς. Αλλά αν του άνοιγε ποτέ στην πορεία θέμα για τον θάνατο του άντρα της, τότε δεν ήθελε να της δώσει την εντύπωση ότι γνώριζε εκ των προτέρων οποιαδήποτε λεπτομέρεια. Το τελευταίο πράγμα που ήθελε ήταν να την κάνει να υποψιαστεί ότι την είχε ελέγξει και να αναρωτηθεί γιατί. Θα σου πει ό,τι θέλει, όταν θέλει, αν θέλει, είπε στον εαυτό του και επέστρεψε να κοιτάζει την τελευταία ολοκληρωμένη σελίδα του χειρογράφου του.

Ο Μελ έφυγε από το εξοχικό του στις επτά και δεκαπέντε το βράδυ και περπάτησε κατά μήκος της παραλίας μέχρι το εξοχικό της Τσέλιαν. Ήθελε να είναι εκεί και να την περιμένει όταν εκείνη θα έβγαινε από την πίσω πόρτα της, οπότε αποδέχτηκε την ιδέα ότι το πολύ νωρίς ήταν καλύτερη επιλογή από το να αργήσει. Με κάθε βήμα στο επίτηδες αργό ταξίδι του, προπονούσε συνεχώς νοερά τον εαυτό του να είναι εξαιρετικά προσεκτικός στο τι θα της έλεγε για να αποφύγει, ελπίζοντας, άλλη μια κρίση ανεξέλεγκτων λυγμών. Περίμενε ίσως πέντε λεπτά στην παραλία έξω από το οικόπεδο της Τσέλιαν, παρακολουθώντας τα απαλά κύματα να χτυπούν την υγρή άμμο, πριν ακούσει τη φωνή της πίσω του.

"Καλησπέρα, Μελ."

Δεν άκουσε ποτέ την πόρτα του εξοχικού της να κλείνει, οπότε τον ξάφνιασε κάπως από το κολάζ των άσχετων σκέψεών του. Γύρισε και της χαμογέλασε. "Καλησπέρα, Τσέλιαν. Είμαστε έτοιμοι;"

"Είμαστε σίγουρα έτοιμοι. Προς τα πού θα ήθελες να πάμε;"

"Αυτή είναι η παραλία σου. Διάλεξε εσύ."

"Όχι", απάντησε στοχαστικά. "Ήρθε η ώρα να αφήσω στην άκρη κάποιες από τις παλιές μου συνήθειες και να συνεχίσω τη ζωή μου, γι' αυτό θέλω να πάρεις εσύ την απόφαση, σε παρακαλώ".

Ο Μελ θυμήθηκε γρήγορα ότι εκείνος είχε περπατήσει δυτικά, μακριά από τον ανατέλλοντα ήλιο το πρωί, ενώ εκείνη είχε περπατήσει ανατολικά προς αυτόν. Έτσι, αν επιζητούσε την αλλαγή, τότε την αλλαγή θα την είχε. "Εντάξει, ας πάμε δυτικά και ας απολαύσουμε το ηλιοβασίλεμα".

"Μια χαρά μου ακούγεται".

Κρατώντας την προσεκτική του προσέγγιση στο μυαλό του, ο Μελ παρέμεινε σιωπηλός καθώς περπατούσαν, όχι ακριβώς γρήγορα, αλλά σίγουρα όχι αργά, κατά μήκος της έρημης παραλίας. Η σιωπή του φαινόταν τρομακτική, καθώς και η Τσέλιαν παρέμενε σκεπτικός, και αναρωτιόταν τι θα έπρεπε να πει για να διαπεράσει τη σιωπή.

Η Τσέλιαν τον έσωσε. "Αυτό είναι σίγουρα ένα τέλειο ανοιξιάτικο βράδυ για μια βόλτα στην παραλία".

"Είναι σίγουρα ένα τέλειο βράδυ σε σύγκριση με τις θυελλώδεις και ψυχρές συνθήκες που υπομείναμε σήμερα το πρωί", απάντησε Μελο Μελ.

"Έχεις την ψήφο μου σε αυτό."

"Δεν εκπλήσσομαι."

Επικράτησε και πάλι σιωπή για λίγα λεπτά και ηΤσέλιαν ανέλαβε και πάλι την πρωτοβουλία των κινήσεων. "Λοιπόν, κύριε Μελ Χαλντέιν, γιατί δεν μου λέτε λίγα πράγματα για τον εαυτό σας; Υποθέτω ότι είστε εδώ μόνος σας, καθώς δεν έχετε αναφέρει κανέναν και προφανώς χρειαζόσασταν έναν σύντροφο για περπάτημα"

"Ναι, είμαι εδώ μόνος μου. Δεν έχω παντρευτεί ποτέ και δεν έχω παιδιά. Έχω συμβιώσει με αρκετές πολύ καλές κυρίες όλα αυτά τα χρόνια, αλλά τα επαγγέλματά μου δεν ευνοούσαν ακριβώς την οικογενειακή ζωή, οπότε οι μακροχρόνιες σχέσεις δεν αποδείχθηκαν ποτέ πολύ επιτυχημένες, φοβάμαι".

"Κατάλαβα. Λοιπόν, ποια ήταν αυτά τα επαγγέλματα στα οποία αναφέρθηκες;"

"Πέρασα πολλά χρόνια ως δημοσιογράφος σε πολλές εφημερίδες σε διάφορες πόλεις. Μου άρεσε να βρίσκομαι εκεί που ήταν η δράση, οπότε τις περισσότερες φορές ήμουν έξω και ερευνούσα τις έκτακτες ειδήσεις. Χρόνια αργότερα προσλήφθηκα από ένα τηλεοπτικό δίκτυο και με την πάροδο των ετών εργάστηκα για τέσσερα διαφορετικά δίκτυα καλύπτοντας τη δράση σε πολλές διαφορετικές χώρες όπου συνέβαιναν οι συναρπαστικές ειδήσεις.

"Ήμουν στο Ιράκ όταν έψαχναν τον Σαντάμ Χουσεΐν και στο Αφγανιστάν όταν έψαχναν τον Οσάμα Μπιν Λάντεν. Ήμουν στη Νέα Ορλεάνη αμέσως μετά τον τυφώνα Κατρίνα που πέρασε από εκεί, και στο Γκάλβεστον μετά τον τυφώνα Άικ που έπληξε την πόλη, για να αναφέρω μόνο μερικές από τις θλιβερές αλλά συναρπαστικές αποστολές μου. Πριν από τέσσερα χρόνια, συλλογίστηκα ότι έζησα αρκετές καταστροφές για μια ζωή και αποσύρθηκα στα σαράντα οκτώ μου, με έναν αρκετά καλό τραπεζικό λογαριασμό και ένα επενδυτικό χαρτοφυλάκιο, για να αρχίσω να γράφω βιβλία χρησιμοποιώντας κάποιες από τις εμπειρίες μου που αναφέρουν τις πιο άσχημες στιγμές του κόσμου μας".

"Ουάου! Ωραίο βιογραφικό, πρέπει να πω. Μπορώ σίγουρα να καταλάβω γιατί στράφηκες στην ηρεμία της συγγραφής βιβλίων. Μπορώ επίσης να καταλάβω γιατί δεν μπόρεσες ποτέ να διατηρήσεις μια μόνιμη σχέση με τις γυναίκες συντρόφους σου".

"Η ζωή είναι γεμάτη επιλογές. Δεν είμαι πεπεισμένος ότι έκανα όλες τις σωστές επιλογές, αλλά η ζωή μου σίγουρα δεν ήταν μια βαρετή εμπειρία αυτή τη φορά".

"Έτσι θα έλεγα. Εντάξει, ήρθε η σειρά μου να

μοιραστώ μαζί σου λίγο από το ιστορικό μου. Παντρεύτηκα τον αγαπημένο μου στο κολέγιο. Σπούδασα ιστορία και γεωγραφία με σκοπό να γίνω καθηγήτρια γυμνασίου. Ο σύζυγός μου, ο Ντίτερ, ήταν μαθηματικός και επιστήμονας και σπούδασε ηλεκτρολόγος μηχανικός. Ευτυχώς, ήταν προικισμένος με αυτό το θαυμάσιο εφευρετικό μυαλό. Βρήκε πώς να φτιάξει μια καλύτερη ποντικοπαγίδα, όπως λέει το παλιό ρητό, και πριν καν αποφοιτήσει από το πανεπιστήμιο, είχε βελτιώσει τα σχέδια ή τη χωρητικότητα, ή όπως αλλιώς το λένε, τεσσάρων ή πέντε ηλεκτρονικών εξαρτημάτων ή συσκευών. Πριν αποφοιτήσει έλαβε πολλές προτάσεις εργασίας και εργάστηκε για δύο εταιρείες για μερικά χρόνια πριν ξεκινήσει τη δική του εταιρεία ηλεκτρονικών με την ονομασία ΝτίτερΤεχνολογία Ντίτερ. Γρήγορα γνώρισε μεγάλη επιτυχία, λαμβάνοντας πολυάριθμα συμβόλαια εκατομμυρίων δολαρίων από μεγάλες εταιρείες.

"Δεν έγινα ποτέ δασκάλα. Ο Ντίτερ επέμενε να απολαμβάνω τις πολυτέλειες της συζύγου ενός εκατομμυριούχου, οπότε ασχολήθηκα με διάφορα φιλανθρωπικά ιδρύματα. Απόλαυσα μια θαυμάσια ζωή, εκτός από το γεγονός ότι δεν μπόρεσα να αποκτήσω παιδιά, και μόλις πριν από δύο μήνες έμεινα απροσδόκητα χήρα".

Ο Μελ παρατήρησε ότι η Τσέλιαν άρχισε να παλεύει με τα δάκρυα καθώς ολοκλήρωνε τη σύντομη σύνοψη της ζωής της με τον σύζυγό της. Ήλπιζε ότι δεν θα κατέρρεε σε άλλη μια συνεδρία με λυγμούς. Μετά από ένα ή δύο λεπτά τον κοίταξε με γυάλινα μάτια και του ζήτησε συγγνώμη. Σκέφτηκε να της δώσει άλλη μια αγκαλιά όπως το πρωί. Αλλά γρήγορα κατέληξε στο συμπέρασμα ότι κάτι τέτοιο θα μπορούσε να είναι απλώς το έναυσμα που θα ενεργοποιούσε μια ακόμη περίοδο λυγμού, γι' αυτό απέφυγε οποιαδήποτε επαφή μεταξύ τους.

Μετά από λίγες στιγμές σιωπής, τον κοίταξε και είπε: "Αυτό ήταν πολύ κοντά, αλλά είμαι καλά τώρα".

Δεν είχαν σταματήσει να περπατούν καθ' όλη τη διάρκεια της κουβέντας τους και ο Μελ αποφάσισε ότι ήταν καιρός να ελέγξει το ρολόι του. "Τι λες να γυρίσουμε πίσω και να πάμε σπίτι;"

3

Ο Μελ και η Τσέλιαν περπατούσαν μαζί κάθε πρωί και βράδυ για τις επόμενες δέκα ημέρες. Κανένας από τους δύο δεν έκανε στον άλλον καμία βαθιά προσωπική ερώτηση, και ουσιαστικά δεν προσφέρθηκαν νέες προσωπικές πληροφορίες κατά τη διάρκεια των συζητήσεών τους. Το κύριο θέμα συζήτησης ήταν οι ακόμα απόντες γείτονές τους. Ανάμεσά τους υπήρχαν ακριβώς οκτώ εξοχικά σπίτια. Η Τσέλιαν γνώριζε επίσης κάποιους από τους γείτονες στη δυτική πλευρά του εξοχικού της, καθώς και κάποιους στην ανατολική πλευρά του εξοχικού των Τζόνσον, δίνοντάς της περίπου δώδεκα με δεκαπέντε οικογένειες ή άτομα για τα οποία θα μπορούσε να αφηγηθεί στο Μελ μια ποικιλία από μικρολεπτομέρειες ή ενδιαφέρουσες ιστορίες.

Οι οικογένειες με παιδιά γενικά προγραμμάτιζαν δραστηριότητες από κοινού και ήταν παρούσες στην παραλία Μπράμπλγκροβ μόνο όταν τα σχολεία ήταν κλειστά για το καλοκαίρι. Τα ηλικιωμένα ζευγάρια και τα άτομα έτειναν να συγκεντρώνονται περισσότερο μαζί και να απολαμβάνουν δραστηριότητες που δεν ευνοούσαν τα παιδιά σχολικής ηλικίας.

Η Τσέλιαν ήταν μία από τις τρεις χήρες που

βρίσκονταν σε αυτό το κομμάτι των σπιτιών και ο Μελ ήταν ο μοναδικός εργένης. Η Τσέλιαν λάτρευε να πειράζει τον Μελ για το πώς οι τρεις χήρες ανταγωνίζονταν για την προσοχή του. Εκείνος απλώς χαμογελούσε σε αυτές τις περιπτώσεις, αλλά μερικές φορές την πείραζε κι εκείνος λέγοντάς της: "Ας αρχίσει ο ανταγωνισμός". Αυτό συνήθως του απέφερε ένα παιχνιδιάρικο χτύπημα στο χέρι.

Στη δέκατη βραδινή βόλτα, καθώς καληνυχτίζονταν έξω από το εξοχικό της, η Τσέλιαν προσκάλεσε το Μελ να έρθει το Σάββατο το βράδυ για δείπνο. Πρόσθεσε αμέσως ότι αν ήταν απασχολημένος το Σάββατο, τότε η πρόσκληση θα μπορούσε να μεταφερθεί για την Κυριακή ή ακόμα και για την Παρασκευή, αν αυτές οι μέρες ήταν καλύτερη επιλογή γι' αυτόν.

"Σε ευχαριστώ πάρα πολύ για την ευγενική σου πρόσκληση και το Σάββατο θα είναι μια χαρά. Τι μπορώ να φέρω;"

"Το μόνο πράγμα που χρειάζεται να φέρεις μαζί σου είναι η πείνα σου . Μην φέρεις λουλούδια ή γλυκά ή κρασί ή οτιδήποτε άλλο μπορεί να σκεφτείς. Αν το κάνεις, θα σε χτυπήσω στο κεφάλι με αυτό και θα σε διώξω χωρίς το δείπνο σου. Κατάλαβες;"

Ο Μελ γέλασε. "Πάρα πολύ καλά , κυρία μου. Πάρα πολύ καλά.."

"Ωραία. Τώρα που το κανονίσαμε αυτό, τι θα ήθελες να μαγειρέψω εκείνο το βράδυ; Υπάρχουν φαγητά που δεν μπορείς να φας ή που προτιμάς να μην τρως; Έχεις κάποια αγαπημένα; Θα εκτιμούσα κάποιες ενδείξεις ώστε να μη σου σερβίρω κάτι που δεν μπορείς να φας ή δεν σου αρέσει".

"Μου αρέσει γενικά η υγιεινή διατροφή και δεν μαγειρεύω για τον εαυτό μου. Τρώω φρέσκα φρούτα το πρωί και τρώω μια τεράστια σαλάτα για μεσημεριανό. Με αυτό το υγιεινό ξεκίνημα της ημέρας μου, στη συνέχεια, σκέφτομαι ότι μπορώ να φάω σχεδόν οτιδήποτε για βραδινό γεύμα που έχω όρεξη. Οπότε, για να απαντήσω στην ερώτησή σου, θα χαρώ να σε δω να διαλέγεις ένα από τα αγαπημένα σου και θα είμαι μια χαρά με ό,τι κι αν είναι αυτό".

"Κατάλαβα. Σκεφτόμουν να βάλω ένα μικρό μοσχαρίσιο ψητό στην κατσαρόλα το πρωί μαζί με καρότα και πατάτες και να αφήσω την κατσαρόλα να κάνει την περισσότερη δουλειά. Πώς σου φαίνεται αυτό;"

"Φανταστικό! Επειδή δεν μαγειρεύω, τείνω να παίρνω κάτι γρήγορο το βράδυ. Δεν είναι πάντα η πιο υγιεινή επιλογή, αλλά πιο συχνά η πιο εύκολη. Δεν μπορώ να θυμηθώ πόσος καιρός έχει περάσει από τότε που απόλαυσα ένα σπιτικό ψητό κατσαρόλας".

"Αυτό ήταν εύκολο. Θα σε δω το πρωί. Κανονική ώρα;"

"Κανονική ώρα. Καληνύχτα, Τσέλιαν"

"Καληνύχτα Μελ."

Το βράδυ της Παρασκευής, πριν καληνυχτιστούν στην παραλία έξω από το εξοχικό της Τσέλιαν, πρότεινε να προγραμματίσουν το δείπνο του Σαββάτου για τις πέντε το απόγευμα. "Τότε μπορούμε να ξεκουράσουμε τις γεμάτες κοιλιές μας για λίγο πριν πάμε μια βόλτα. Ή θα μπορούσαμε ακόμη και να γίνουμε παραβάτες για ένα βράδυ και να βολευτούμε στο σπίτι μου για να δούμε μια ταινία ή κάποια τηλεοπτική εκπομπή, αν προτιμάς. Ή ακόμα και να παίξουμε χαρτιά ή παιχνίδια όπως το Scrabble ή το Rummikub. Βασικά, τώρα που το σκέφτομαι, αφού είσαι συγγραφέας, αμφιβάλλω αν έχω καμία πιθανότητα να σε νικήσω στο Σκραμπλ, οπότε θα φροντίσω να κρύψω αυτό το παιχνίδι πριν έρθεις".

"Θα φέρω το σετ από το εξοχικό των Τζόνσον σε αυτή την περίπτωση".

"Ωραία!"

Ο Μελ χτύπησε την μπροστινή, όχι την παραλιακή, πόρτα του εξοχικού της Τσέλιαν στις πέντε ακριβώς το απόγευμα του Σαββάτου. Αποφάσισε να πετάξει την περιπατητική του ενδυμασία για την ειδική αυτή περίσταση και φόρεσε ένα ωραίο μπλε παντελόνι με ένα άσπρο και μπλε πουκάμισο του γκολφ. Με τα επίσημα παπούτσια του, σκέφτηκε ότι ήταν σοφό να περπατήσει στο δρόμο αντί να ακολουθήσει τη συνηθισμένη του διαδρομή κατά μήκος της αμμώδους παραλίας. Χτύπησε το κουδούνι της πόρτας για πρώτη φορά.

"Γεια σου, Μελ. Είσαι πολύ κομψός κύριος απόψε. Έλα μέσα. Ποτέ δεν σκέφτηκα καν ότι θα μπορούσες να έρθεις από τον δρόμο απόψε, αλλά φυσικά είναι απόλυτα λογικό τώρα που βλέπω την ενδυμασία σου". Η Τσέλιαν έκλεισε την πόρτα αφού ο Μελ μπήκε μέσα. "Βολέψου εδώ στο οικογενειακό δωμάτιο ή μπορείς να μου κάνεις παρέα στην κουζίνα, αν προτιμάς. Το δείπνο θα είναι έτοιμο σε λίγα λεπτά".

Μετά το δείπνο, ο Μελ βοήθησε την Τσέλιαν να καθαρίσει την κουζίνα, και αφού τελείωσαν με αυτό το καθήκον, αποφάσισαν ότι ήταν το τέλειο βράδυ για να παραλείψουν τον απογευματινό τους περίπατο στην παραλία για πρώτη φορά. Μετά από τρία παιχνίδια Rummikub, τα δύο κέρδισε η Τσέλιαν, επέλεξαν να παρακολουθήσουν μια ταινία της Julia RoMπερτς που Μελο Μελ δεν είχε δει ποτέ.

Μετά το τέλος της ταινίας, λίγο πριν από τις δέκα το βράδυ, ο Μελ ένιωσε ότι ήταν καιρός να φύγει και να αφήσει την Τσέλιαν πίσω στο χώρο της.

"Σε ευχαριστώ πολύ για το καταπληκτικό δείπνο και την υπέροχη βραδιά. Θέλω να ξέρεις ότι πέρασα τις πιο ευχάριστες στιγμές που έχω περάσει εδώ και πολύ καιρό. Θα ήταν τιμή μου αν μου επέτρεπες να σε βγάλω για δείπνο το επόμενο Σάββατο το βράδυ. Πίστεψέ με, θα το βρεις πολύ πιο ευχάριστο από ό,τι αν προσπαθούσα να σου μαγειρέψω δείπνο στο σπίτι μου".

Η Τσέλιαν χαχάνισε. "Καταλαβαίνω, και φυσικά δέχομαι και εκτιμώ την προσφορά σου".

"Σούπερ." Ο Μελ σηκώθηκε και ξεκίνησε για την μπροστινή πόρτα, ακολουθούμενη από την Τσέλιαν. "Θα σε δω στις επτά και μισή ως συνήθως;" ρώτησε αφού άνοιξε την πόρτα.

"Επτά και τριάντα ως συνήθως. Σε ευχαριστώ που μου έκανες παρέα απόψε".

"Σε ευχαριστώ που με κάλεσες", απάντησε ο Μελ και κατέβηκε το λιθόστρωτο μονοπάτι προς το δρόμο.

4

Ο Μελ πήρε την Τσέλιαν στις τέσσερις και σαράντα πέντε το απόγευμα του Σαββάτου για το ραντεβού τους για δείπνο στο Πορτ Μπράμπλ. Στο παλιό ψαροχώρι δεν είχε εισβάλει ποτέ καμία από τις σύγχρονες αλυσίδες εστιατορίων, οπότε ο Μελ επέμενε να διαλέξει η Τσέλιαν το αγαπημένο της εστιατόριο, επειδή εκείνος δεν είχε επισκεφτεί ποτέ κανένα από τα εστιατόρια της πόλης από την άφιξή του από το νότο. Δυστυχώς, εδώ δεν υπήρχαν πολλές επιλογές. Υπήρχαν δύο οικογενειακά εστιατόρια, δύο καφετέριες και ένα μπαρ.

"Το μπαρ μπορεί να γίνει αρκετά θορυβώδες μερικές φορές, ειδικά το Σαββατοκύριακο, γι' αυτό προτείνω να το παραλείψουμε", συμβούλεψε η Τσέλιαν. "Και τα δύο εστιατόρια είναι αρκετά ωραία και οι μάγειρες ήταν πολύ καλοί τα προηγούμενα χρόνια και στα δύο επίσης, οπότε είναι μια ζαριά μεταξύ τους".

"Ρίχνεις το νόμισμα ή διαλέγεις ένα", απάντησε ο Μελ.

Η Τσέλιαν χαχάνισε. "Το Waterfront Diner, κάτω στην παραλία, προφανώς, είναι ένα πολύ ωραίο μέρος. Συνήθως είναι αρκετά γεμάτο τα Σαββατοκύριακα τον Ιούνιο, τον Ιούλιο και τον Αύγουστο, αφού έχουν φτάσει όλοι όσοι κάνουν διακοπές. Όταν έχει περισσότερη ζέστη, είναι πραγματικά υπέροχο να κάθεσαι σε ένα από τα εξωτερικά τραπέζια και να απολαμβάνεις τη ζωντανή διασκέδαση. Φυσικά, έχει ακόμα πολύ κρύο για να καθίσεις εκεί έξω απόψε. Το εστιατόριο θα είναι αρκετά ήσυχο απόψε, και καθώς είμαστε αρκετά νωρίς, σίγουρα δεν θα είναι γεμάτο μέσα, είμαι σίγουρος. Ξέρεις πού είναι;"

"Ναι, έχω γυρίσει την πόλη μερικές φορές για να δω τι επιχειρήσεις έχουμε, αλλά δεν έχω πάει ποτέ σε κανένα από τα εστιατόρια".

"Τέλεια. Θα πάμε εκεί", επιβεβαίωσε η Τσέλιαν, καθώς ο Μελ τη συνόδευσε στο αυτοκίνητό του και την έβαλε στη θέση του συνοδηγού.

Είχε απομείνει ένα άδειο τραπέζι στο μπροστινό παράθυρο του Waterfront Diner, και η Τσέλιαν κατευθύνθηκε αμέσως προς αυτό. Η σερβιτόρα τους έφερε γρήγορα μερικά μενού. "Να σας φέρω κάτι να πιείτε, παιδιά;"

Η Τσέλιαν ανακουφίστηκε που δεν την αναγνώρισε η σερβιτόρα, καθώς φοβόταν την έναρξη της πιο πολυσύχναστης εποχής, όταν τόσοι πολλοί καλοκαιρινοί φίλοι και γνωστοί της θα έδιναν τα συλλυπητήριά τους και θα ρωτούσαν για την έρευνα σχετικά με τη δολοφονία του Ντίτερ. "Μου αρκεί ο κανονικός καφές, ευχαριστώ".

"Και ο καφές μου ακούγεται καλός", πρόσθεσε ο Μελ και η σερβιτόρα έφυγε για να φέρει τα ποτά τους. "Λοιπόν, τι καλό υπάρχει για φαγητό εδώ;"

"Τα πάντα. Το ψάρι τους είναι ανώτερο, και συνήθως το καταλαβαίνω αυτό, αλλά για να πω την αλήθεια δεν θυμάμαι ποτέ κανέναν να παραπονιέται για οτιδήποτε στο μενού που δοκίμασε εδώ, οπότε πάρε ό,τι αγαπάς. Ο Σαούλομός τους στη σχάρα είναι ο αγαπημένος μου".

Ο Μελ έριξε μια γρήγορη ματιά στις επιλογές ψαριών στο μενού. "Ο Σαούλομός στη σχάρα μου φαίνεται πολύ καλός".

Μόλις έτρωγαν τα επιδόρπια τους με κερασόπιτα, όταν μια κυρία έτρεξε προς το τραπέζι τους. "Τσέλιααααννν", ούρλιαξε κατά μήκος της διαδρομής.

Η Τσέλιαν σηκώθηκε μόλις η γυναίκα έφτασε στο τραπέζι τους και οι δύο γυναίκες αγκαλιάστηκαν. "Λυπάμαι πολύ για τον Ντίτερ, αγαπητή μου. Αυτό ήταν τρομερό, απλά τρομερό", είπε η νέα άφιξη σε μια υποτονική οκτάβα.

"Ευχαριστώ, Αριάνα. Ναι, ήταν τρομερό, αλλά σιγά σιγά ξεπερνάω τα χειρότερα. Δεν έχω άλλη επιλογή σε αυτό το θέμα".

Ο Μελ παρατήρησε ότι και οι δύο κυρίες είχαν γυάλινα μάτια και ήλπιζε ότι η Τσέλιαν θα μπορούσε να μην ξεσπάσει σε λυγμούς. Ένας άντρας περπάτησε δίπλα τους και κοίταξε τον Μελ καθώς σηκωνόταν. "Γεια σας, είμαι ο Μελ Χαλντέιν. Νοικιάζω το εξοχικό των Τζόνσον, κατά μήκος της παραλίας Μπράμπελγκροουβ, κοντά στης Τσέλιαν, για το καλοκαίρι. Ή μέχρι οι Τζόνσον να μπορέσουν να έρθουν εδώ πάνω", είπε απλώνοντας το χέρι του.

"Χάρηκα για τη γνωριμία. Είμαι ο Μαρκ Χόλντεν. Είμαστε σχεδόν γείτονες, καθώς βρισκόμαστε στο δεύτερο εξοχικό σπίτι κάτω από την Τσέλιαν προς τη δική σας κατεύθυνση. Δεν ήξερα ότι οι Τζόνσον είχαν πρόβλημα".

"Ο κ. Τζόνσον υπέστη μια σοβαρή καρδιακή προσβολή το χειμώνα, οπότε μένουν κοντά στους γιατρούς του για λίγο καιρό. Στην πραγματικότητα δεν τους γνωρίζω προσωπικά, αλλά ένας κοινός μας φίλος ήξερε ότι έψαχνα να νοικιάσω κάπου εδώ πάνω και ρώτησε τους Τζόνσον αν μπορούσα να νοικιάσω το σπίτι τους μέχρι να είναι έτοιμοι να έρθουν εδώ".

Η Τσέλιαν άκουσε τους άντρες να μιλάνε και άρπαξε το χέρι της Αριάνας και την έστρεψε προς το μέρος τους. "Αριάνα, θα ήθελα να σου γνωρίσω το νέο μας γείτονα για το καλοκαίρι, τον Μελ Χαλντέιν. Νοικιάζει το εξοχικό των Τζόνσον για ένα μέρος τουλάχιστον του καλοκαιριού, και γνωριστήκαμε στην παραλία στις βόλτες μας το πρώτο κιόλας πρωί μετά την άφιξή του. Όταν συνειδητοποιήσαμε ότι ακολουθούμε τις ίδιες ώρες περπατήματος, αποφασίσαμε γρήγορα ότι πρέπει να κάνουμε παρέα ο ένας στον άλλον στις βόλτες μας".

"Χαίρομαι που σε γνωρίζω, Μελ", είπε η Αριάνα, απλώνοντας το χέρι της.

"Η ευχαρίστηση είναι όλη δική μου", απάντησε ο Μελ χαμογελώντας.

"Θα σας καλούσα να καθίσετε μαζί μας, αλλά όπως βλέπετε, έχουμε σχεδόν τελειώσει το φαγητό", δήλωσε η Τσέλιαν.

"Κανένα πρόβλημα. Καταλαβαίνω", απάντησε η Αριάνα.

"Όταν εγκατασταθείς, έλα να με επισκεφτείς. Έχουμε πολλά να πούμε", είπε η Τσέλιαν.

"Μπορείτε να βασιστείτε σε αυτό. Φτάσαμε μόλις πριν από λίγες ώρες και πεινάμε. Ξεφορτώσαμε το αυτοκίνητο και έπρεπε να πάρουμε μερικά ψώνια, αλλά το στομάχι μας έλεγεότι έρχεται πρώτο. Απολαύστε το υπόλοιπο δείπνο σας, εσείς οι δύο", είπε η Αριάνα πριν το ζευγάρι φύγει προς αναζήτηση ενός ελεύθερου τραπεζιού.

Η Τσέλιαν ήταν πολύ ήσυχη στο δρόμο για την παραλία Μπράμπελγκροουβ και ο Μελ ήξερε ότι κάτι την ενοχλούσε. Υποπτευόταν ότι μάλλον ήταν επειδή τους είχαν εντοπίσει στο εστιατόριο οι Χόλντενς και εδώ ήταν χήρα για λιγότερο από τρεις μήνες. Σίγουρα ένα θέμα για κουτσομπολιό τα πρωινά στον καφέ.

"Μπορείς σε παρακαλώ να έρθεις μέσα μαζί μου, Μελ. Υπάρχει κάτι που πρέπει να σου πω", είπε, χωρίς να περιμένει να της ανοίξει την πόρτα του αυτοκινήτου. Ξεκλείδωσε την μπροστινή πόρτα του εξοχικού και όρμησε μέσα με το Μελ να σπεύδει ακριβώς πίσω της. Άρπαξε μια χούφτα χαρτομάντιλα από το κουτί σε ένα τραπεζάκι και στάθηκε στο κέντρο του οικογενειακού δωματίου. Στη συνέχεια του έκανε νόημα με τον δείκτη του χεριού της να την ακολουθήσει.

"Υπάρχει και κάτι άλλο που πραγματικά πρέπει να σου πω τώρα που οι γείτονές μας αρχίζουν να καταφθάνουν. Δεν θα μου είναι εύκολο να μιλήσω γι' αυτό, αλλά πραγματικά δεν έχω άλλη επιλογή. Ελπίζω να θυμάσαι εκείνη την πρώτη μέρα που συναντηθήκαμε στην παραλία, όταν είπες ότι ο ώμος σου θα είναι πάντα διαθέσιμος αν πάθω άλλη μια από τις κλαψιάρικες καταρρεύσεις μου. Λοιπόν, υποψιάζομαι ότι η επόμενη θα μπορούσε να είναι επικείμενη".

Ο Μελ έκανε δύο βήματα προς το μέρος της, έτσι ώστε να είναι μόνο ένα μέτρο μακριά της. "Είμαι εδώ για σένα".

"Ωραία", είπε με ένα αναγκαστικό μισό χαμόγελο. "Ξέρεις ότι ο Ντίτερ πέθανε πριν από σχεδόν τρεις μήνες, αλλά σκόπιμα σου απέκρυψα όλες τις φρικτές λεπτομέρειες. Δούλευε πάνω σε κάτι στα κεντρικά γραφεία της εταιρείας του στο Σπρίνγκφιλντ μέχρι τα μεσάνυχτα περίπου, κάτι που έκανε συχνά, επειδή του ήταν δύσκολο να βρει πολύ ήσυχο χρόνο κατά τη διάρκεια της ημέρας, όταν όλοι οι υπάλληλοι ήταν γύρω του. Προφανώς, δεν υπήρχε κανείς άλλος στο κτίριο και κλείδωσε την πόρτα πριν κατευθυνθεί προς το αυτοκίνητό του στο πάρκινγκ της εταιρείας. Πριν φτάσει στο αυτοκίνητό του, κάποιος βρωμερός μπάσταρδος ελεύθερος σκοπευτής του έριξε μια σφαίρα στο κεφάλι", εξήγησε και ξέσπασε σε κλάματα.

Ο Μελ βγήκε μπροστά και αγκάλιασε σφιχτά το τρεμάμενο κορμί της στον ώμο του και την άφησε να κλαίει στον ώμο του για άλλη μια φορά. Όταν τελικά απέκτησε τον έλεγχο των συναισθημάτων της, η Τσέλιαν σκούπισε τα μάγουλά της με τα χαρτομάντιλα και μετά καθάρισε τη μύτη της. Πήγε προς το κουτί με τα χαρτομάντιλα και άρπαξε μερικά ακόμα χαρτομάντιλα για να τυλίξει τα μουσκεμένα, πριν τα αφήσει στο τραπέζι και πάρει μια νέα παρτίδα καθαρών.

Επιστρέφοντας στον Μελ στο κέντρο του οικογενειακού δωματίου, τον κοίταξε κατευθείαν στα μάτια. "Σας ευχαριστώ για το δάνειο του ώμου σας για άλλη μια φορά".

Ο Μελ ένεψε αλλά δεν είπε τίποτα.

"Εκείνο το βράδυ είχα πάει για ύπνο γύρω στις έντεκα, όπως έκανα συχνά, γιατί όταν δούλευε μέχρι αργά, δεν ήξερα ποτέ πότε θα γύριζε σπίτι. Μερικές φορές δεν ερχόταν καν στο σπίτι, καθώς υπήρχε ένας καναπές-κρεβάτι στο γραφείο του, οπότε όταν αργούσε πολύ, απλά έπεφτε εκεί. Ο πρώτος υπάλληλος που έφτασε το πρωί στο πάρκινγκ των κεντρικών γραφείων ανακάλυψε το παγωμένο-σκληρό σώμα του στο κρύο πεζοδρόμιο", είπε με τρεμάμενη φωνή και σταμάτησε την ιστορία για να προσπαθήσει να ανακτήσει την ψυχραιμία της.

Ο Μελ ήθελε να την πάρει ξανά στην αγκαλιά του, αλλά δίστασε για να δει τι θα συνέβαινε στη συνέχεια. Στέκονταν εκεί σιωπηλοί κοιτάζοντας ο ένας τα μάτια του άλλου για ένα λεπτό πριν η Τσέλιαν συνεχίσει. "Η αστυνομία δεν μπόρεσε ποτέ να εξακριβώσει ποιος ήταν ο ελεύθερος σκοπευτής, ποιος τον προσέλαβε, ούτε γιατί κάποιος θα ήθελε να δώσει τέλος στην υπέροχη ζωή του. Τίποτα, απολύτως τίποτα".

"Λυπάμαι πολύ που τα έζησες όλα αυτά", ήταν το μόνο που σκέφτηκε να πει ο Μελ.

"Σε ευχαριστώ. Θα ήθελα να μείνεις εδώ μαζί μου απόψε", απάντησε.

Όταν είδε το σαγόνι του Μελ να πέφτει, συνειδητοποίησε τι είχε πει. "Όχι, όχι, όχι, δεν εννοούσα αυτό", ξεσπάθωσε. "Αυτό που ήθελα να πω ήταν ότι αντί να πάμε μια βόλτα, θα ήθελα να μείνεις εδώ μαζί μου απόψε. Μπορούμε να παίξουμε παιχνίδια ή να δούμε ταινίες, όπως κάναμε το περασμένο Σάββατο".

"Φυσικά, θα το κάνω", απάντησε πλησιάζοντάς την και σηκώνοντας τα χέρια του στα πλάγια του κεφαλιού της, πριν τη φιλήσει στο μέτωπο.

Η Τσέλιαν χαμογέλασε και τον αγκάλιασε χωρίς δάκρυα. "Δεν έχεις ιδέα πόσο ευγνώμων είμαι που σε είχα εδώ μαζί μου στην παραλία τις τελευταίες εβδομάδες, ώστε να μην έχω κολλήσει εδώ ολομόναχη", του ψιθύρισε σιγανά στο αυτί.

5

Ο Μελ περίμενε έξω από το εξοχικό της Τσέλιαν την Κυριακή το πρωί πριν από τις επτά, τη νέα ώρα που περπατούσαν τώρα που οι μέρες μεγάλωναν αισθητά.

"Καλημέρα, Μελ", τον χαιρέτησε αφού έκλεισε την πόρτα.

"Καλημέρα. Φαίνεται ότι έχουμε μια τέλεια μέρα στα σκαριά".

"Σίγουρα."

Κατευθύνθηκαν δυτικά κατά μήκος της ακτής του νερού, και ο Μελ δεν χρειάστηκε πολύ χρόνο για να ξεκινήσει την κουβέντα της ημέρας. "Θα σου εξηγήσω το γιατί σε λίγο, αλλά θα ήθελα την άδειά σου να ξεκινήσω τη δική μου έρευνα για το θάνατο του συζύγου σου ".

Η Τσέλιαν κοντοστάθηκε και του έριξε ένα αδιαμφισβήτητο συνοφρύωμα. "Εξηγήσου τώρα, σε παρακαλώ".

"Θα το κάνω, φυσικά, αλλά ας συνεχίσουμε να περπατάμε όσο μιλάω". Ξεκίνησαν και πάλι και ο Μελ συνέχισε τις εξηγήσεις του. "Έχω δεκαετίες εμπειρίας στην έρευνα εγκλημάτων για τα άρθρα μου στις εφημερίδες, τα τηλεοπτικά ρεπορτάζ και ακόμη και τώρα που γράφω τα αστυνομικά μου μυθιστορήματα.

Έχω φίλους ή επαφές στα αστυνομικά τμήματα κάθε πόλης όπου έχω εργαστεί ποτέ.

"Το έλεγξα χθες το βράδυ και οι εγκληματολόγοι του Σπρίνγκφιλντ ζητούν πληροφορίες από το κοινό σχετικά με το θάνατο του Ντίτερ. Όπως λένε συχνά, αρκεί μία μόνο πληροφορία για να φτάσει η αστυνομία στα ίχνη του δράστη. Είμαι σίγουρος ότι η αστυνομία του Σπρίνγκφιλντ έχει ερευνήσει ό,τι και όποιον μπορεί να σκεφτεί, αλλά δεν είναι ασυνήθιστο να λείπει κάποιο στοιχείο.

"Έτσι, όσο περισσότερες έρευνες γίνονται, τόσο περισσότερες είναι οι πιθανότητες να λυθεί αυτό το μυστήριο. Μπορεί να μην αποκαλύψω ποτέ κάτι καινούργιο σε αυτή την υπόθεση, αλλά θα νιώσω καλύτερα αν προσπαθήσω τουλάχιστον να βοηθήσω. Στην πραγματικότητα είχα στο παρελθόν μια μικρή επιτυχία στο να ξεθάψω στοιχεία που η αστυνομία αιθεροβάμονα έχασε ή δεν ήξερε τίποτα γι' αυτά, οπότε αυτό δεν είναι ακριβώς ένα τρελό καπρίτσιο, σε διαβεβαιώνω".

Ο Μελ περίμενε με αγωνία την απάντηση της Τσέλιαν.

"Πιστεύεις πραγματικά ότι μπορείς να κάνεις καλύτερη δουλειά από την αστυνομία;"

Ανακουφίστηκε που δεν του φώναξε, ότι ήθελε να βοηθήσει και πως δεν του είπε ότι δεν ήθελε να τον ξαναδεί ποτέ "Όχι, σίγουρα όχι, αλλά μπορεί να πιάσω κάπου στην πορεία μια ευκαιρία και να μπορέσω να τους δώσω κάποιες πληροφορίες που δεν έχουν ήδη. Δεν μπορούν να κοιτάξουν κάτω από κάθε πέτρα, και μπορεί να σκοντάψω σε μια πέτρα που δεν είδαν".

Η Τσέλιαν περπάτησε σιωπηλά για λίγα λεπτά πριν μιλήσει. "Εντάξει, κύριε συγγραφέα μυστηρίων, έχετε την έγκρισή μου για την έρευνά σας, αλλά υπό έναν όρο: Θα το κάνουμε μαζί".

"Είσαι σίγουρη ότι θέλεις να το κάνεις αυτό; Μπορεί

να μην είναι πάντα ευχάριστο. Μπορώ να σου κρύψω κάθε δυσάρεστη πληροφορία αν το κάνω μόνος μου".

"Αν δεν σου δώσω την άδεια, θα το κάνεις πίσω από την πλάτη μου ούτως ή άλλως;"

"Απολύτως όχι. Δεν τα κάνω αυτά εγώ ."

"Δεν το πίστευα πραγματικά, αλλά ήθελα να σε ακούσω να το λες".

"Με άκουσες."

"Εντάξει, εσύ επιλέγεις: ή δεν θα το κάνεις καθόλου".

Ο Μελ σταμάτησε να περπατάει και Η Τσέλιαν γύρισε να τον κοιτάξει. Προσπάθησε να διαβάσει το μυαλό της μέσα από τα μάτια της. Την πλησίασε και έβαλε τα χέρια του στους ώμους της χωρίς να διακόψει το βλέμμα τους. Ήθελε να τη φιλήσει εκεί και τώρα, ενώ στέκονταν μύτη με μύτη, αλλά δεν ήταν ο κατάλληλος τόπος και χρόνος για να κάνει αυτό το άλμα.

Αντ' αυτού, συμφώνησε "Εντάξει, συνεργάτες".

Η Τσέλιαν χαμογέλασε και τον αγκάλιασε θερμά. "Ευχαριστώ", ψιθύρισε στο αυτί του.

Συνέχισαν τον περίπατό τους, αλλά η Τσέλιαν δεν μπορούσε να συγκρατήσει την περιέργειά της. "Εντάξει, Σέρλοκ Χολμς, ποιο είναι το σχέδιο;"

Ο Μελ γέλασε δυνατά. "Σίγουρα δεν είμαι στην κατηγορία του και θα το κάνουμε βήμα-βήμα. Αλλά πρώτα απ' όλα, πρέπει να τονίσω ότι αυτό πρέπει να είναι το μυστικό μας, εντάξει; Προς το παρόν, τέλος πάντων, δεν το λέμε σε κανέναν -ούτε εδώ στην παραλία- ούτε σε κανέναν που σχετίζεται με την επιχείρηση του συζύγου σου. Ούτε στους φίλους σας, ούτε στους συγγενείς σας. Επειδή προφανώς δεν υπάρχουν ύποπτοι, πρέπει να υποθέσουμε ότι δεν ξέρουμε πραγματικά ποιοι είναι οι φίλοι μας ή ποιος κρύβεται πίσω από αυτό. Θα προσπαθήσουμε να εξαλείψουμε ένα άτομο τη φορά και θα τους εμπιστευτούμε μόνο αν χρειαστεί... αφού βεβαιωθούμε ότι δεν συμμετείχαν σε αυτό".

Η Τσέλιαν χαμογέλασε με τη γρήγορη συμφωνία του και την εύκολη προθυμία του να γίνει «σύντροφός του» στη νέα τους προσπάθεια. "Ουάου. Αυτό ακούγεται σαν να μπορεί να γίνει συναρπαστικό".

"Θα μπορούσε επίσης να είναι σπαρακτικό, οπότε να είσαι προετοιμασμένη για όλα. Έχω δύο βασικές επαφές που είναι ντετέκτιβ της αστυνομίας. Μπορεί να μην είναι σε θέση να μου πουν πολλά σχετικά με αυτά που γνωρίζουν, αλλά πιθανότατα θα μοιραστούν μαζί μου περισσότερα από αυτά που δεν γνωρίζουν. Θα προσπαθήσω να επικοινωνήσω τουλάχιστον με τον έναν από αυτούς σήμερα".

"Έχεις επαφές με το αστυνομικό τμήμα του Σπρίνγκφιλντ;"

"Όχι, αλλά οι επαφές μου θα μπορέσουν πιθανότατα να επικοινωνήσουν με την αστυνομία του Σπρίνγκφιλντ και να μάθουν τι ακριβώς γνωρίζουν".

"Καταλαβαίνω."

6

Τη Δευτέρα το πρωί, μετά τη βόλτα του με την Τσέλιαν στην παραλία και το πρωινό του με φρέσκα φρούτα, ο Μελ τηλεφώνησε στον Σεντ Λούις.

"Καλημέρα. Μητροπολιτικό Αστυνομικό Τμήμα του Σεντ Λούις. Μπορώ να σας βοηθήσω;"

"Καλημέρα. Μπορείτε να με συνδέσετε με τον ντετέκτιβ Ντιν Γουέστμορλαντ, αν είναι στο τμήμα σήμερα το πρωί;"

"Επιτρέψτε μου να το ελέγξω αυτό για σας. Ποιος μπορώ να πω ότι τηλεφωνεί;"

"Ο Μελ Χαλντέιν Μελ."

"Μια στιγμή παρακαλώ, κύριε Χαλντέιν".

Ο Μελ περίμενε μερικά λεπτά μέχρι να ανοίξει η γραμμή και να αρχίσει να μιλάει ο παλιός του φίλος.

"Γεια σου, παλιόφιλε, έχω να ακούσω νέα σου εδώ και μερικά χρόνια. Τι στο διάολο κάνεις;"

"Είμαι πολύ καλά, Ντιν. Πώς πάνε τα πράγματα με σένα;"

"Όχι και τόσο άσχημα για έναν εργαζόμενο σκληρό, υποθέτω. Ξέρεις, δεν παίρνουμε όλοι μας σύνταξη στα σαράντα οκτώ".

Ο Μελ γέλασε. Ο Ντιν δεν θα σταματούσε ποτέ να τον πειράζει γι' αυτό. "Είσαι απασχολημένος με κάτι ή μπορούμε να κουβεντιάσουμε για λίγο;"

"Ώστε δεν είναι απλά ένα τηλεφώνημα για να δεις τι κάνω, ε; Εσύ μιλάς".

"Καταλαβαίνω. Απολαμβάνω σε βάθος τη συνταξιοδότησή μου αυτή τη στιγμή σε μια παραλία στα βόρεια, όχι στη Φλόριντα, και ο σύζυγος μιας γειτόνισσάς μου δολοφονήθηκε πριν από σχεδόν τρεις μήνες στο Σπρίνγκφιλντ. Μου είπε ότι η αστυνομία εκεί ουσιαστικά δεν έχει βρει τίποτα, οπότε έκανα μια μικρή έρευνα και βρήκα τη δολοφονία του καταχωρημένη στον ιστότοπό τους Crime Stoppers που αναζητά πληροφορίες από το ευρύ κοινό. Το όνομά του ήταν Ντίτερ Μόρισον και ήταν ο επικεφαλής της Τεχνολογία Ντίτερ . Ξέρω ότι δεν υπάρχουν πολλά που μπορείς να μου πεις , αλλά αν έχεις κάποιον σύνδεσμο στο αστυνομικό τμήμα του Σπρίνγκφιλντ, θα ήθελα πολύ να μάθω οποιαδήποτε λεπτομέρεια που μπορείτε να μου δώσετε χωρίς να παραβιάσετε κανέναν κανόνα".

"Το βρήκα. Επίτρεψέ μου να το ελέγξω και να δω τι ξέρουν ή ίσως τι δεν ξέρουν. Έχεις ακόμα τον ίδιο αριθμό κινητού τηλεφώνου;"

"Το ίδιο."

"Ωραία. Θα σου τηλεφωνήσω όταν μάθω κάτι".

"Ευχαριστώ, φίλε. Πες γεια στην Κάρι από μένα".

"Θα το κάνω. Αντίο για την ώρα".

Ο Μελ γύρισε την προσοχή του στο χειρόγραφό του και το επεξεργάστηκε μέχρι το μεσημέρι. Έψαχνε άσκοπα το μεσημεριανό του γεύμα - μια βαρετή σαλάτα του σεφ - ενώ παρακολουθούσε τις μεσημεριανές ειδήσεις. Ξέπλυνε τα βρώμικα πιάτα καθώς περίμενε να βράσει ο βραστήρας, ώστε να απολαύσει μια μεγάλη κούπα στιγμιαίου καφέ. Αφού τελείωσαν οι ειδήσεις, δεν βρήκε τίποτα στην τηλεόραση που να τον ενδιαφέρει πραγματικά- άφησε την άδεια κούπα στο τραπεζάκι του καφέ και ξάπλωσε στον καναπέ για να κοιμηθεί λίγο.

Μετά από δέκα λεπτά ξύπνησε από τον ήχο κλήσης

του κινητού του τηλεφώνου και το αναγνώρισε αμέσως. "Γεια σου Τσέλιαν. Πώς πάει;"

"Γεια σου Μελ. Οι Χόλντεν μόλις πέρασαν για μια επίσκεψη και σκέφτηκα ότι αν μπορούσες να απομακρυνθείς για λίγο από τον υπολογιστή σου, τότε αυτή θα ήταν η τέλεια ευκαιρία για να γνωρίσεις καλύτερα τους πρώτους από τους γείτονές μας που επιστρέφουν. Τι λες;"

"Φυσικά, θα έρθω. Θα είμαι εκεί σε πέντε λεπτά". Έλεγξε την εμφάνισή του στον καθρέφτη του μπάνιου, βούρτσισε τα μαλλιά του και βγήκε από την μπροστινή πόρτα.

"Θα είναι εδώ σε πέντε λεπτά περίπου", συμβούλευσε τους επισκέπτες της.

"Αυτό είναι ωραίο, αλλά πριν φτάσει, τι θα λέγατε να μας ενημερώσεις για το τι συμβαίνει μεταξύ σας", παρακάλεσε η Αριάνα.

Η Τσέλιαν έριξε ένα δειλό χαμόγελο. "Όπως σου είπα στο εστιατόριο τις προάλλες, γνωριστήκαμε περπατώντας στην παραλία το πρώτο πρωί που ήταν εδώ. Καθώς κουβεντιάζαμε, ανακαλύψαμε ότι και οι δύο κάναμε πρωινές αλλά και βραδινές βόλτες στην παραλία περίπου την ίδια ώρα, οπότε ένας από εμάς, -δεν θυμάμαι ποιος- πρότεινε να περπατήσουμε μαζί. Έτσι, αυτό κάνουμε τώρα. Αυτό είναι όλο".

"Και το ραντεβού για δείπνο;"

"Εντάξει, εντάξει. Γνωριστήκαμε καλύτερα τις επόμενες δύο εβδομάδες και ένα πράγμα που θυμήθηκα ήταν ότι του άρεσε η υγιεινή διατροφή και δεν μαγείρευε κανένα γεύμα. Έτσι, πριν από μια εβδομάδα, τον κάλεσα στο σπίτι μου για ένα από τα ψητά γεύματά μου σε κατσαρόλα που γνωρίζετε καλά. Τέλος πάντων, υποθέτω ότι σκέφτηκε ότι έπρεπε να με βγάλει για φαγητό στην πόλη το περασμένο Σάββατο σε ανταλλαγμα, επειδή το να προσπαθήσω να μαγειρέψω κάτι για μένα δεν ήταν επιλογή. Υποθέτω ότι θα μπορούσες να το πεις ραντεβού για δείπνο, αλλά στην πραγματικότητα ήταν περισσότερο ένα δείπνο εκδίκησης, και αυτό είναι το *μόνο που συμβαίνει*".

Η Τσέλιαν συνέχισε να τονίζει το "μόνο" στη συζήτησή τους

"Και τι γνώμη έχεις γι' αυτόν;" Η Αριάνα πίεσε για περισσότερες λεπτομέρειες, θέλοντας να πειράξει λίγο ακόμα τη φίλη της.

"Είναι πολύ, πολύ καλός, αλλά μην έχεις τρελές ιδέες στο μυαλό σου, εντάξει. Είμαι μια νέα χήρα, θυμάσαι;"

"Εντάξει, εντάξει", απάντησε η Αριάνα καθώς χτύπησε το κουδούνι της εξώπορτας".

"Είναι ξεκλείδωτη, Μελ", φώναξε Η Τσέλιαν. "Έλα να μας κάνεις παρέα στο οικογενειακό δωμάτιο".

Ο Μελ μπήκε μέσα και υπολογίζοντας ότι πιθανότατα θα τον ανέκριναν, κάθισε μπροστά στο παράθυρο, απέναντι από τους άλλους τρεις. "Χαίρομαι που σε ξαναβλέπω".

"Κι εγώ χαίρομαι που σε ξαναβλέπω", απάντησε η Αριάνα. "Είμαι περισσότερο περίεργη παρά ενοχλητική, αλλά πώς γίνεται πάλι να γνωρίζεις τους Τζόνσον;"

"Στην πραγματικότητα δεν γνωρίζω προσωπικά τους Τζόνσον, αλλά ένας καλός μου φίλος εκεί στο Ρότσεστερ είναι επίσης φίλος με τους Τζόνσον και τους επισκέπτεται τακτικά τώρα που ο Βικ Τζόνσον υπέστη καρδιακή προσβολή. Σε μία από αυτές τις επισκέψεις, η Λουίζ Τζόνσον ανέφερε ότι δεν θα μπορούσαν να φύγουν από το Ρότσεστερ αυτή τη θερινή περίοδο, επειδή οι γιατροί τους συμβούλευσαν να παραμείνουν κοντά τους για τακτικές εξετάσεις και σε περίπτωση έκτακτης ανάγκης.

"Ο φίλος μου ήξερε ότι αναζητούσα ένα ήσυχο εξοχικό στην παραλία για την καλοκαιρινή περίοδο, μακριά από τη ζέστη της Φλόριντα, και με ρώτησε αν θα μπορούσαν να εξετάσουν το ενδεχόμενο να μου νοικιάσουν το σπίτι τους. Υποθέτω ότι ο φίλος μου μου έδωσε μια λαμπρή σύσταση, επειδή οι Τζόνσον ενδιαφέρθηκαν αμέσως για την ιδέα. Ο φίλος μου μου τηλεφώνησε αμέσως από το σπίτι τους για να μάθει αν θα με ενδιέφερε να έρθω εδώ. Ενδιαφερόμουν σίγουρα, οπότε έδωσε το τηλέφωνό του στη Λουίζ για να μιλήσουμε. Μέχρι το τέλος της συζήτησης, είχαμε συμφωνήσει".

"Δηλαδή, οι Τζόνσον δεν θα έρθουν καθόλου αυτό το καλοκαίρι;" ρώτησε η Αριάνα.

"Ίσως. Στη συζήτησή μου με τη Λουίζ, προσφέρθηκα να μετακομίσω κατά τη διάρκεια της σεζόν, αν ο γιατρός του Βικ έδινε το ΟΚ για να επιχειρήσουν να έρθουν προς τα εδώ".

"Πολύ ευγενικό εκ μέρους σου", σχολίασε η Αριάνα. "Λοιπόν, περίεργη περισσότερο από ενοχλητική για άλλη μια φορά, τι θα έλεγες να μας πεις λίγα πράγματα για σένα;"

"Το φαντάστηκα ότι αυτό θα ερχόταν. Οπότε, εδώ είναι μια σύντομη σύνοψη. Αποφοίτησα από το κολέγιο με πτυχίο στις τέχνες της επικοινωνίας. Η πρώτη μου δουλειά ήταν ως δημοσιογράφος σε μια εφημερίδα μιας μικρής πόλης και ένα χτύπημα της τύχης με ώθησε στα μεγάλα σαλόνια. Ο συντάκτης μου στην εφημερίδα της μικρής πόλης ήταν πολύ έξυπνος και βρήκε δουλειά ως συντάκτης σε εφημερίδα μεγάλης πόλης. Λίγους μήνες αργότερα η εφημερίδα της χρειαζόταν άλλον έναν ρεπόρτερ και μου τηλεφώνησε και μου είπε να κάνω αίτηση. Το έκανα και με προσέλαβαν.

"Πριν σου περάσουν λάθος ιδέες γι' αυτό, ήταν αρκετά μεγάλη για να είναι η μητέρα μου και μου φερόταν σαν το παιδί που δεν είχε ποτέ. Δεν παντρεύτηκα ποτέ και έτσι μπόρεσα να μετακινούμαι σε όλη τη χώρα από τη μια εφημερίδα μεγάλης πόλης στην άλλη, κυρίως για ποικιλία και εμπειρία, για σχεδόν είκοσι χρόνια. Με το δημοσιογραφικό μου υπόβαθρο και τις διασυνδέσεις μου, είχα την τύχη να μου δοθεί η ευκαιρία να γίνω δημοσιογράφος στην τηλεόραση, γεγονός που μου άνοιξε ένα εντελώς νέο σύνολο εμπειριών.

"Ήμουν στο Ιράκ όταν κυνηγούσαν τον Σαντάμ Χουσείν, και επίσης στο Αφγανιστάν όταν κυνηγούσαν τον Οσάμα Μπιν Λάντεν, για να αναφέρω μόνο μερικούς. Τελικά κουράστηκα να είμαι ο νομάδας και αποσύρθηκα στα σαράντα οκτώ μου για να αρχίσω να γράφω μυθιστορήματα. Ζω τώρα στη Σαρασότα της Φλόριντα, σε ένα διαμέρισμα που δεν βρίσκεται σε παραλία, οπότε σκέφτομαι εδώ και μερικά χρόνια να περάσω το καλοκαίρι μου στον βορρά σε μια ήσυχη παραλία. Εδώ είμαι λοιπόν".

"Ουάου, έχεις ζήσει μια καταπληκτική ζωή σε σύγκριση με τον μέσο άνθρωπο", δήλωσε η Αριάνα.

"Μπορώ σίγουρα να συμφωνήσω με αυτό. Τι θα έλεγες, λοιπόν, να μοιραστείς μαζί μου μερικές από τις εμπειρίες σου, Αριάνα, και φυσικά και εσύ, Μαρκ".

"Πήγαινε εσύ πρώτος, Μαρκ", είπε η Αριάνα. "Μέχρι στιγμής μιλάω μόνο εγώ".

"Βέβαια. Έχω ζήσει μια αρκετά βαρετή ζωή σε σύγκριση με τη δική σου, Μελ. Αποφοίτησα από το μάρκετινγκ και το merchandising και κατέληξα να πουλάω ασφάλειες ζωής και αμοιβαία κεφάλαια. Άλλαξα δύο φορές εταιρεία, αλλά ποτέ δεν άλλαξα προϊόντα και ζούσαμε πάντα στην περιοχή του Ντιτρόιτ. Αρκετά βαρετά πράγματα".

"Φοβάμαι ότι το βιογραφικό μου δεν είναι πολύ πιο συναρπαστικό από αυτό του Μαρκ", είπε η Αριάνα. "Μετά το κολέγιο, εργάστηκα μόνο ως δασκάλα δημοτικού, όχι ακριβώς στο Ντιτρόιτ, αλλά στην ευρύτερη περιοχή, και αποσύρθηκα αμέσως μόλις ήμουν επιλέξιμη, όσο διατηρούσα ακόμα μέρος της λογικής μου. Στην πραγματικότητα γνώρισα τον Μαρκ σε μια από τις ημέρες επαγγελματικής ανάπτυξης των εκπαιδευτικών, όπου ήταν παρών για να μας εξηγήσει τις ανάγκες και τις ευκαιρίες μας για να μας βοηθήσει να εξασφαλίσουμε το μέλλον μας. Από τότε έχει κολλήσει μαζί μου", πρόσθεσε με ένα γέλιο.

"Εντάξει, παιδιά, θα συνεχίσουμε τώρα, καθώς θέλουμε να πάμε στην πόλη για μερικά πράγματα ακόμα. Χάρηκα που μιλήσαμε μαζί σου, Μελ, και που άκουσα για τις καταπληκτικές εμπειρίες σου ως δημοσιογράφος. Ξέρω ότι θα σας δούμε πολύ περισσότερο καθώς το καλοκαίρι θα είναι πιο φορτωμένο με τους άλλους να κάνουν σύντομα την εμφάνισή τους. Α, πριν το ξεχάσω, Τσέλιαν, τι μπορούμε να κάνουμε για τα γενέθλιά σου φέτος;".

"Σας ευχαριστώ που ρωτάτε, αλλά τώρα που έφυγε ο Ντίτερ, πραγματικά δεν θέλω κανένα πάρτι φέτος. Γι' αυτό σε παρακαλώ, άκουσε την επιθυμία μου και μην προσπαθήσεις να μου κάνεις καμιά έκπληξη, εντάξει;"

"Ωχ!"

"Θέλω να μου υποσχεθείς μπροστά σε μάρτυρες ότι σίγουρα δεν θα σχεδιάσεις ή θα συμμετέχεις σε καμία έκπληξη γενεθλίων φέτος".

"Ωχ!"

"Περιμένω!"

"Κακομαθημένο άθλημα! Εντάξει, το υπόσχομαι".

"Το άκουσες αυτό Μαρκ, το ίδιο και εσύ Μελ".

Και οι δύο επιβεβαίωσαν την παρουσία τους στο τραπέζι των διαπραγματεύσεων και η Αριάνα και ο Μαρκ σύντομα ξεκίνησαν.

Αφού είδε τους γείτονές τους να βγαίνουν από την πίσω πόρτα, ο Μελ υποψιάστηκε ότι θα έπρεπε να φύγει κι αυτός σύντομα. Αλλά πριν αναχωρήσει για το εξοχικό του, αποφάσισε να μάθει, ή τουλάχιστον να προσπαθήσει να μάθει, πότε ήταν τα γενέθλια της Τσέλιαν. "Υπόσχομαι χίλιες φορές ότι δεν έχω σκοπό να σχεδιάσω εκπλήξεις, αλλά θα εκτιμούσα να μάθω πότε είναι πραγματικά τα γενέθλιά σου, σε παρακαλώ".

Η Τσέλιαν σταμάτησε για μερικά δευτερόλεπτα και μετά χαμογέλασε στο Μελ. "Εντάξει, είναι μια εβδομάδα από το ερχόμενο Σάββατο".

"Σας ευχαριστώ. Αν μου επιτρέπεται μια ακόμη ερώτηση, θα ήθελα πολύ να ακούσω τι θα μπορούσε να σας αγοράσει ο σύντροφός σας που περπατάει για τα γενέθλιά σας ή ως εναλλακτική λύση για να σχεδιάσετε τα γενέθλιά σας που δεν περιλαμβάνει πάρτι".

"Προσεκτικά, έτσι; Λοιπόν, αφού είμαι σε θέση να αγοράσω απολύτως οτιδήποτε επιθυμεί η μικρή μου καρδιά, τότε δεν χρειάζομαι κανενός είδους δώρο, αυτό είναι σίγουρο. Οπότε, αυτό μας φέρνει σε κάποιου είδους δραστηριότητα υποθέτω".

"Δεν πειράζει. Για να χρησιμοποιήσω τα δικά σου λόγια, θα μπορούσες να μου δώσεις μερικές ιδέες για το τι είδους δραστηριότητα θα μπορούσε να ευχαριστήσει τη μικρή σου γέρικη καρδιά;"

Η Τσέλιαν γέλασε δυνατά αυτή τη φορά. "Πραγματικά περπατάς σε αβγοκλείδωμα εδώ, έτσι δεν είναι;"

"Υποθέτω ότι θα μπορούσες να το πεις αυτό. Θα σου ήμουν ευγνώμων αν μου έλεγες ποια ακριβώς δραστηριότητα μπορούμε να κάνουμε μαζί που θα έκανε αυτά τα γενέθλια αξέχαστα για σένα και τότε θα το κάνω να συμβεί".

"Τίποτα;"

"Οτιδήποτε. Πες μου και θα φροντίσω να είναι προγραμματισμένο".

Η Τσέλιαν κοίταξε με την άκρη του ματιού της τMελο Μελ με ένα πονηρό χαμόγελο στο πρόσωπό της. "Ακούω καλά, λοιπόν, ότι θα εκπληρώσεις την ευχή μου για τα γενέθλιά μου, αν είναι καθόλου μέσα στις δυνατότητές σου;"

"Απολύτως, χωρίς όρους".

"Μπορεί να το μετανιώσεις αυτό, σε προειδοποιώ".

"Ότι θες, το έχεις".

"Εντάξει. Υπάρχει μια δραστηριότητα που ονειρεύομαι εδώ και πολλά χρόνια, αλλά θα σοκαριστείς αρκετά όταν σου πω ποια είναι".

"Ότι θες, το έχεις".

"Εντάξει, εσύ το ζήτησες", απάντησε, κοκκινίζοντας αισθητά. "Το αίτημα των γενεθλίων μου είναι να απολαύσουμε μαζί ένα Σαββατοκύριακο γενεθλίων με καυτό σεξ στην κρεβατοκάμαρά μου".

Ο Μελ στεκόταν εκεί σιωπηλή, σε απόλυτο σοκ.

"Είπες πες το και θα το πάρω, θυμάσαι;"

Ήταν η σειρά του Μελ να κοκκινίσει. "Έχω πολλά χρόνια να συμμετάσχω σε ένα από αυτά. Δεν ξέρω αν έχω την αντοχή να αντέξω όλο το Σαββατοκύριακο".

"Ούτε εγώ έχω συμμετάσχει εδώ και σχεδόν δεκαπέντε χρόνια. Αυτός είναι ένας λόγος για τον οποίο είναι το ειδικό μου αίτημα. Όσον αφορά την αντοχή, οι συμμετέχοντες σε οποιονδήποτε μαραθώνιο πρέπει να περάσουν από πολλή προπόνηση προηγουμένως". Η Τσέλιαν σταμάτησε να μιλάει και γλίστρησε σαγηνευτικά στο ξύλινο πάτωμα προς τον Μελ, προτού τυλίξει τα χέρια της γύρω από τον λαιμό του, ενώ χαμογελούσε μέχρι τα αυτιά.

"Λοιπόν, θα ξεκινήσουμε την προπόνησή μας για την αντοχή μας αμέσως τώρα στην κρεβατοκάμαρά μου", ψιθύρισε και προκάλεσε ένα παθιασμένο φιλί, το οποίο ο Μελ ανταπέδωσε με προθυμία.

Η Τσέλιαν βγήκε για να πάρει αέρα, λαχανιάζοντας. "Πριν υπερθερμανθώ και σκάσω από φλάντζα ή κάτι τέτοιο, εσύ κλείδωσε την μπροστινή πόρτα κι εγώ θα ανοίξω την πίσω πόρτα. Μετά θα σε συναντήσω στη σκάλα σε δεκαπέντε δευτερόλεπτα".

Δεν περίμενε απάντηση και έτρεξε προς το πίσω μέρος του σπιτιού.

Ο Μελ ξύπνησε από το πιο εκπληκτικό όνειρο που είχε δει και παρατήρησε το φως της ημέρας να μπαίνει στο δωμάτιο.

"Γαμώτο, ξέχασα να βάλω το ξυπνητήρι και θα αργήσω για την πρωινή μας βόλτα". Άρχισε να σηκώνεται από το κρεβάτι, αλλά ένα χέρι τον άρπαξε από το δεξί του χέρι.

"Περίμενε, τίγρη. Αυτό που βλέπεις δεν είναι πρωινό, αλλά βραδινό φως".

Ο Μελ ήξερε ότι δεν ήταν όνειρο όταν απολάμβανε την υπέροχη θέα των περιουσιακών στοιχείων που λικνίζονταν απαλά μπροστά του πάνω στην γυμνόστηθη Τσέλιαν. Χαμήλωσε ξανά το κεφάλι του στο μαξιλάρι και κοίταξε τον άγγελο που έσκυβε από πάνω του. *"Φίλε μου, χαίρομαι πολύ που δεν ήταν όλα αυτά ένα όνειρο".*

"Κι εγώ το ίδιο, πίστεψέ με. Δεν θυμάσαι ότι μετά τον δεύτερο γύρο του έρωτά μας σήμερα το απόγευμα ήσουν εξαντλημένος και αρκετά νυσταγμένος Αποκοιμήθηκες μέσα σε λίγα λεπτά και εγώ δεν άργησα πολύ να σε ακολουθήσω. . Ξύπνησα μόλις πριν από λίγη ώρα και διασκέδασα διεξοδικά μελετώντας σιωπηλά το όμορφο πρόσωπό σου και τη μυώδη σωματική σου διάπλαση. Va-va-voom! Είμαι εντυπωσιασμένη . Αλλά

αρκετά με τις αναμνήσεις, πεινάω. Έχω μερικές μερίδες μοσχαρίσιο στιφάδο που έχει περισσέψει στην κατάψυξη και μπορώ να το ζεστάνω για μας. Πώς σας φαίνεται αυτό;"

"Τώρα που το λες, πεινάω κι εγώ".

Ντύθηκαν γρήγορα και κατέβηκαν βιαστικά κάτω. Η Τσέλιαν έβαλε το πρώτο από τα ζεστά μπολ με τα αποφάγια μπροστά στο Μελ που το έφαγε αργά, περιμένοντας να πάρει το μπολ της και να καθίσει μαζί του στο τραπέζι. Όταν το έκανε, η όρεξη υπερίσχυσε της συζήτησης μέχρι που τα μπολ τους άδειασαν.

"Πρέπει να πω ότι αυτό έπιασε τόπο. Ευχαριστώ", είπε ο Μελ, καθώς ακουμπούσε ικανοποιημένος στην πλάτη της καρέκλας, χωρίς να πεινάει πια.

"Σίγουρα είσαι ευπρόσδεκτοςμετά την προπόνηση που σε έβαλα να κάνεις σήμερα το απόγευμα. Είναι πολύ αργά για να σκεφτούμε καν να κάνουμε τη βραδινή μας βόλτα, δεν νομίζεις;"

"Συμφωνώ."

"Προτείνω να ξεκουράσουμε τις κοιλιές μας για λίγο και μετά να πάμε πάλι επάνω. Ποιος ξέρει τι μπορεί να βρούμε να αναπτύξουμε", γουργούρισε η Τσέλιαν με ένα υπερβολικό κλείσιμο του ματιού.

Ο Μελ χαμογέλασε. "Μου είναι δύσκολο να διαφωνήσω με αυτό".

"Υπέροχα. Όσο ξεκουραζόμαστε εδώ κάτω, πρέπει να μοιραστώ μαζί σου άλλο ένα από τα μυστικά μου".

"Εντάξει, ακούω."

"Αυτό είναι μάλλον ενοχλητικό", είπε, κοκκινίζοντας αισθητά. "Στην πραγματικότητα είσαι μόλις το δεύτερο άτομο με το οποίο έχω κάνει σεξ, είτε το πιστεύεις είτε όχι. Ήμουν παρθένα όταν πήγα στο κολέγιο και είχα σχέση με δύο αγόρια εκεί πριν εμφανιστεί ο Ντίτερ. Αλλά ποτέ δεν ενέδωσα στις παρακλήσεις τους να το κάνουμε μέχρι τέλους. Ούτε ο Ντίτερ προσπάθησε ποτέ να με πείσει να πάμε μέχρι τέλους, αλλά συνέβη απρογραμμάτιστα ένα βράδυ που είχαμε απολαύσει μερικά ποτά. Τότε τα πράγματα έγιναν πολύ καυτά και βαριά. Μετά το αρχικό σοκ από αυτό που είχα κάνει, φάνηκε ότι δεν υπήρχε πλέον κανένας καλός λόγος να απέχω πλέον. Έτσι, έγινε μια τακτική ενασχόληση για εμάς, και σύντομα άρχισα να ανυπομονώ να το κάνω όσο πιο συχνά γινόταν. Έτσι, ο Ντίτερ και εγώ απολαμβάναμε μια ενεργή σεξουαλική ζωή από εκείνο το σημείο και έπειτα για πάνω από δέκα χρόνια πριν όλα καταρρεύσουν.

"Δεν ήμουν τριάντα ετών όταν οι γιατροί μας είπαν ότι δεν θα μπορούσα ποτέ να κάνω παιδιά. Ο Ντίτερ πήρε τα νέα πολύ βαριά. Προσπαθούσαμε πιστά για μερικά χρόνια να μείνω έγκυος, αλλά χωρίς αποτέλεσμα. Είπα στον Ντίτερ ότι θα μπορούσαμε να υιοθετήσουμε μερικά παιδιά, αλλά εκείνος δεν το ήθελε αυτό. Ήταν μια απόλυτη ιδιοφυΐα και ήθελε να μεταδώσει την ευφυΐα του στους απογόνους του.

"Για οποιονδήποτε λόγο - ποτέ δεν κατάλαβα γιατί - η άγρια σεξουαλική μας ζωή μειώθηκε μάλλον γρήγορα από πολλές φορές την εβδομάδα σε μερικές φορές το μήνα και μετά σε μερικές φορές το χρόνο, συνήθως σε ειδικές περιστάσεις όπως τα γενέθλιά μου, η επέτειός μας ή η παραμονή της Πρωτοχρονιάς. Έτσι, τα τελευταία δεκαπέντε χρόνια ήμουν λίγο πολύ σεξουαλικά στερημένη. Ποτέ δεν σκέφτηκα σοβαρά το ενδεχόμενο να ξενοκοιτάζω στο περιθώριο, επειδή είχαμε ουσιαστικά έναν τέλειο γάμο σε όλες τις άλλες πτυχές του και δεν ήθελα να του δώσω περαιτέρω κίνητρο για να σκεφτεί το ενδεχόμενο να με χωρίσει.

"Βέβαια, μερικές φορές αναρωτιόμουν μήπως έκανε κάτι παράλληλο, αλλά ποτέ δεν ανακάλυψα κανένα στοιχείο γι' αυτό. Ξέρεις - ούτε κραγιόν στο κολάρο, ούτε ξανθές τρίχες στα ρούχα του, ούτε πιπιλιές στο λαιμό του, ούτε μυρωδιά άγνωστου αρώματος πάνω του. Καταλαβαίνεις τι εννοώ".

Η Τσέλιαν τελείωσε την ιστορία της με έναν αναστεναγμό. "Ώρα για ένα ποτό. Ενδιαφέρεσαι για τσάι ή καφέ ή μήπως για κάτι κρύο, όπως παγωμένο τσάι; Έχω μια κανάτα γεμάτη στο ψυγείο".

"Το παγωμένο τσάι ακούγεται υπέροχο".

Η Τσέλιαν επέστρεψε από το ψυγείο και έβαλε τα δύο ψηλά ποτήρια στο τραπέζι. "Καλή επιλογή".

"Ευχαριστώ", απάντησε ο Μελ και κατέβασε το ένα τρίτο του δροσιστικού ποτού, καθώς ξανακαθίστηκε στην καρέκλα της.

"Ο θάνατος του Ντίτερ τα άλλαξε όλα αυτά φυσικά. Εκτός του ότι μου έλειπε να τον έχω κοντά μου, αναγκάστηκα να επανεξετάσω το μέλλον μου χωρίς αυτόν. Δεν σκεφτόμουν καθόλου άλλους άντρες, αλλά εσύ μπήκες μυστηριωδώς στη ζωή μου, στην αρχή απλώς ως σύντροφος για περπάτημα και ως ηχείο. Αλλά αφού γνωριστήκαμε πολύ καλύτερα, άρχισα να αναπτύσσω άγνωστα συναισθήματα για σένα και δεν ήξερα τι να κάνω υπό τις συνθήκες που επικρατούσαν. Τότε άρχισα να διαισθάνομαι ότι κι εσύ ς βιώνεις παρόμοια συναισθήματα για μένα. Είχα δίκιο;"

Ο Μελ χαμογέλασε. "Σίγουρα".

"Το φαντάστηκα. Σκέφτηκα ότι μάλλον δίσταζες να εκφράσεις τα συναισθήματά σου προς μια πρόσφατη χήρα και πίστεψέ με ότι σε σεβόμουν ακόμη περισσότερο γι' αυτό. Μου άφησε χρόνο να προσπαθήσω να καταλάβω τι ήθελα και τι έπρεπε να κάνω σχετικά με τα συναισθήματά μου. Στη συνέχεια, πριν από δύο εβδομάδες βρήκα τον εαυτό μου να φαντασιώνεται ότι κοιμάται μαζί σου . Προσπάθησα να σταματήσω αυτές τις φαντασιώσεις, αλλά η προσπάθεια ήταν ανώφελη. Αντιθέτως, αυτές αυξάνονταν. Στη συνέχεια, το Σάββατο, στο εστιατόριο The Waterfront Diner άρχισα να φαντασιώνομαι ξανά, καθώς πέρασα περισσότερο χρόνο παρακολουθώντας αυτόν τον όμορφο άντρα απέναντι από το τραπέζι μου παρά τρώγοντας. Με ρώτησες μάλιστα αν κάτι δεν πήγαινε καλά με το φαγητό μου, θυμάσαι;".

"Θυμάμαι."

"Το φαγητό ήταν καλό. Το σώμα μου έβραζε από την επιθυμία και αν ήμασταν στο σπίτι μου, θα σε είχα σύρει στο κρεβάτι πριν καν τελειώσουμε το δείπνο. Δυστυχώς, ή ίσως αυτό να ήταν ευτυχώς, δεν ήμασταν εδώ, και έπρεπε πραγματικά να δουλέψω για να ηρεμήσω πριν υποψιαστείς κάτι. Ήταν καλό που το έκανα, γιατί η Αριάνα και ο Μαρκ μπήκαν μέσα λίγο αργότερα.

"Τότε, όταν σε έσυρα εδώ μέσα για να σου πω για τις συνθήκες του θανάτου του Ντίτερ, ήξερα ότι ήμουν στα πρόθυρα να χάσω ξανά την ψυχραιμία μου. Χρειαζόμουν τον ώμο σου για να κλάψω και δεν με ενδιέφερε πλέον το σεξ. Οπότε, μετά πάω και λέω κάτι σαν "θέλω να μείνεις εδώ μαζί μου απόψε". Εξήγησα αμέσως τι ήθελα να πω και ήταν η αλήθεια, ειλικρινά. Υποψιάζομαι ότι το μυαλό μου που φαντασιωνόταν έβγαζε τις λέξεις και όχι ο λογικός μου εαυτός. Το αναφέρω αυτό τώρα μόνο και μόνο επειδή δεν θέλω να νομίζεις ότι σε κάλεσα να μείνεις για άλλους λόγους εκείνο το βράδυ και μετά αμέσως δείλιασα. Χωρίς ψέματα- αυτό ήταν ατύχημα, εντάξει;"

"Καταλαβαίνω".

"Ωραία. Αυτό μου έδωσε μερικές επιπλέον ημέρες για να ξεκαθαρίσω τα συναισθήματά μου και μετά οι Χόλντεν εμφανίστηκαν σήμερα το απόγευμα για μια επίσκεψη. Δεν είχα καμία πρόθεση να σου πω πότε ήταν τα γενέθλιά μου, αλλά είμαι τόσο ευγνώμων τώρα που η Αριάνα ξεστόμισε την αλήθεια και με πίεσε για ένα κατάλληλο δώρο γενεθλίων. Τα υπόλοιπα είναι ιστορία, κούκλε μου".

Ο Μελ χαμογέλασε. "Δεν είμαι ακριβώς σίγουρος ότι θα με αποκαλούσα κούκλο, αλλά σίγουρα εκτιμώ που το σκέφτεσαι".

"Σίγουρα το πιστεύω. Εντάξει, τώρα έχω μια πρόταση για σένα."

Ο Μελ σήκωσε το φρύδι του περιμένοντας να ακούσει τι θα έλεγε τώρα η Τσέλιαν. Ακόμα επεξεργαζόταν όλα όσα μόλις του αποκάλυψε και ήλπιζε ότι θα μπορούσε να διαχειριστεί τα επόμενα νέα της. "Ακούω".

Η Τσέλιαν πήρε μια βαθιά ανάσα και μίλησε γρήγορα. "Αν δεν σε πειράζει, θα ήθελα να κοιμάσαι στο κρεβάτι μου κάθε βράδυ, τουλάχιστον μέχρι το τέλος του Σαββατοκύριακου των γενεθλίων μου. Ξέρω ότι δεν μπορείς να μετακομίσεις εδώ είκοσι τέσσερις ώρες το εικοσιτετράωρο για δύο εβδομάδες, επειδή χρειάζεσαι ησυχία για να δουλέψεις το βιβλίο σου, και αν προσπαθήσεις να το κάνεις αυτό εδώ, δεν θα μπορέσω να κρατήσω τα χέρια μου μακριά σου για πολύ καιρό. Μπορείς να έρχεσαι να με επισκέπτεσαι όποτε θέλεις μέσα στη μέρα, όταν χρειάζεσαι ένα διάλειμμα, αλλά η μόνη εγγύηση που ζητάω είναι ότι θα είσαι στο κρεβάτι μαζί μου κάθε βράδυ, εντάξει;".

Ο Μελ της χαμογέλασε. "Αυτό μου ακούγεται καλό".

"Ωραία. Τι θα έλεγες λοιπόν να ξαναγυρίσουμε επάνω και να δούμε αν μπορούμε να ξεκινήσουμε τον τρίτο γύρο στα σεντόνια;"

"Έχεις την ψήφο μου."

Η Τσέλιαν χαχάνισε καθώς οδηγούσε Μελ τον Μελ στις σκάλες για τον υποσχόμενο τρίτο γύρο. Και τέταρτος γύρος όπως αποδείχτηκε.

Ο Μελ ξύπνησε από τους μελωδικούς ήχους των πουλιών που κελαηδούσαν στα δέντρα έξω από το παράθυρο. Γύρισε προς τον κοιμισμένη Τσέλιαν και απολάμβανε την όμορφη θέα. Σκέφτηκε για λίγα λεπτά αν θα έπρεπε να την αφήσει να κοιμηθεί μέχρι να χτυπήσει το ξυπνητήρι για την πρωινή τους βόλτα ή να αγκαλιάσει το φιλόξενο κορμί της και να δει αν ο πέμπτος γύρος ήταν στα βιβλία.

Δεν ήταν πραγματικά μεγάλη συζήτηση.

Χάιδευε απαλά το γυμνό σώμα της κάτω από το λεπτό σεντόνι και χρειάστηκε μόνο ένα ή δύο λεπτά για να αρχίσει να βγάζει τα αναμενόμενα ήσυχα βογγητά ηδονής, καθώς το σώμα της σπαρταρούσε από την αυξανόμενη επιθυμία.

"Καλημέρα, σέξι κούκλε μου", ψιθύρισε. "Ώρα για την πρώτη μου πρωινή έκπληξη, βλέπω".

8

Ο Μελ επέστρεψε στο εξοχικό του μετά την πρωινή του βόλτα με τον Τσέλιαν, έκανε ντους και επιτέθηκε με ανυπομονησία στο πρωινό του με φρέσκα φρούτα. Ακόμα δυσκολευόταν να πιστέψει πώς τα γεγονότα που συνέβησαν στο εξοχικό της Τσέλιαν τις προηγούμενες είκοσι περίπου ώρες είχαν αλλάξει εντελώς τη ζωή του.

Κουβαλώντας την υπερμεγέθη κούπα του καφέ, διέταξε τον εαυτό του να καθίσει στον υπολογιστή του και να προσπαθήσει να κάνει κάποια πρόοδο στο χειρόγραφό του. Μεγάλη πιθανότητα. Περνούσε τον περισσότερο χρόνο του αναπολώντας τα υπέροχα - και εντελώς απροσδόκητα γεγονότα που συνέβησαν με τον Τσέλιαν. Η ονειροπόλησή του διακόπηκε ξαφνικά από το κουδούνισμα του κινητού του τηλεφώνου. Αναγνώρισε αμέσως ότι δεν ήταν η Τσέλιαν από τον ήχο κλήσης.

"Εμπρός."

"Γεια σου, Μελ, είμαι ο Ντιν από το Σεντ Λούις".

"Γεια σου, Ντιν. Πώς πάει στο Σεντ Λούις;"

"Πολύ ωραία μέρα εδώ. Και έχω μια ενημέρωση για σένα. Είχα μια μακρά συζήτηση χθες με τον ντετέκτιβ Γκάρλαντ Ζέλερτον στο Σπρίνγκφιλντ και έχω κάποιες πληροφορίες που δεν είναι ακριβώς συγκλονιστικές".

"Υπέροχα."

"Κατ' αρχάς, το σοκαριστικό είναι ότι η βασική ύποπτη στην υπόθεση ήταν η χήρα".

"Θα αστειεύεσαι, έτσι δεν είναι, Ντιν;"

"Όχι, αλλά είπα ότι ήταν, όχι ότι είναι, η βασική ύποπτη. Το άτομο που ωφελήθηκε περισσότερο από τη δολοφονία είναι αναμφισβήτητα η σύζυγός του. Έγινε μια εξαιρετικά πλούσια κυρία χάρη στον αγνοούμενο πιστολέρο μας. Πόσο υπολογίζεις ότι αξίζει, Μελ;"

"Ξέρω ότι πρέπει να είναι μερικά εκατομμύρια, αλλά δεν είναι κάτι για το οποίο έχουμε μιλήσει καθόλου".

"Τι θα έλεγες για πολλές εκατοντάδες εκατομμύρια;"

"Ω!" Ο Μελ ξεστόμισε και έκανε μια παύση για να μαζέψει τις σκέψεις του. "Ξέρεις, δεν φέρεται καθόλου σαν πλούσια σκύλα. Εμφανίζεται σαν μια πολύ συμπαθητική, συνηθισμένη γυναίκα".

"Στην πραγματικότητα, έτσι την περιέγραψε λίγο πολύ και ο ντετέκτιβ Ζέλλερτον. Αυτή και ο σύζυγός της δεν ζούσαν σαν πάμπλουτοι άνθρωποι, αλλά περισσότερο σαν μέσοι ευκατάστατοι άνθρωποι. Δεν ζούσαν σε μια μεγάλη έπαυλη αυτό είναι σίγουρο".

"Είπες ότι δεν είναι πλέον η βασική ύποπτη, σωστά;"

"Σωστά. Η αστυνομία του Σπρίνγκφιλντ την ερεύνησε διεξοδικά, επειδή στην αρχή ήταν η προφανής βασική ύποπτη. Συνεργάστηκε με την αστυνομία εκατόν δέκα τοις εκατό. Απάντησε σε όλες τις ερωτήσεις τους και τους άφησε να ψαχουλεύουν όπου και όποτε ήθελαν. Δεν μπόρεσαν να βρουν καμία απολύτως απόδειξη ότι εμπλέκεται στη δολοφονία. Δυστυχώς, αυτό ισχύει και για όλους τους άλλους πιθανούς υπόπτους που είχαν στη λίστα τους. Εν ολίγοις, δεν έχουν απολύτως κανένα στοιχείο και γι' αυτό η δολοφονία βρίσκεται στην ιστοσελίδα τους Crime Stoppers".

"Κατάλαβα. Ανέφερες τίποτα για μένα στον ντετέκτιβ Ζέλερτον;"

"Δυστυχώς, δεν είχα άλλη επιλογή. Ρώτησε γιατί ένας ντετέκτιβ του Σεντ Λούις ρωτούσε για μια υπόθεση στο Σπρίνγκφιλντ, ενώ απ' όσο γνώριζαν δεν υπήρχε καμία σχέση μεταξύ των Μόρισον ή της Τεχνολογίες Ντίτερ και του Σεντ Λούις. Δεν μπορούσα να του πω ψέματα, οπότε σε ανέφερα ως έναν παλιό μου φίλο με εκτεταμένο ιστορικό σε ποινικές έρευνες ως δημοσιογράφος εφημερίδων και τηλεόρασης και τώρα ως συγγραφέας αστυνομικών μυστηρίων. Στη συνέχεια με ρώτησε το όνομά σου και φυσικά του είπα. Ήθελε επίσης να μάθει τη σχέση σου με την υπόθεση αυτή, αν υπάρχει, και του είπα ότι είσαι ένας σημερινός καλοκαιρινός γείτονας της κυρίας Μόρισον. Με ρώτησε αν πίστευα ότι θα προσπαθούσες να παίξες τον Σέρλοκ Χολμς και τον διαβεβαίωσα ότι αν έβρισκες κάτι που να σχετίζεται έστω και ελάχιστα με την υπόθεση, θα του τηλεφωνούσες αμέσως. Α, πριν το ξεχάσω, η κυρία Μόρισον του τηλεφωνεί κάθε εβδομάδα για να δει αν υπάρχει κάτι καινούργιο στην υπόθεση".

"Εντάξει, ευχαριστώ πολύ, φίλε, για όλες τις προσπάθειές σου γι' αυτό. Θα κρατάω επαφή πού και πού για να σε ενημερώσω αν έχουμε βρει κάτι ενδιαφέρον".

"Σούπερ. Να προσέχεις τον εαυτό σου και να μην καείς πολύ από τον ήλιο αυτό το καλοκαίρι, εντάξει;"

"Δεν θα το κάνω. Αντίο για την ώρα".

"Αντίο."

Ο Μελ κοίταξε το ρολόι του. Έντεκα και σαράντα. "Μπορώ να τρέξω να φάω με την Τσέλιαν και να της πω για τη συζήτησή μου με τον Ντιν", είπε στον εαυτό του. "Ας το κάνουμε." Άρπαξε ένα σετ σαλάτας από το ψυγείο και ένα μπολ για να το ανακατέψει, προτού ξεκινήσει κατά μήκος της αμμώδους παραλίας για το εξοχικό της Τσέλιαν.

Η Τσέλιαν έσπευσε προς την πόρτα όταν αναγνώρισε

το γνώριμο χτύπημα. "Γεια σου, αποφάσισες να περάσεις για ένα μεσημεριανό βλέπω. Έλα μέσα".

"Βασικά, έχω κάτι να...", ήταν το μόνο που είπε ο Μελ πριν τον διακόψει.

"Περίμενε. Μπορούμε να μιλήσουμε στο μεσημεριανό γεύμα, μετά. Αυτή τη στιγμή, πρέπει να τρέξουμε επάνω και να δουλέψουμε την αντοχή σου, το θυμάσαι αυτό;"

Η Τσέλιαν μοιράστηκε λίγη από τη σαλάτα του Μελ για να τον κρατήσει ευχαριστημένο και έφτιαξε ένα σάντουιτς με κοτόπουλο για τον εαυτό της. Του πρόσφερε ένα σάντουιτς, αλλά εκείνος αρνήθηκε ευγενικά. Η Τσέλιαν καθάρισε το τραπέζι αφού τελείωσαν το φαγητό και έφερε δύο κούπες καφέ.

"Είπες ότι είχες κάτι να μου πεις πριν σε κόψω με συνοπτικές διαδικασίες και σε σύρω επάνω, όχι ακριβώς ουρλιάζοντας ή παλεύοντας πρέπει να τονίσω, για κάποια μεσημεριανή άσκηση", είπε με ένα πλατύ χαμόγελο.

"Ναι, αλλά θα ήθελα να προσθέσω ότι η μεσημεριανή μας άσκηση ήταν εύκολα η αγαπημένη μου από όλες τις πιθανές επιλογές άσκησης".

"Και η δική μου, πίστεψέ με".

"Εν πάση περιπτώσει, η επίσκεψή μου εδώ έγινε με αφορμή ένα τηλεφώνημα που έλαβα από τον σύνδεσμό μου με την αστυνομία του Σεντ Λούις. Μίλησε με τον ντετέκτιβ Γκάρλαντ Ζέλερτον, τον οποίο προφανώς γνωρίζεις , στο Σπρίνγκφιλντ και επιβεβαίωσε για άλλη μια φορά ότι δεν έχουν κανένα στοιχείο για την εξιχνίαση της υπόθεσης του Ντίτερ. Η επαφή μου με συνέστησε και μοιράστηκε με τον ντετέκτιβ Ζέλερτον το ιστορικό μου στις έρευνες και το ρεπορτάζ. Ο Ζέλερτον δεν θέλει να παριστάνω τον Σέρλοκ Χολμς και ζήτησε να του μεταφέρω κάθε ενδιαφέρον στοιχείο που μπορεί να βρω , πράγμα που δεν με εκπλήσσει. Έχεις καμιά πρόταση για το πού να αρχίσουμε να ψαχουλεύουμε; Έχεις κάποιο προαίσθημα για το ποιος μπορεί να εμπλέκεται στους πυροβολισμούς;".

"Όχι. Έχω σπάσει το μυαλό μου για εβδομάδες ολόκληρες προσπαθώντας να θυμηθώ οτιδήποτε θα μπορούσε να κάνει κάποιον να επιθυμεί να δει τον Ντίτερ νεκρό και πάντα καταλήγω σε κενά. Έχω όμως μια ιδέα για τις έρευνές μας. Πιθανότατα δεν θα είχα το κουράγιο να το συνεχίσω μόνη μου, αλλά τώρα που μου έδειξες την επιθυμία σου να ψάξεις βαθύτερα σε αυτή την υπόθεση, νομίζω ότι θα είμαι εντάξει να σε ακολουθήσω ως σωματοφύλακάς μου".

"Σίγουρα θα κάνω ό,τι μπορώ για να σε προστατεύσω σε αυτό το εγχείρημα, αλλά υποθέτω ότι πρέπει να αναγνωρίσουμε ότι θα μπορούσε να υπάρξει κάποιος κίνδυνος για εμάς, αν ταράξουμε τα νερά του δολοφόνου ή του ατόμου που προσέλαβε τον δολοφόνο. Πρέπει να το γνωρίζεις αυτό από την αρχή".

"Ναι, καταλαβαίνω. Είμαι διατεθειμένη να πάρω το ρίσκο, αν είσαι κι εσύ ".

"Εντάξει, ποια είναι η ιδέα σου;"

"Κατ' αρχάς, πρέπει να σου δώσω κάποιες πληροφορίες για το ιστορικό σου . Ο Ντίτερ ήταν πρόεδρος του διοικητικού συμβουλίου και διευθύνων σύμβουλος της Τεχνολογίες Ντίτερ . Καθώς η εταιρεία αναπτύχθηκε ραγδαία πριν από χρόνια, ήθελε να βγει από τις καθημερινές εργασίες και να επικεντρώσει το μοναδικό του ταλέντο σε νέες εφευρέσεις, οπότε ανέθεσε σε άλλους την ευθύνη των καθημερινών εργασιών. Όρισε τον καλό του φίλο και μακροχρόνιο συνεργάτη του Μάρσαλ Γουάιτχεντ ως πρόεδρο και τελικά πρόσθεσαν τρεις αντιπροέδρους για να χειριστούν τους τομείς της έρευνας, των οικονομικών και της παραγωγής. Εντάξει μέχρι στιγμής;"

"Εντάξει μέχρι στιγμής. Ασε με να κρατήσω μερικές σημειώσεις". Ο Μελ άρπαξε ένα σημειωματάριο και ένα στυλό από τον πάγκο που βρισκόταν εκεί κοντά και επέστρεψε στη θέση του στο τραπέζι.

"Ωραία. Η εταιρεία δεν εξέδωσε ποτέ μετοχές στο κοινό και ο Ντίτερ κατείχε το εκατό τοις εκατό της εταιρείας. Η διαθήκη του άφησε το δέκα τοις εκατό των μετοχών στον Μάρσαλ και το πέντε τοις εκατό σε κάθε έναν από τους αντιπροέδρους. Εγώ κληρονόμησα το υπόλοιπο εβδομήντα πέντε τοις εκατό της εταιρείας. Προφανώς, μπορώ να ασκήσω τη βούλησή μου ως βασικός μέτοχος, διότι μπορώ να υπερψηφίσω τους άλλους τέσσερις σε οποιαδήποτε απόφαση. Είμαι τώρα πρόεδρος του διοικητικού συμβουλίου και διευθύνων σύμβουλος, αλλά δεν έχω πάει στα κεντρικά γραφεία της εταιρείας από τότε που πυροβολήθηκε ο Ντίτερ. Ο Μάρσαλ διοικούσε την εταιρεία όλο αυτό το διάστημα, όπως έκανε και όταν ο Ντίτερ ήταν ακόμα ζωντανός. Μου τηλεφωνεί τακτικά για να συζητάμε τυχόν σημαντικές αποφάσεις. Στην πραγματικότητα είναι απλώς ένα τηλεφώνημα από ευγένεια, επειδή δεν καταλαβαίνω πολλά από αυτά που μου λέει, αλλά εκτιμώ ότι με κρατάει ενήμερη για το τι συμβαίνει. Βγάζει νόημα αυτό;"

"Ναι, σε ακούω".

"Θαυμάσια. Νομίζω, λοιπόν, ότι πρέπει να επισκεφτούμε τα κεντρικά γραφεία του Σπρίνγκφιλντ και να μιλήσουμε με την εκτελεστική γραμματέα του Ντίτερ -που είναι πολύ καλή, - τον Μάρσαλ και όποιον άλλο μας προτείνουν να μιλήσουμε και να δούμε αν αυτές οι συζητήσεις μας οδηγήσουν σε κάποια στοιχεία σχετικά με το ποιος ήταν υπεύθυνος για αυτό το αποτρόπαιο έγκλημα".

"Πόσα θα αποκαλύψουν αν εγώ, ένας εντελώς άγνωστος, έρθω μαζί σου;"

"Νομίζω ότι το έχω καλύψει αυτό, όμορφε.

Προσλαμβάνω εσένα, έναν διάσημο συγγραφέα μυστηρίου, να γράψεις ένα βιβλίο για την άνοδο της Τεχνολογίες Ντίτερ , συμπεριλαμβανομένου του πρόωρου θανάτου του Ντίτερ".

"Αυτό ακούγεται σαν μια καλή κάλυψη."

"Δεν είναι κάλυψη. Προσλαμβάνεσαι αυτή τη στιγμή για αυτό το πρότζεκτ, εκτός φυσικά αν δεν θέλεις να το κάνεις. Είμαι σίγουρη ότι η ιστορία του Ντίτερ θα γίνει ένα ακόμη μπεστ σέλερ για σένα".

"Α, κατάλαβα", απάντησε ο Μελ με ένα χαμόγελο μέχρι τα αυτιά. "Είναι τιμή μου που επιλέχθηκα γι' αυτή την απαιτητική αποστολή. Σε ευχαριστώ".

"Παρακαλώ. Έχω απόλυτη εμπιστοσύνη σε σένα. Μπορούμε να πάμε στο Σπρίνγκφιλντ οποιαδήποτε στιγμή, ακόμα και σήμερα το απόγευμα, και να ξεκινήσουμε την έρευνά μας".

"Όπως ξέρεις, είμαι ελεύθερος, οπότε βρες εσύ το σχέδιο. Τι λες για εκείνο το ξεχωριστό Σαββατοκύριακο γενεθλίων που μου είπες;"

Η Τσέλιαν χαμογέλασε. "Το μόνο που χρειάζομαι είναι ένα κρεβάτι με εσένα μέσα. Δεν έχει σημασία σε ποιο κτίριο θα γιορτάσουμε".

"Κατάλαβα. Εντάξει, θα είσαι εντάξει με το να επισκεφτείς τα γραφεία της εταιρείας τώρα ή θα είναι καλύτερα να περιμένεις μερικές εβδομάδες ακόμα;"

Η Τσέλιαν δίστασε και δάγκωσε το κάτω χείλος της. Τελικά κοίταξε τον Μελ κατάματα. "Δεν θα είναι εύκολο ανά πάσα στιγμή, είτε είναι αύριο είτε σε έξι μήνες από τώρα. Μην εκπλαγείς αν έχω πολλά ξεσπάσματα με κλάμματα όταν φτάσουμε εκεί για πρώτη φορά, και μάλλον δεν θα έπρεπε να κλαίω στον ώμο σου με όλους τριγύρω. Στα γραφεία της εταιρείας, θα πρέπει να σε αναφέρω ως συγγραφέα της ιστορίας του Ντίτερ και να κρατήσω τη θέση του εκπληκτικού εραστή σου για πιο ιδιωτικές τοποθεσίες".

Ο Μελ χαμογέλασε. "Ναι, νομίζω ότι είναι σοφή απόφαση".

"Εντάξει, ας φύγουμε μόλις είμαστε έτοιμοι ... αν δεν σε πειράζει;" προσφέρθηκε Η Τσέλιαν.

"Ας το κάνουμε."

9

Μετά από μια στάση στο δρόμο για ένα χαλαρωτικό δείπνο, η Τσέλιαν και ο Μελ έφτασαν στο σπίτι της στο Σπρίνγκφιλντ πριν νυχτώσει. Είχαν συμφωνήσει κατά τη διάρκεια της διαδρομής ότι, επειδή δεν μπορούσαν καν να μαντέψουν πόσο καιρό θα έμεναν στο Σπρίνγκφιλντ- δεν θα αγόραζαν αμέσως ψώνια, αλλά θα έτρωγαν έξω ή θα έπαιρναν γεύματα απ' έξω ανάλογα με τις ανάγκες. Η Τσέλιαν ξενάγησε το Μελ στα γρήγορα στο σπίτι της και έπειτα βολεύτηκαν στο υπέρδιπλο κρεβάτι της για τη συνηθισμένη τους νύχτα με ευχάριστη άσκηση.

Ο Μελ είχε οδηγήσει την Cadillac Escalade της Τσέλιαν από το Μπράμπλγκροβ Μπιτς στο Σπρίνκφιλντ, αλλά το πρωί η Τσέλιαν ανέλαβε την ευθύνη της οδήγησης για το ταξίδι τους προς τα κεντρικά γραφεία της Τεχνολογίες Ντίτερ. Οδήγησε στην άδεια θέση στάθμευσης με την ένδειξη Διευθύνων Σύμβουλος.

Η ρεσεψιονίστ στη ρεσεψιόν δεν βρισκόταν στη θέση της, οπότε η Τσέλιαν κατευθύνθηκε κατευθείαν προς το γραφείο του διευθύνοντος συμβούλου, το δικό της γραφείο τώρα, για πρώτη φορά από τότε που έγινε διευθύνουσα σύμβουλος και κύρια ιδιοκτήτρια.

"Τσέλιαν", φώναξε η εκτελεστική γραμματέας καθώς έτρεχε γύρω από το τεράστιο γραφείο της και μέσα στην ανοιχτή αγκαλιά του νέου της αφεντικού. Τα δάκρυα έπεσαν στα μάγουλα και των δύο καθώς αγκαλιάζονταν για μια αιωνιότητα. "Είναι τόσο υπέροχο που σε βλέπω ξανά εδώ", είπε η βοηθός καθώς χωρίστηκαν και απομακρύνθηκαν ενώ σκούπιζαν τις εναπομείνασες σταγόνες νερού από τα αναψοκοκκινισμένα μάγουλα.

"Ευχαριστώ, Καρμαλίντα. Δεν ήταν εύκολη υπόθεση να με περάσεις από τις μπροστινές πόρτες υπό αυτές τις συνθήκες, αλλά αυτό το εμπόδιο έπρεπε να ξεπεραστεί κάποια στιγμή και αυτή η κάποια στιγμή ήταν σήμερα. Καρμαλίντα, θα ήθελα να σου γνωρίσω τον φίλο μου από την παραλία, τον Μελ Χαλντέιν. Μελ, αυτή είναι η καταπληκτική γραμματέας μου, η Καρμαλίντα Γκόμεζ".

"Χαίρομαι που σας γνωρίζω", είπε ο Μελ καθώς έσφιγγαν τα χέρια.

"Παρομοίως", απάντησε η Καρμαλίντα χαμογελώντας και έστρεψε την προσοχή της ξανά στην Τσέλιαν. "Είναι απλώς μια επίσκεψη για να δείξουμε στον Μελ τις εγκαταστάσεις ή υπάρχει άλλος σκοπός για την ευπρόσδεκτη παρουσία σας εδώ σήμερα;"

Η Τσέλιαν κοίταξε έξω από τον γυάλινο τοίχο στον διάδρομο και δεν είδε κανέναν, αλλά αποφάσισε ότι η συζήτησή τους θα έπρεπε να είναι ιδιωτική ούτως ή άλλως. "Ας πάμε στο γραφείο του Ντίτερ ... ουπς, μάλλον είναι το γραφείο μου τώρα, όπου μπορούμε να κάνουμε μια ιδιωτική συζήτηση, εντάξει;"

Οι τρεις τους κάθισαν στις αναπαυτικές καρέκλες που βρίσκονταν απέναντι από το γραφείο του διευθύνοντος συμβούλου. Η Τσέλιαν δεν ήταν ακόμη έτοιμη να αναλάβει την καρέκλα εξουσίας του Ντίτερ πίσω από το τεράστιο γραφείο. "Καρμαλίντα, πρέπει να ξεκινήσω εξηγώντας σου την παρουσία του Μελ εδώ μαζί μας. Τον προσέλαβα για να γράψει την ιστορία της Τεχνολογίες Ντίτερ , η οποία ελπίζουμε να καταλήξει στην τιμωρία του δολοφόνου", είπε, με τη φωνή της να σπάει καθώς ξεστόμιζε τις λέξεις.

Η Καρμαλίντα πλησίασε και έσφιξε καθησυχαστικά το χέρι της Τσέλιαν.

"Είμαι σίγουρη ότι ο Μελ θα έρθει εδώ πολλές φορές, ρωτώντας τους πάντες για την ιστορία και την ανάπτυξη της εταιρείας. Ελπίζω να μπορώ να βασίζομαι σε εσάς για να τον βοηθήσετε με κάθε τρόπο. Μπορεί να υπάρξουν μέρες που δεν θα μπορώ να τον συνοδεύσω εδώ, οπότε τον αφήνω στα ικανά χέρια σας σε αυτές τις περιπτώσεις, εντάξει;".

"Φυσικά, θα βοηθήσω με όποιον τρόπο μπορώ".

"Το ήξερα ότι θα το έκανες, αλλά ήθελα να καταλάβεις μερικούς από τους λόγους της σημερινής μας επίσκεψης. Ο Μελ είναι αναγνωρισμένος συγγραφέας αστυνομικών μυστηρίων. Επιπλέον, έχει μερικές δεκαετίες εμπειρίας ως ρεπόρτερ ερευνών για πολλές εφημερίδες μεγάλων πόλεων καθώς και για τηλεοπτικά δίκτυα. Έχω απόλυτη εμπιστοσύνη ότι θα κάνει καταπληκτική δουλειά με την ιστορία του Ντίτερ. Τώρα, προχωρώντας, γνωρίζεις ότι η αστυνομία του Σπρίνγκφιλντ δεν έχει καταφέρει να βρει άκρη στην προσπάθειά της να εξιχνιάσει τη δολοφονία;".

"Μπορεί να μην είμαι ακριβώς ενήμερη, αλλά είχα ακούσει αυτό το γεγονός πριν από μερικές εβδομάδες".

"Αυτή τη στιγμή, το κύριο μέλημα του Μελ και εμένα είναι να βρούμε κάποια νέα στοιχεία για τη δολοφονία, ώστε η αστυνομία να μπορέσει να ξεκινήσει ξανά την έρευνά της. Δεν το κάνουμε αυτό πίσω από την πλάτη της αστυνομίας του Σπρίνγκφιλντ, αλλά με τις ευλογίες του ντετέκτιβ Ζέλλερτον, εντάξει;".

"Καταλαβαίνω".

"Ωραία. Τώρα έχουμε κάποιες ερωτήσεις για εσένα, οι οποίες πιθανόν να σου έχουν γίνει πολλές φορές στο παρελθόν. Σκοπεύουμε επίσης να ανακρίνουμε τον Μάρσαλ και όποιον άλλον μπορεί να γνωρίζει κάτι. Υπάρχει περίπτωση, ελπίζουμε, κάποιος να θυμάται κάτι που μπορεί να είναι σημαντικό για την έρευνα και το οποίο δεν είπε στον ντετέκτιβ Ζέλερτον και στους συναδέλφους του ντετέκτιβ πριν από μερικούς μήνες. Βγάζεις νόημα μέχρι στιγμής;"

"Ω ναι, απόλυτα λογικό."

"Σούπερ. Μπορείς να σκεφτείς κάποιον πιθανό λόγο για τον οποίο κάποιος θα ήθελε να δολοφονήσει τον Ντίτερ;"

"Πίστεψέ με, Τσέλιαν, το ρωτάω τον εαυτό μου τακτικά και δυστυχώς πάντα καταλήγει σε όχι. Ο Ντίτερ ήταν ένας υπέροχος και ευγενικός άνθρωπος και μου είναι ακόμα αρκετά δύσκολο να πιστέψω ότι κάποιος θα μπορούσε ποτέ να του κάνει κάτι τέτοιο".

"Συμφωνώ. Στη συνέχεια θα πρέπει να σου κάνω μια άλλη ερώτηση που μπορεί να σε σοκάρει στην αρχή, αλλά είναι ζωτικής σημασίας να μου δώσεις μια ειλικρινή απάντηση, εντάξει;"

"Φυσικά, θα το κάνω".

"Ξέρω ότι φτάνουμε εδώ, αλλά γνωρίζετε ή ακούσατε ποτέ ψιθύρους ότι ο Ντίτερ έβλεπε άλλες γυναίκες;"

"Τσέλιαν, πώς μπορείς να σκέφτεσαι κάτι τέτοιο;" απάντησε με υψωμένη φωνή.

"Δεν είπα ότι πιστεύω ότι είναι, αλλά πρέπει να ψάξουμε κάτω από κάθε πέτρα αν πρόκειται να ανακαλύψουμε ένα ακόμα κρυμμένο στοιχείο για όλο αυτό το μυστήριο. Τώρα, σε παρακαλώ, δώσε μου μια ξεκάθαρη απάντηση στην ερώτησή μου".

"Εντάξει, ποτέ δεν είχα υποψίες ότι ο Ντίτερ ήταν γυναικάς στο περιθώριο. Απολύτως καμία."

"Λυπάμαι που χρειάστηκε να σε καθηλώσω με αυτόν τον τρόπο, αλλά ξέρω ότι ήσουν πολύ πιστή γραμματέας του Ντίτερ και δεν ήταν πιθανό να καταγγείλεις στη γυναίκα του πίσω από την πλάτη του αν τα έβαζε με κάποια, σωστά; Τώρα που έφυγε, ήλπιζα ότι δεν χρειαζόταν πλέον να μου κρύβεις τίποτα, αν υπήρχε κάτι να κρύψεις. Και ήλπιζα ότι θα μου έλεγες την αλήθεια, όσο κι αν με πλήγωνε".

Η Καρμαλίντα χαμογέλασε. "Ναι, έχεις δίκιο. Δεν θα τον είχα καρφώσει αν έκανε κάτι τέτοιο, αλλά ευτυχώς δεν χρειάστηκε ποτέ να καλύψω κάτι γι' αυτόν. Αν μου επιτρέπεις μια ερώτηση, είχες ποτέ υποψίες ότι σε απατούσε;"

"Ειλικρινά, όχι, αλλά να έχεις υπόψη σου ότι ήταν όμορφος και αρκετά πλούσιος, γεγονός που θα μπορούσε να κάνει πολλές γυναίκες που αναζητούν την τύχη τους να προσπαθήσουν να βρουν κάποια στοιχεία εναντίον του, ώστε να τον εκβιάσουν για πολλά λεφτά. Όπως είπα, δεν θέλουμε να αφήσουμε ούτε μια πέτρα αναποδογυρισμένη".

"Αυτό είναι λογικό."

"Υπέροχα. Οπότε, ακόμα δεν μπορείς να σκεφτείς τίποτα που θα μπορούσε να είναι ένα πιθανό στοιχείο που θα βοηθούσε στην επίλυση αυτής της υπόθεσης;"

"Τίποτα, Τσέλιαν. Απολύτως τίποτα, δυστυχώς".

"Σε ευχαριστώ, Καρμαλίντα, για την ειλικρίνειά σου. Το εκτιμώ πραγματικά. Θα μπορούσες σε παρακαλώ να επικοινωνήσεις με τον Μάρσαλ και να του πεις ότι είμαι εδώ και θα ήθελα να μιλήσω μαζί του όταν θα είναι ελεύθερος".

"Θα το φροντίσω αμέσως, Τσέλιαν", απάντησε και κατευθύνθηκε προς το εξωτερικό γραφείο.

Η Τσέλιαν πρότεινε στον Μελ να βγουν για φαγητό σε ένα κοντινό εστιατόριο που της άρεσε αντί να δειπνήσουν στην καφετέρια και την αίθουσα φαγητού της εταιρείας, όπου υποπτευόταν ότι θα συναντούσαν πολλές διακοπές από υπαλλήλους που θα τους χαιρετούσαν και θα τους έδιναν τα συλλυπητήριά τους για το θάνατο του Ντίτερ. Δεν ήθελε να εγκαταλείψει τους πιστούς εργαζόμενους, αλλά χρειαζόταν ένα ήσυχο μεσημεριανό γεύμα.

"Γεια σου, Τσέλιαν", φώναξε μια ανδρική φωνή, "φεύγεις;"

Η Τσέλιαν κοίταξε τον διάδρομο. "Γεια σου, Σαούλ. Αποφασίσαμε να πάμε για φαγητό".

"Ω, εντάξει. Άκουσα ότι είσαι στο κτίριο και ήθελα να πω ένα γεια, αλλά μπορώ να έρθω αργότερα".

"Όχι, όχι. Η μέρα σου είναι αναμφίβολα πιο πολυάσχολη από τη δική μας. Μπορούμε να πάμε για φαγητό αφού μιλήσουμε μαζί σου. Θα ήθελα να σου συστήσω τον Μελ Χαλντέιν. Είναι ένας καταξιωμένος συγγραφέας και τον προσέλαβα να γράψει τη βιογραφία του Ντίτερ. Μελ, αυτός είναι ο Σαούλ Ρόζενσταϊν, ο αριστοτέχνης αντιπρόεδρος των οικονομικών μας".

"Χάρηκα για τη γνωριμία, Σαούλ", είπε ο Μελ καθώς έσφιγγαν τα χέρια.

"Παρομοίως."

"Ας καθίσουμε στο γραφείο μου, εντάξει;"

"Φυσικά", απάντησε ο Σαούλ.

Η Τσέλιαν έκλεισε την πόρτα αφού οι άνδρες μπήκαν στο γραφείο της και περίμεναν να δουν πού θα καθίσει. Όπως και στην προηγούμενη συνάντηση, απέφυγε το μεγάλο γραφείο του Ντίτερ και εγκαταστάθηκε σε μια καρέκλα μπροστά από το γραφείο και οι άνδρες επέλεξαν καρέκλες σε κάθε πλευρά της. "Κατ' αρχάς, όπως ανέφερα, ο Μελ θα γράψει την ιστορία του Ντίτερ και θα παίρνει συνεντεύξεις από όλα τα στελέχη της εταιρείας επί μήνες, υποθέτω. Θα προσπαθήσω να τον συνοδεύω όταν μπορώ, αλλά μπορεί κατά καιρούς να είναι εδώ μόνος του, οπότε θέλω να γνωρίζουν όλοι γιατί κάνει τόσες πολλές ερωτήσεις".

"Καταλαβαίνω. Είναι ευπρόσδεκτος στο γραφείο μου όποτε η πόρτα είναι ανοιχτή".

"Σούπερ. Το ήξερα ότι θα ήταν. Τούτου λεχθέντος, βρισκόμαστε επίσης εδώ σήμερα για να ρωτήσουμε και να δούμε αν κάποιος από τους παρευρισκόμενους μπορεί να σκεφτεί κάποιον που θα ήθελε να κάνει κακό στον Ντίτερ και δεν σκέφτηκε να το αναφέρει όταν ο ντετέκτιβ Ζέλερτον και οι ντετέκτιβ του ερευνούσαν τον πυροβολισμό. Δεν το κάνουμε αυτό πίσω από την πλάτη της τοπικής αστυνομίας, αλλά με την άδειά της, καθώς προς το παρόν δεν έχουν πολλές πληροφορίες για να προχωρήσουν και έχουν καταχωρήσει την υπόθεση στην ιστοσελίδα τους Crime Stoppers. Μπορείς να σκεφτείς κάτι που θα μπορούσε να είναι χρήσιμο και δεν τους αναφέρατε νωρίτερα;".

Υπήρξε σιωπή για μερικά δευτερόλεπτα πριν ο Σαούλ κουνήσει το κεφάλι του. "Ειλικρινά, δεν μπορώ να σκεφτώ ούτε ένα πράγμα να σου πω. Ακόμα δυσκολεύομαι να αποδεχτώ το γεγονός ότι κάποιος θα ήθελε να δει τον Ντίτερ να φεύγει. Απ' όσο ήξερα, όλοι τον λάτρευαν".

"Χαίρομαι που το ακούω, ευχαριστώ. Εντάξει, συνεχίζοντας, ξέρω ότι η Τεχνολογίες Ντίτερ είναι η εταιρεία χαρτοφυλακίου για πολλές διαφορετικές εταιρείες. Ξέρω ότι υπάρχουν εργοστάσια εδώ, και στη Σάρλοτ και στο Σιάτλ. Έχω επίσης βρεθεί στις πολυτελείς πολυκατοικίες στη Σάρλοτ και στο Σιάτλ. Αυτή είναι η έκταση των ακινήτων που κατέχουν οι εταιρείες μας;"

Ο Μελ κρατούσε γρήγορα σημειώσεις στο σημειωματάριό του, πολύ πιο αναλυτικά από ό,τι στην προηγούμενη συνέντευξη. Προφανώς, τα χρήματα είναι συχνά κίνητρο για φόνο ποιος άλλος θα μπορούσε να ρωτήσει καλύτερα από τον κύριο οικονομικό υπάλληλο για τα περιουσιακά στοιχεία της εταιρείας.

"Σου ξέφυγε ένα", απάντησε ο Σαούλ. "Υπάρχει μια τρίτη πολυκατοικία, εδώ στο Σπρίνγκφιλντ".

"Ω! Δεν το έχω ακούσει ποτέ αυτό. Είναι καινούργιο;"

"Ω, όχι. Το έχουμε εδώ και δεκαπέντε χρόνια περίπου".

"Γιατί χρειαζόμασταν μια πολυκατοικία στο Σπρίνγκφιλντ;"

"Για τον ίδιο λόγο που αγοράσαμε και τα άλλα δύο. Για αρχή, ήταν καλές επενδύσεις εκείνη την εποχή και μας παρείχαν επίσης μια σουίτα ρετιρέ διαθέσιμη για τους υποψήφιους επαγγελματίες πελάτες που φέρναμε αεροπορικώς στην πόλη. Φυσικά, το προσωπικό μας χρησιμοποιεί επίσης τις σουίτες στη Σάρλοτ και στο Σιάτλ όταν πηγαίνουμε εκεί, αλλά δεν χρειάζεται να χρησιμοποιούμε αυτή εδώ, προφανώς, καθώς ζούμε εδώ".

"Εντάξει, το καταλαβαίνω αυτό. Συνεχίζοντας, μπορείς να σκεφτείς κάποιον από το τμήμα σας στον οποίο θα πρέπει να μιλήσουμε για τον θάνατο του Ντίτερ;"

Ο Σαούλ σταμάτησε για λίγα δευτερόλεπτα, ξανά. "Όχι ακριβώς. Μπορείτε φυσικά να μιλήσετε με όποιον θέλετε, αλλά λίγοι από αυτούς είχαν πραγματικά άμεση σχέση με τον Ντίτερ".

"Εντάξει, ευχαριστώ, Σαούλ. Χάρηκα που μιλήσαμε μαζί σου".

"Παρακαλώ πολύ. Απολαμβάνω την παρουσία σας στο κτίριο όποτε βρίσκεστε εδώ", απάντησε και βγήκε από την πόρτα, κλείνοντάς την πίσω του.

11

Η ώρα ήταν μία και μισή πριν η Τσέλιαν και ο Μελ επιστρέψει στο γραφείο της. Η Καρμαλίντα είχε επιστρέψει από το μεσημεριανό γεύμα και εργαζόταν στο γραφείο της. "Γεια σου Καρμαλίντα. Μας έψαχνε κανείς όσο ήμασταν έξω για φαγητό;"

"Ο Νικ πέρασε πριν από τριάντα λεπτά και ο Μάρσαλ τηλεφώνησε για να δει πότε θα είσαι ελεύθερη. Ο Νικ με ρώτησε αν μπορώ να του τηλεφωνήσω όταν φτάσετε, και μπορώ επίσης να τηλεφωνήσω στον Μάρσαλ για να τον ενημερώσω ότι θα είναι ο επόμενος, αν δεν έχετε αντίρρηση".

"Αυτό είναι υπέροχο, Καρμαλίντα. Μπορείς επίσης να μου βρεις τις πληροφορίες για την πολυκατοικία μας εδώ στο Σπρίνγκφιλντ και το όνομα του διαχειριστή; Δεν ήξερα ποτέ ότι υπήρχε μέχρι που το ανέφερε ο Σαούλ".

"Πολλοί από τους ανθρώπους εδώ δεν ξέρουν ότι υπάρχει, ούτε εμείς δεν πάμε ποτέ εκεί, εκτός από τον Άρθουρ που οδηγεί τη λιμουζίνα εκεί με τους υποψήφιους πελάτες μας. Θα σας δώσω τις πληροφορίες".

"Σε ευχαριστώ. Έχεις ή είχε ο Ντίτερ κλειδί για τη σουίτα μας;"

"Εγώ σίγουρα δεν είχα και απ' όσο ξέρω ούτε ο Ντίτερ είχε. Ο Μάρσαλ φροντίζει για τις διευθετήσεις μεταφοράς των επισκεπτών μας, οπότε μπορείτε να τον ρωτήσετε όταν θα σας συναντήσει".

"Υπέροχα, ευχαριστώ." Η Τσέλιαν και ο Μελ μπήκαν στο εσωτερικό γραφείο και έκλεισαν την πόρτα για να περιμένουν την άφιξη του Νικ.

Η Τσέλιαν σηκώθηκε από την καρέκλα της μόλις ακούστηκε το δυνατό χτύπημα της πόρτας. "Γεια σου, Νικ. Χαίρομαι που σε ξαναβλέπω". Η Τσέλιαν έκλεισε την πόρτα. "Θα ήθελα να σου γνωρίσω το Μελ Χαλντέιν. Ο Μελ είναι ένας έμπειρος συγγραφέας αστυνομικών μυστηρίων που συνάντησα τυχαία στην παραλία και τον ανέθεσα να γράψει τη βιογραφία του Ντίτερ. Μελ, αυτός είναι ο Νικ Κραζίνσκι, ο αντιπρόεδρος της παραγωγής μας και διευθυντής του τοπικού εργοστασίου".

"Χάρηκα για τη γνωριμία, Νικ", είπε ο Μελ καθώς έσφιγγαν τα χέρια.

"Ευχαρίστησή μου."

Οι τρεις τους κάθισαν μπροστά στο μεγάλο γραφείο. "Παρουσιάζω τον Μελ στα στελέχη και σε μερικούς άλλους εδώ στα κεντρικά γραφεία, επειδή θα κυκλοφορεί πολύ και θα κάνει πολλές ερωτήσεις, και μπορεί να υπάρξουν φορές που δεν θα μπορώ να τον συνοδεύσω", εξήγησε η Τσέλιαν.

"Καταλαβαίνω. Θα τον καλωσορίσω όποτε τον δω".

"Θαυμάσια. Υπάρχει και ένας άλλος λόγος που είμαστε εδώ σήμερα. Πιθανόν να γνωρίζεις ότι η αστυνομία του Σπρίνγκφιλντ δεν έχει καταφέρει να φτάσει πολύ μακριά στην επίλυση του μυστηρίου του πυροβολισμού του Ντίτερ. Ο Μελ έχει εμπειρία στη διερεύνηση εγκλημάτων από την εποχή που ήταν δημοσιογράφος και έχει λάβει την έγκριση από τον ντετέκτιβ Ζέλερτον να ψαχουλεύει για τυχόν στοιχεία που θα μπορούσαν να τους βοηθήσουν. Μπορείς να σκεφτείς κάτι, απολύτως κάτι, που μπορεί να μην είχες πει στους ντετέκτιβ της περιοχής όταν τους ανέκριναν όλους;".

Ο Νικ παρέμεινε σιωπηλός και κοίταζε το χαλί. "Δυστυχώς, όχι. Όπως σχεδόν όλοι εδώ γύρω, εξακολουθώ να δυσκολεύομαι να αποδεχτώ ότι αυτό συνέβη εξαρχής".

"Ναι, το καταλαβαίνω κι αυτό. Υπάρχει κάποιος στο εργοστάσιο με τον οποίο προτείνεις να μιλήσουμε γι' αυτό;"

"Όχι ακριβώς. Ο Ντίτερ δεν συναναστρεφόταν πολύ με τους εργάτες του εργοστασίου. Αυτός και εγώ κάναμε μια βόλτα στο εργοστάσιο και συζητούσαμε με τους εργάτες κάθε εβδομάδα περίπου, αλλά αυτό γινόταν μόνο για χαιρετισμούς και κουβεντούλα. Δεν υπήρξαν ποτέ αντιπαραθέσεις οποιουδήποτε είδους. Προσπαθούμε σοβαρά να συμπεριφερόμαστε στους εργαζομένους μας καλύτερα από τους εργαζομένους του ανταγωνιστή μας, προκειμένου να τους κρατάμε ευχαριστημένους χωρίς να σκεφτόμαστε το ενδεχόμενο συνδικαλισμού, οπότε σπάνια δεχόμαστε παράπονα".

"Χαίρομαι που το ακούω αυτό. Ακόμα κάνεις τον περίπατο κάθε βδομάδα περίπου;"

"Στην πραγματικότητα, προσπαθώ πάντα να το κάνω κάθε μέρα, όχι μόνο μία φορά την εβδομάδα. Ο Ντίτερ ερχόταν μαζί μου μια φορά την εβδομάδα".

"Σούπερ. Έχω δίκιο ότι είσαι επίσης υπεύθυνος για τα δύο δορυφορικά εργοστάσια;"

"Ναι. Υπάρχουν τοπικοί διευθυντές εργοστασίων σε αυτά τα εργοστάσια, αλλά εγώ επιβλέπω και τις τρεις εγκαταστάσεις παραγωγής".

"Το φαντάστηκα. Λοιπόν, Νικ, αν δεν μπορείς να σκεφτείς κάποια πληροφορία που θα μπορούσε να είναι χρήσιμη στην έρευνά μας, τότε θα πρέπει να σε αφήσουμε να επιστρέψεις στο γραφείο σου και να τακτοποιήσεις τις δουλειές σου. Χάρηκα που κουβεντιάσαμε μαζί σου".

"Σας ευχαριστώ. Απόλαυσα και εγώ την κουβέντα μας. Τα λέμε, Μελ."

"Σίγουρα. Καλή σου μέρα, Νικ".

Με την αποχώρηση του Νικ, η Τσέλιαν πήγε στο γραφείο της Καρμαλίντα.

"Θα τηλεφωνήσω στον Μάρσαλ τώρα και θα δω αν είναι ελεύθερος, εκτός αν θέλετε ένα μικρό διάλειμμα ανάμεσα στις επισκέψεις;" είπε η Καρμαλίντα.

"Δεν χρειάζομαι διάλειμμα αυτή τη στιγμή, οπότε ο Μάρσαλ μπορεί να έρθει όταν είναι ελεύθερος", απάντησε η Τσέλιαν, επιστρέφοντας στο γραφείο της και κλείνοντας την πόρτα.

12

Η Τσέλιαν άνοιξε την πόρτα και ο Μάρσαλ έπεσε στην φιλόξενη αγκαλιά της. Το άγχος από τις συνεντεύξεις της ημέρας την κατέβαλε τελικά και ξέσπασε σε δάκρυα στον ώμο του. Την αγκάλιασε σφιχτά πάνω του και περίμενε να κοπάσει η πλημμύρα. Ο Μελ πέρασε σιωπηλά γύρω τους για να κλείσει την πόρτα του γραφείου και μετά πήρε το κουτί με τα χαρτομάντιλα από το γραφείο πριν επιστρέψει στην καρέκλα του.

"Προσπάθησα τόσο σκληρά να μην το κάνω αυτό, αλλά προφανώς έχασα τη μάχη", κλαψούρισε, απομακρυνόμενη από τον Μάρσαλ και παρατηρώντας το κουτί με τα χαρτομάντιλα που της κρατούσε ο Μελ. Άρπαξε μια χούφτα χαρτομάντιλα, σκουπίζοντας πρώτα το ποτάμι που έτρεχε στα μάγουλά της και μετά φυσώντας τη μύτη της.

"Το ξέρω, γλυκιά μου, το ξέρω. Πρέπει να είναι δύσκολο για σένα όχι μόνο να επιστρέφεις εδώ, αλλά και να περνάς το μεγαλύτερο μέρος της ημέρας σου εδώ", είπε ο Μάρσαλ.

Η Τσέλιαν έκανε μερικά βήματα πιο κοντά στο γραφείο και πέταξε τα μουσκεμένα χαρτομάντιλα στο καλάθι των αχρήστων. "Ναι, ήταν μια δύσκολη υπόθεση, το παραδέχομαι. Μάρσαλ, θα ήθελα να γνωρίσεις επιτέλους τον νέο μου φίλο , τον Μελ Χαλντέιν. Μελ, αυτός είναι ο στενός μας φίλος και συνεργάτης, ο Μάρσαλ Γουάιτχεντ. Ξέρω ότι σας έχω πει και στους δύο για τον άλλον, αλλά τώρα επιτέλους θα συναντηθείτε από κοντά".

"Χάρηκα για τη γνωριμία, Μελ", είπε ο Μάρσαλ καθώς έσφιγγαν τα χέρια.

"Αυτό ισχύει και για τις δύο πλευρές", απάντησε ο Μελ.

"Ας καθίσουμε όλοι", είπε η Τσέλιαν και πήρε μια καρέκλα ακολουθούμενη από τους άνδρες που εγκαταστάθηκαν σε κάθε πλευρά της.

"Μάρσαλ, ξέρω ότι σου έχω πει ότι ο Μελ είναι διάσημος συγγραφέας, αλλά δεν έχεις ακούσει τα τελευταία νέα. Έχω αναθέσει στον Μελ να γράψει τη βιογραφία του Ντίτερ, οπότε θα τριγυρνάει εδώ για εβδομάδες ή μήνες κάνοντας άπειρες ερωτήσεις σε πολλούς από τους συναδέλφους σου".

"Αυτά είναι υπέροχα νέα, Τσέλιαν. Ξέρω ότι θα είναι ένα δημοφιλές βιβλίο όταν τελειώσει. Συγχαρητήρια για το νέο σου έργο, Μελ".

"Ευχαριστώ, Μάρσαλ. Μπορεί να εξελιχθεί σε μεγάλη πρόκληση. Μέχρι τώρα όλα μου τα βιβλία ήταν μυθιστορήματα, αλλά έχω μεγάλη εμπειρία στη διερεύνηση διαφόρων θεμάτων και στη συνέχεια στη συγγραφή άρθρων για πολλές εφημερίδες μεγάλων πόλεων, οπότε δεν είμαι τελείως αρχάριος στον τομέα των μη μυθοπλασίας".

"Αυτό σίγουρα θα σας εξυπηρετήσει καλά σε αυτή τη νέα περιπέτεια".

"Ενθουσιάστηκα όταν ο Μελ δέχτηκε την προσφορά μου να γράψει τη βιογραφία του Ντίτερ", δήλωσε Η Τσέλιαν. "Πριν στρέψουμε τη συζήτησή μας στα επαγγελματικά, πώς τα πάνε η Μέλοντι και τα αγόρια από την τελευταία φορά που μιλήσαμε στο τηλέφωνο;" ρώτησε Η Τσέλιαν.

"Ωραία, ευχαριστώ. Απασχολημένοι αλλά μια χαρά. Τόσο ο Μπραντ όσο και ο Μπρεντ μπήκαν ξανά στις ταξιδιωτικές ομάδες μπέιζμπολ, οπότε ο ένας ή ο άλλος από εμάς τρέχει κάπου τα περισσότερα βράδια της εβδομάδας. Η Μέλοντι εξακολουθεί να αφιερώνει επιπλέον χρόνο βοηθώντας στις φιλανθρωπικές σας οργανώσεις όταν μπορεί μέσα στις μέρες".

"Αυτό είναι σούπερ. Ευχαρίστησέ την ξανά από μένα και πες γεια στα παιδιά, εντάξει;"

"Σίγουρα θα το κάνω."

"Μάρσαλ, ξέρω ότι γνωρίζεις ότι η αστυνομία του Σπρίνγκφιλντ δεν έχει καταφέρει να κάνει μεγάλη πρόοδο στην εξιχνίαση της δολοφονίας του Ντίτερ. Ο Μελ δεν έχει μόνο μεγάλη εμπειρία στις έρευνες, αλλά και κάποιες βασικές διασυνδέσεις με αστυνομικά τμήματα μεγάλων πόλεων. Έχει λάβει την άδεια από τον ντετέκτιβ Ζέλλερτον να ψαχουλεύει για να βρει τυχόν νέα στοιχεία για τη δολοφονία του Ντίτερ που ίσως κανείς δεν έχει αναφέρει μέχρι σήμερα. Ρωτήσαμε επιλεγμένα άτομα αν μπορεί να έχουν περισσότερες πληροφορίες που δεν είχαν θυμηθεί να δώσουν στους ερευνητές του Σπρίνγκφιλντ όταν έκαναν τις αρχικές τους έρευνες. Μπορείς να σκεφτείς οτιδήποτε που μπορεί να μην είχες πει στους ντετέκτιβ νωρίτερα;".

"Συνήθιζα να ξοδεύω πολύ χρόνο προσπαθώντας να σκεφτώ οτιδήποτε θα μπορούσα να έχω παραλείψει να τους πω, αλλά μετά από λίγο τα παράτησα και κατέληξα στο συμπέρασμα ότι τους έλεγα οτιδήποτε θεωρούσα σχετικό κατά τη διάρκεια των πολυάριθμων επισκέψεών τους εδώ. Λυπάμαι, αλλά δεν νομίζω ότι υπάρχει κάτι καινούργιο που μπορώ να σας πω".

"Δεν πειράζει", τον διαβεβαίωσε η Τσέλιαν. "Το ακούμε συχνά αυτό σήμερα".

Ο Μάρσαλ γέλασε. "Δεν εκπλήσσομαι".

"Με ποιον θα πρότεινες να μιλήσουμε επίσης για να

δούμε αν μπορεί να θυμάται κάτι που δεν είπε στην αστυνομία;" ρώτησε η Τσέλιαν.

"Θα πρέπει να μιλήσετε με τη Βερομία, τη νοσοκόμα της εταιρείας, και τον Άντονι, τον ψυχολόγο που έρχεται μόνο τις Πέμπτες. Ξέρω ότι υπάρχει ένας βαθμός εχεμύθειας που πρέπει να τηρούν, αλλά πίσω από κλειστές πόρτες, όπως σίγουρα έκαναν και με τους αστυνομικούς ερευνητές, μπορεί κατά λάθος να τους ξεφύγει κάτι, αν το θεωρούν σημαντικό".

Η Τσέλιαν χαμογέλασε. "Ατυχήματα συμβαίνουν, έτσι δεν είναι;"

"Εκεί που δεν τα περιμένουμε.."

"Μπορώ να κάνω μια-δυο ερωτήσεις;" ρώτησε ο Μελ.

"Ρώτα με, Μελ. Είμαι σίγουρος ότι θα είναι μόνο η αρχή εκατοντάδων ερωτήσεων όταν αρχίσεις να συγκεντρώνεις πληροφορίες για το βιβλίο".

"Έχεις αυτό το δικαίωμα. Εντάξει, συναντηθήκαμε σήμερα με τους αντιπροέδρους της παραγωγής και των οικονομικών, και εσύ τον πρόεδρο, αλλά μου κάνει εντύπωση που δεν υπάρχει αντιπρόεδρος πωλήσεων".

Ο Μάρσαλ γέλασε. "Του μιλάς. Πριν ξεκινήσουμε τα δορυφορικά εργοστάσια και την ενσωμάτωση της εταιρείας συμμετοχών μαζί με τις άλλες εταιρείες, ήμουν διευθυντής πωλήσεων. Δεν θα ισχυριστώ ότι είμαι ειδικός, αλλά ο τομέας των πωλήσεων είναι στην πραγματικότητα ο τομέας της εξειδίκευσής μου. Τώρα έχω ένα προσωπικό πωλήσεων υπό την εποπτεία μου, αλλά είμαι στην πραγματικότητα ο αντιπρόεδρος πωλήσεων χωρίς τον πραγματικό τίτλο. Είμαι επίσης υπεύθυνος για οτιδήποτε άλλο δεν εμπίπτει στα οικονομικά, την παραγωγή ή την έρευνα. Μιας και μιλάμε για τα πρόσθετα καθήκοντά μου, έχω τις πληροφορίες για σένα, Τσέλιαν, για τις οποίες ρώτησες την Καρμαλίντα νωρίτερα". Ο Μάρσαλ έβαλε το χέρι του στην τσέπη του παντελονιού του. "Αυτή είναι μία από τις κάρτες-κλειδιά για τη σουίτα μας, P1, στην πολυκατοικία του Σπρίνγκφιλντ. Θα σας βάλει επίσης σε όλες τις εξωτερικές πόρτες, το γκαράζ και τα ασανσέρ. Υπάρχει μια θέση στάθμευσης κοντά στο ασανσέρ στο υπόγειο πάρκινγκ που γράφει Ρ1 στον τοίχο δίπλα σε αυτές που ανήκουν στους ενοίκους των άλλων σουιτών ρετιρέ. Η διεύθυνση του κτιρίου αναγράφεται στο χαρτί μαζί με το όνομα του διαχειριστή του κτιρίου. Το γραφείο του είναι στο ισόγειο, όπως τα κτίρια στο Σιάτλ και στη Σάρλοτ, στα οποία πιστεύω ότι έχεις πάει όλα αυτά τα χρόνια με τον Ντίτερ".

"Ναι, έχω πάει και στα δύο μια-δυο φορές, αλλά δεν ήξερα ποτέ για το Σπρίνγκφιλντ".

"Στην πραγματικότητα, είμαι σχεδόν ο μόνος που μπαίνει εκεί μέσα, καθώς είμαι υπεύθυνος για την επίβλεψη του κτιρίου".

"Ο Ντίτερ δεν πήγαινε συχνά εκεί. Είχε τη δική του κάρτα κλειδί;"

"Απ' όσο γνωρίζω, δεν είχε κάρτα-κλειδί και δεν έχει μπει εκεί μέσα εδώ και χρόνια. Έχουμε τέσσερις κάρτες-κλειδιά για κάθε μια από τις σουίτες μας στις τρεις πολυκατοικίες, και έχω και τις τέσσερις για κάθε κτίριο κρυμμένες στο χρηματοκιβώτιό μου, εκτός από αυτή που μόλις σας έδωσα. Είμαι υπεύθυνος για τη χορήγησή τους στον οδηγό της λιμουζίνας μας, τον Άρθουρ, τον οποίο είμαι σίγουρος ότι γνωρίζεις, όταν έχουμε πελάτες εκτός πόλης ή υποψήφιους πελάτες που διανυκτερεύουν στη σουίτα μας. Ο Άρθουρ είναι υπεύθυνος για τη συλλογή των καρτών-κλειδιών από τους επισκέπτες όταν τους πηγαίνει στο αεροδρόμιο για την αναχώρησή τους και δεν έχει χάσει ποτέ καμία από αυτές. Όσο για τον Ντίτερ, φυσικά συμμετείχε αρχικά στην απόκτηση του κτιρίου του Σπρίνκφιλντ και το επισκεπτόταν συχνά εκείνους τους πρώτους μήνες, αλλά αφού τα πράγματα κύλησαν ομαλά, δεν πήγε σχεδόν ποτέ πίσω και άφησε αυτές τις αρμοδιότητες σε μένα, οπότε μου έδωσε την κάρτα-κλειδί".

"Κατάλαβα. Το ίδιο ισχύει και για τα κτίρια του Σιάτλ και της Σάρλοτ;"

"Όχι ακριβώς. Είμαι σίγουρος ότι ο Νικ σου είπε ότι αυτός και ο Ντίτερ έκαναν βόλτα στο εργοστάσιο του Σπρίνγκφιλντ κάθε εβδομάδα περίπου και συνομιλούσαν με τους εργάτες. Με τα δύο εργοστάσια εκτός πόλης, όπως πιθανώς γνωρίζεις, ο Ντίτερ προσπαθούσε να τα επισκέπτεται μια φορά το μήνα περίπου για μια ή δύο μέρες και όσο ήταν εκεί, περπατούσε στο εργοστάσιο με τον εργοταξιάρχη και συνομιλούσε με τους εργάτες, όπως ακριβώς και εδώ".

"Ο Ντίτερ ήταν υπεύθυνος για τα δύο εργοστάσια εκτός πόλης;"

"Όχι. Ο Ντίτερ τους επισκεπτόταν για να ελέγξει αν όλα λειτουργούν ομαλά και να μιλήσει με τον υπεύθυνο του εργοταξίου. Αν υπήρχε κάποιο κατασκευαστικό πρόβλημα, τότε ο Νικ θα πετούσε και θα το φρόντιζε".

"Καταλαβαίνω. Δηλαδή και ο Νικ και ο Ντίτερ θα χρησιμοποιούν τη σουίτα μας στις πολυκατοικίες εκτός πόλης;"

"Ναι, αν διανυκτέρευαν, πράγμα που συνέβαινε στις περισσότερες περιπτώσεις, εκτός αν υπήρχε ανάγκη να επιστρέψουν αεροπορικώς εδώ για κάτι σημαντικό το επόμενο πρωί. Πιθανώς θυμάσαι τον Ντίτερ να επιστρέφει στο σπίτι του νωρίς το πρωί σε κάποιες από αυτές τις περιπτώσεις;"

"Ναι, θυμάμαι. Εντάξει, θα ήθελα να προχωρήσω σε ένα νέο, μάλλον ευαίσθητο θέμα και θέλω πραγματικά να μου πεις την απόλυτη αλήθεια γι' αυτό. Ήσουν πιθανότατα ο καλύτερος φίλος του Ντίτερ και ο πιο στενός του έμπιστος, οπότε είσαι ο μόνος άνθρωπος στον οποίο θα μπορούσε να το αναφέρει αυτό, αν συνέβαινε. Είχε ποτέ ο Ντίτερ σχέση με άλλες γυναίκες;"

"Τσέλιαν! Πώς στο καλό μπορείς να κάνεις μια τέτοια ερώτηση;" Ο Μάρσαλ είπε αυστηρά.

"Ξέρω ότι αν ήξερες κάτι από πριν δεν θα τον

κάρφωνες ποτέ πίσω από την πλάτη του, αλλά ο Ντίτερ δεν είναι πια εδώ, οπότε θα ήθελα πραγματικά να μου πεις την απόλυτη αλήθεια, σε παρακαλώ, όσο κι αν με πληγώσει".

"Αρκετά δίκαιο. Η απόλυτη αλήθεια είναι ότι δεν έχω καμία απολύτως γνώση ότι ο Ντίτερ σε απάτησε, εντάξει;"

"Ευχαριστώ."

"Παρακαλώ. Μπορώ να κάνω μια ερώτηση, τώρα;"

"Φυσικά και το ξέρεις, Μάρσαλ. Ρώτα με."

"Γιατί σκέφτηκες ποτέ ότι μπορεί να σου είναι άπιστος;"

"Ωχ, αγόρι μου! Υποθέτω ότι μπορώ να σου δώσω δύο πιθανούς λόγους που μπορεί να με έκαναν να αναρωτηθώ για αυτό το πιθανό πρόβλημα. Σίγουρα δεν έχω καμία πραγματική απόδειξη. Πρώτον -και είναι ντροπιαστικό να το αποκαλύψω- αφού ανακαλύψαμε ότι δεν μπορούσα να κάνω παιδιά, όταν ήταν περίπου τριάντα ετών, άρχισε σταδιακά να ενδιαφέρεται όλο και λιγότερο για το σεξ. Και αυτή η δραστηριότητα τελικά έγινε ουσιαστικά ανύπαρκτη, εκτός από ειδικές περιπτώσεις όπως τα γενέθλιά μου, η επέτειός μας ή η Πρωτοχρονιά. Ο δεύτερος λόγος είναι εντελώς άσχετος με το πρόβλημα της κρεβατοκάμαράς μας. Όλοι φαίνεται να θεωρούν τον Ντίτερ σπουδαίο τύπο που κανείς δεν θα ήθελε να βλάψει, οπότε τίθεται το ερώτημα γιατί κάποιος θα τον πυροβολούσε. Ένας εγκαταλελειμμένος εραστής ή ένας οργισμένος σύζυγος θα μπορούσε να είναι ένας πιθανός λόγος για το αδύνατο που συμβαίνει, συμφωνείτε;"

"Εντάξει, καταλαβαίνω τι εννοείς."

"Ωραία. Ω, κύριε Χαλντέιν, αυτό το κομμάτι για τις εξομολογήσεις μου στην κρεβατοκάμαρα δεν εμφανίζεται στην ιστορία σας για τον Ντίτερ, κατάλαβες;"

"Ναι, κυρία Μόρισον, αυτό είναι απολύτως σαφές".

"Λοιπόν, Μάρσαλ, νομίζω ότι ξέμεινα από θέματα για να σε εξετάσω για σήμερα. Αν δεν μπορείς να σκεφτείς κάτι άλλο για το οποίο θα πρέπει να ξέρω αυτή τη στιγμή, θα σε αφήσω να επιστρέψεις στις πιο σημαντικές σου υποχρεώσεις".

"Θα είμαι πάντα ευτυχής να σταματήσω και να συνομιλήσω μαζί σας όποτε βρίσκεστε στο κτίριο", απάντησε καθώς οι τρεις τους σηκώθηκαν. Ο Μάρσαλ βγήκε μπροστά και έδωσε στην Τσέλιαν άλλη μια μεγάλη αγκαλιά.

"Υποψιάζομαι ότι θα ξαναγυρίσουμε αύριο. Αν σκεφτείτε κάτι, περάστε να μας δείτε, εντάξει;"

"Το ξέρεις ότι θα το κάνω", απάντησε καθώς βγήκε από την πόρτα και την έκλεισε πίσω του.

Η Τσέλιαν άφησε έναν μακρύ αναστεναγμό και ακούμπησε το κεφάλι της στην πλάτη της καρέκλας για λίγα δευτερόλεπτα. "Λοιπόν, κ. Βιογράφε, δεν ξέρω για εσάς, αλλά εγώ έχω βαρεθεί τα κουίζ για μια μέρα. Πρέπει να επανέλθουμε αύριο, καθώς η Πέμπτη είναι προφανώς η μόνη μέρα που ο ψυχολόγος έρχεται στο κτίριο. Τι λέτε να σταματήσουμε κάπου για ένα πρόωρο δείπνο και μετά να πάμε σπίτι για κάποιες λιγότερο αγχωτικές και πιο ευχάριστες δραστηριότητες;"

"Μου αρέσει ο τρόπος που σκέφτεστε, κυρία Διευθύνουσα Σύμβουλε".

13

Η Τσέλιαν και ο Μελ σηκώθηκαν νωρίς το πρωί της Πέμπτης και απόλαυσαν ένα ντους μαζί. Σταμάτησαν για ένα χαλαρό πρωινό για να αφήσουν την πρωινή κίνηση σε ώρα αιχμής να απομακρυνθεί πριν Η Τσέλιαν τους οδηγήσει στα κεντρικά γραφεία της Τεχνολογίες Ντίτερ .

"Καλημέρα, Καρμαλίντα", φώναξε η Τσέλιαν ανοίγοντας την πόρτα του εξωτερικού γραφείου.

"Καλημέρα, Τσέλιαν και φυσικά και σε σένα, Μελ".

"Καλημέρα, Καρμαλίντα".

"Καρμαλίντα, μπορείς σε παρακαλώ να καλέσεις τον Άντονι - τον ψυχολόγο για μένα; Δεν έχουμε συναντηθεί ποτέ. Δεν ξέρω καν το επώνυμό του. Μπορείς σε παρακαλώ να του πεις ότι θα ήθελα να έχω μια σύντομη συζήτηση μαζί του στό γραφείο μου, όχι στο δικό του, όταν μπορέσει να με χωρέσει στο πρόγραμμά του σήμερα; Αφού μάθεις πότε είναι διαθέσιμος, θα μπορούσες επίσης να τηλεφωνήσεις στη Βερομία, τη νοσοκόμα, και να δεις πότε θα μπορούσε να είναι ελεύθερη να έρθει και αυτή για μια κουβέντα;".

"Θα το φροντίσω αμέσως. Να σας φέρω έναν καφέ ή κάτι άλλο όσο περιμένετε;"

Η Τσέλιαν κοίταξε τον Μελ που κούνησε το κεφάλι

του όχι. "Ευχαριστώ, Καρμαλίντα, αλλά μόλις τελειώσαμε ένα ωραίο πρωινό και θα είμαστε εντάξει μέχρι το μεσημέρι υποθέτω". Η Τσέλιαν και ο Μελ μπήκαν στο εσωτερικό γραφείο και έκλεισαν την πόρτα. Μέσα σε δέκα λεπτά, ακούστηκε ένα χτύπημα στην πόρτα. "Περάστε".

Η Καρμαλίντα έχωσε το κεφάλι της στην μερικώς ανοιχτή πόρτα. "Ο Άντονι είναι ελεύθερος γύρω στις δέκα και θα έρθει τότε. Το γραφείο που χρησιμοποιεί είναι εδώ στο κτίριό μας. Το επώνυμό του είναι Γουέστον, παρεμπιπτόντως. Η Βερόμια είναι ελεύθερη. Να της ζητήσω να έρθει τώρα;"

"Ναι, παρακαλώ."

Η Τσέλιαν σηκώθηκε όταν το απαλό χτύπημα της πόρτας διέκοψε τη συνομιλία της με το Μελ και κατευθύνθηκε προς την πόρτα. "Περάστε." Η πόρτα άνοιξε αργά. "Γεια σου, Βερόμια. Χαίρομαι που σε ξαναβλέπω", είπε και της έδωσε μια μεγάλη αγκαλιά.

"Γεια σας, κυρία Μόρισον. Κι εγώ χαίρομαι που σας ξαναβλέπω".

"Σε παρακαλώ, λέγε με Τσέλιαν."

Η Βερόμια χαμογέλασε και χαλάρωσε. "Ευχαριστώ".

"Θα ήθελα να σας γνωρίσω τον Μελ Χαλντέιν. Μελ, αυτή είναι η Βερόμια Τζαμπλόνσκι, η πολύτιμη νοσοκόμα του προσωπικού μας".

"Χαίρομαι που σε γνωρίζω, Βερόμια", είπε ο Μελ καθώς έσφιγγαν τα χέρια.

"Σας ευχαριστώ", απάντησε.

"Ελάτε να καθίσετε μαζί μας για λίγα λεπτά", είπε Η Τσέλιαν και κατευθύνθηκε προς μια καρέκλα μπροστά από το τεράστιο γραφείο, όπως συνήθως. Η Βερόμια και ο Μελ εγκαταστάθηκαν σε κάθε πλευρά της. "Ο Μελ είναι γνωστός συγγραφέας και τον έχω προσλάβει για να γράψει τη βιογραφία του Ντίτερ, οπότε θα τριγυρνάει πολύ και θα κάνει άπειρες ερωτήσεις, οπότε μην εκπλαγείτε όταν εμφανιστεί στην πόρτα σας".

"Δεν θα το κάνω", απάντησε με το μαγευτικό χαμόγελό της για άλλη μια φορά.

"Στην πραγματικότητα έχουμε έναν δεύτερο λόγο που βρισκόμαστε εδώ σήμερα. Πιθανώς έχετε ακούσει ότι η αστυνομία του Σπρίνγκφιλντ αντιμετωπίζει προβλήματα στην απόκτηση πληροφοριών σχετικά με την υπόθεση του Ντίτερ. Ο Μελ έχει μεγάλη εμπειρία σε ερευνητικά ρεπορτάζ για εφημερίδες και τηλεοπτικά δίκτυα μεγάλων πόλεων. Έχει λάβει την άδεια από τον ντετέκτιβ Ζέλλερτον να ψαχουλεύει και να δει αν μπορεί να βρει κάποια στοιχεία που έτυχε να λείψουν από τον Ζέλλερτον και τους ντετέκτιβ του. Ξέρω ότι πρέπει να κρατήσετε κάποιες πληροφορίες εμπιστευτικές, αλλά ακούσατε ποτέ κάτι ή υποψιαστήκατε μέσα από τις πράξεις ή τη συμπεριφορά του ασθενούς ότι κάποιος μπορεί να σκέφτεται να βλάψει τον κ. Μόρισον;".

"Ωχ, όχι", ξεφούρνισε. "Αμφιβάλλω αν κανείς δεν εξεπλάγη περισσότερο από μένα με αυτό που συνέβη".

"Καταλαβαίνω. Το ακούω συχνά αυτό. Εντάξει, τώρα πρέπει να κάνω μια λίγο σοκαριστική ερώτηση, αλλά καθώς προσπαθούμε να βρούμε στοιχεία δεν θέλουμε να αμελήσουμε να ψάξουμε όλες τις πιθανότητες. Έχετε ακούσει ποτέ κάτι που να υποδηλώνει ότι ο Ντίτερ είχε σχέση με άλλες γυναίκες;"

"Ουάου!" είπε με ορθάνοιχτα μάτια. "Αυτό σίγουρα ανήκει στην κατηγορία του σοκαριστικού, αλλά για να απαντήσω στην ερώτησή σας, όχι. Ποτέ δεν άκουσα κάτι τέτοιο σε καμία περίπτωση".

"Υπέροχα. Αν ακούσετε ποτέ κάτι που θα μπορούσε να είναι στοιχείο, θα ζητήσετε από την Καρμαλίντα να επικοινωνήσει μαζί μου;"

"Σίγουρα θα το κάνω."

Η Τσέλιαν έβγαλε τη Βερόμα έξω και σταμάτησε στο γραφείο της Καρμαλίντα επιστρέφοντας. "Μπορείς να στείλεις τον Άντονι όποτε εμφανιστεί και μπορείς σε παρακαλώ να εντοπίσεις τον Άρθουρ, που οδηγεί τη λιμουζίνα του Σπρίνγκφιλντ. Δεν μπορεί να είναι η μόνη του δουλειά, έτσι δεν είναι;"

Η Καρμαλίντα γέλασε. "Σίγουρα όχι. Όταν δεν παίζει τον ταξιτζή, είναι προϊστάμενος στο εργοστάσιο".

"Ωραία. Θα ήθελα επίσης να συνομιλήσω μαζί του. Πώς θα το κανονίσουμε αυτό;"

"Θα τηλεφωνήσω στον Νικ και θα τον αφήσω να δουλέψει γι' αυτό κάποια στιγμή μετά την επίσκεψη του Άντονι, αν δεν σε πειράζει;"

"Αυτό θα ήταν θαυμάσιο, σας ευχαριστώ".

Ο Άντονι έφτασε περίπου δεκαπέντε λεπτά αργότερα και μετά τις συστάσεις που έγιναν σε όλους, η Τσέλιαν βρήκε τη θέση της και οι άνδρες εγκαταστάθηκαν σε κάθε πλευρά της. "Ο Μελ δεν γράφει μόνο τη βιογραφία του Ντίτερ, αλλά έχει μεγάλη εμπειρία στο ερευνητικό ρεπορτάζ από την εποχή που δούλευε σε εφημερίδες μεγάλων πόλεων και σε μερικά τηλεοπτικά δίκτυα. Του δόθηκε η άδεια από τον ντετέκτιβ Ζέλερτον να ψαχουλεύει και να δει αν είναι σε θέση να ξετρυπώσει ένα ή δύο στοιχεία σχετικά με τον πυροβολισμό του Ντίτερ. Δεν περιμένω να παραβιάσετε τις ευθύνες σας απέναντι στους ασθενείς σας όσον αφορά το απόρρητο, αλλά θα εκτιμούσα να μάθω αν γνωρίζατε ότι κάποιος ευχόταν να πάθει κακό ο Ντίτερ, προτού αυτό δυστυχώς συμβεί".

Ο Άντονι συνοφρυώθηκε. "Ούτε φωνή, κυρία Μόρισον, ούτε φωνή".

"Στην πραγματικότητα, χαίρομαι που το γνωρίζω αυτό και σε παρακαλώ να με λες Τσέλιαν, εντάξει;"

"Σας ευχαριστώ. Θα το κάνω".

"Έχω μια μάλλον ασυνήθιστη ερώτηση για εσάς. Σας έχει αναφέρει ποτέ κανείς παρουσία σας ότι ο κ. Μόρισον έκανε παρέα με άλλες γυναίκες;"

Ο Άντονι πνίγηκε και καθάρισε το λαιμό του. "Θεέ μου, όχι! Αποκλείεται!"

Η Τσέλιαν χαμογέλασε στον νευρικό σύμβουλο.

"Λυπάμαι, αλλά ψάχνουμε κάτω από κάθε πέτρα για να δούμε αν υπάρχει κάποιο κρυμμένο στοιχείο εκεί έξω που θα μπορούσε να εξηγήσει τον πρόωρο θάνατο του συζύγου μου".

"Καταλαβαίνω, πιστέψτε με. Μερικές φορές μου αρέσει να σοκάρω τους ασθενείς μου με απροσδόκητες ερωτήσεις για να παρατηρώ τις αντιδράσεις τους".

"Αυτό μου φαίνεται λογικό. Εντάξει, Άντονι, είμαι σίγουρος ότι έχεις μια πολυάσχολη μέρα μπροστά σου, οπότε αν δεν μπορείς να σκεφτείς τίποτα απολύτως που θα μπορούσε να μας βοηθήσει, θα σε αφήσουμε να επιστρέψεις στο κανονικό σου πρόγραμμα".

"Λυπάμαι που δεν μπόρεσα να σας βοηθήσω περισσότερο. Σίγουρα θέλω ο δράστης να λάβει τα δίκαια οφειλόμενα. Χάρηκα που μιλήσαμε". Ο Άντονι βγήκε από την πόρτα και Η Τσέλιαν ακολούθησε μέχρι το γραφείο της Καρμαλίντα".

"Ο Νικ είπε ότι μπορεί να ελευθερώσει τον Άρθουρ όποτε τον θέλεις", είπε η Καρμαλίντα χωρίς να ερωτηθεί. "Θα θέλατε ένα διάλειμμα ή να καλέσω τον Νικ τώρα;"

"Είμαι μια χαρά. Ας δούμε τον Άρθουρ τώρα, παρακαλώ. Δεν θυμάμαι να τον έχω συναντήσει ποτέ, οπότε όταν φτάσει θα μπορούσατε να μας συστήσετε;"

"Φυσικά."

Δεκαπέντε λεπτά αργότερα χτύπησε η πόρτα. "Περάστε", φώναξε η Τσέλιαν καθώς σηκωνόταν, ακολουθούμενη από το Μελ.

Η Καρμαλίντα άνοιξε την πόρτα και μπήκε στο εσωτερικό γραφείο μαζί με έναν φαλακρό, μεσήλικα κύριο. "Άρθουρ, θα ήθελα να σου συστήσω την Τσέλιαν Μόρισον, τη νέα μας διευθύνουσα σύμβουλο, και τη φίλη του ΜελΧαλντέιν. Αυτός είναι ο Άρθουρ Κάλντγουελ".

"Χάρηκα για τη γνωριμία, Άρθουρ", είπε Η Τσέλιαν καθώς έσφιγγαν τα χέρια.

"Η ευχαρίστηση είναι σίγουρα όλη δική μου",

απάντησε ο Άρθουρ και στη συνέχεια έδωσε το χέρι του στο Μελ, καθώς η Καρμαλίντα έβγαινε από το δωμάτιο και έκλεισε αθόρυβα την πόρτα πίσω της.

"Ελάτε να καθίσετε μαζί μας, παρακαλώ", είπε η Τσέλιαν και πήρε τη συνηθισμένη της καρέκλα. Ο Μελ πέρασε από δίπλα της στην επόμενη καρέκλα και ο Άρθουρ κάθισε στην απέναντι πλευρά της Σέλιαν. "Κατ' αρχάς, επιτρέψτε μου να σας εξηγήσω γιατί ο Μελ κι εγώ βρισκόμαστε εδώ σήμερα, μιλώντας με διάφορους ανθρώπους και στα δύο κτίρια. Ο Μελ είναι ένας καταξιωμένος συγγραφέας και τον ανέθεσα να γράψει τη βιογραφία του Ντίτερ. Έχει επίσης μεγάλη εμπειρία ως ερευνητικός δημοσιογράφος εφημερίδων και τηλεόρασης. Ο Μελ έχει λάβει την άδεια από τον ντετέκτιβ Ζέλλερτον να κάνει ερωτήσεις σχετικά με τον τραγικό πυροβολισμό, επειδή οι τοπικές αρχές δεν έχουν καταφέρει μέχρι στιγμής να καταλήξουν σε πιθανούς υπόπτους. Λοιπόν, ως οδηγός της λιμουζίνας, ακούσατε ποτέ κάποιον να κάνει αρνητικά σχόλια ή απειλές σχετικά με τον Ντίτερ;".

"Ποτέ, απολύτως ποτέ, δυστυχώς", απάντησε ήρεμα. "Ελπίζω βέβαια να πιάσουν το άθλιο κάθαρμα..., ουπς συγγνώμη, μου ξέφυγε, αλλά καταλαβαίνετε τι εννοώ".

Η Τσέλιαν χαχάνισε. "Καταλαβαίνω σίγουρα τι εννοείς και συμφωνώ ολόψυχα μαζί σου. Εντάξει, έχω μια δεύτερη, πιο λεπτή ερώτηση για σένα και χρειάζομαι μια ειλικρινή απάντηση. Πήγατε ποτέ με τον Ντίτερ σε κάποια μέρη με γυναίκες που δεν σας φάνηκε ότι επρόκειτο για επαγγελματικές εκδρομές, αλλά μάλλον για προσωπικές εξορμήσεις;"

"Λοιπόν, υπήρχαν πολυάριθμες εκδρομές σε χώρους εστίασης ή διασκέδασης τα βράδια, αλλά αν όχι όλες, σίγουρα οι περισσότερες από αυτές τις βόλτες ήταν με άτομα που πήρα από το αεροδρόμιο νωρίτερα".

"Μήπως αντιλαμβάνομαι την απάντησή σας ως μια

κάπως επιφυλακτική απάντηση;" ρώτησε, με ένα αξιοσημείωτο συνοφρύωμα.

"Λοιπόν, για να δω αν μπορώ να το ξεκαθαρίσω λίγο καλύτερα". Έκανε μια παύση για να επιλέξει προσεκτικά τις λέξεις του. "Πιθανότατα έχω οδηγήσει τον κ. Μόρισον, μαζί με τους καλεσμένους του, εκατοντάδες φορές κατά τη διάρκεια πολλών ετών. Δεν υπάρχει τρόπος να μπορέσω να θυμηθώ με σαφήνεια πολυάριθμα ταξίδια, αλλά το καλύτερο που μπορώ να πω είναι ότι δεν θυμάμαι να αναρωτήθηκα ούτε μία φορά αν το ταξίδι ήταν για μη επαγγελματικούς σκοπούς, οπότε ελπίζω να βοηθάει αυτό;"

"Και αυτή είναι η αλήθεια;"

"Μάλιστα, κυρία μου, εκατό τοις εκατό αλήθεια", δήλωσε κοιτάζοντάς την στα μάτια.

"Σας ευχαριστώ. Επειδή η τοπική αστυνομία δεν έχει πολλά στοιχεία, ο Μελ κι εγώ θέλουμε να ψάξουμε παντού και παντού που μπορούμε να σκεφτούμε για να προσπαθήσουμε να ανακαλύψουμε οποιοδήποτε απόσπασμα πληροφορίας που θα μπορούσε να είναι χρήσιμο στην έρευνά τους".

"Καταλαβαίνω απόλυτα".

"Ωραία, άρα δεν μπορείς να σκεφτείς τίποτα που θα μπορούσε να μας βοηθήσει εδώ;"

"Λυπάμαι, κυρία Μόρισον, αλλά δεν μπορώ να σκεφτώ τίποτα".

"Δεν πειράζει, Άρθουρ. Σε ευχαριστούμε που είσαι ειλικρινής μαζί μας".

"Παρακαλώ. Είμαστε στην ίδια πλευρά εδώ".

"Ευχαριστώ."

14

Μετά από ένα ήσυχο γεύμα, Η Τσέλιαν πήγε στα διαμερίσματα A Notch Above του Σπρίνκφιλντ. Φαντάστηκε ότι είχε περάσει εκατοντάδες φορές από μπροστά τους στο παρελθόν, αλλά ποτέ δεν είχε υποψιαστεί ότι ανήκαν στον Ντίτερ. Ακολουθώντας τις οδηγίες του Μάρσαλ, έστριψε στον παράδρομο στην ανατολική πλευρά του κτιρίου και εντόπισε την είσοδο του υπόγειου γκαράζ. Αφού εισήγαγε την κάρτα-κλειδί στην υποδοχή, παρακολούθησε υπομονετικά την πόρτα της εισόδου να ανοίγει, προτού προχωρήσει αργά στο επικλινές πεζοδρόμιο και στο εσωτερικό της καλά φωτισμένης εγκατάστασης στάθμευσης, και στη συνέχεια σταμάτησε. "Το σημείωμα του Μάρσαλ έλεγε να ψάξουμε για την πινακίδα που γράφει ανελκυστήρες και να κατευθυνθούμε προς αυτή την κατεύθυνση".

"Το είδα καθώς ερχόσασταν, αλλά τώρα είμαστε σχεδόν από κάτω του", συμβούλεψε ο Μελ. "Το βέλος έδειχνε προς τα δεξιά".

Η Τσέλιαν προχώρησε προσεκτικά προς τα δεξιά και ακολούθησε τη λωρίδα οδήγησης όταν αυτή έστριψε προς τα αριστερά. Στα μισά της διαδρομής εντόπισαν τους δύο ανελκυστήρες, και στη συνέχεια, λίγο μετά τη φωτεινή σήμανση "Απαγορεύεται η στάθμευση", η άδεια θέση στάθμευσης που αναζητούσαν είχε την ένδειξη P1.

"Δεν υπάρχει κουμπί για να πατήσεις", σχολίασε ο Μελ καθώς στέκονταν μπροστά από το ασανσέρ επιβατών.

Η Τσέλιαν γέλασε. "Αυτό γίνεται για να αποτρέψει όποιον κατάφερε να τρυπώσει μέσα από τις πόρτες του γκαράζ από το να αποκτήσει πρόσβαση στο ίδιο το κτίριο". Εισήγαγε την κάρτα-κλειδί στην υποδοχή, και παρακολούθησαν το φως του ασανσέρ να αλλάζει από το 1 στο G. Μετά άνοιξε η πόρτα. Η Τσέλιαν πάτησε το κουμπί P για το ρετιρέ, που ήταν ο δωδέκατος όροφος, και ανέβηκαν. Οι πινακίδες έξω από την πόρτα του ασανσέρ έδειχναν ότι οι P1 και 2 βρίσκονταν στα αριστερά, ενώ οι P3 και 4 στα δεξιά.

"Ουάου, αυτό είναι πολύ ωραίο", σχολίασε ο Μελ καθώς περπατούσαν στο διάδρομο προς τα αριστερά.

"Περιμένετε μέχρι να δείτε πώς είναι το εσωτερικό", απάντησε Η Τσέλιαν.

"Νόμιζα ότι δεν έχεις ξανάρθει εδώ;"

"Δεν έχω πάει, αλλά έχω πάει στα ρετιρέ μας στη Σάρλοτ και στο Σιάτλ, οπότε έχω μια καλή ιδέα για το τι θα ανακαλύψουμε μέσα". Εισήγαγε την κάρτα-κλειδί και βλέποντας το πράσινο φως να αναβοσβήνει πάτησε το χερούλι και μπήκε μέσα, ακολουθούμενη από το Μελ.

"Ω, Θεέ μου, είναι απίστευτο", ξεστόμισε ο Μελ καθώς παρατηρούσε το τεράστιο, ανοιχτό σαλόνι και την τραπεζαρία που εκτεινόταν σε όλο το δωμάτιο μέχρι τα παράθυρα από τοίχο σε τοίχο και από το ταβάνι μέχρι το πάτωμα που έβλεπαν στο μπαλκόνι. Ακολούθησε την Τσέλιαν σε όλο το δωμάτιο, όπου εκείνη ξεκλείδωσε την πόρτα στο κέντρο της τράπεζας παραθύρων που άνοιγε σε ένα μπαλκόνι που εκτεινόταν σε όλη αυτή την πλευρά του διαμερίσματος και έβλεπε στην πόλη. "Αυτό κάνει το διαμέρισμά μου στη Σαρασότα να μοιάζει σχεδόν με φτωχογειτονιά".

"Έλα τώρα", τον νουθέτησε η Τσέλιαν. "Ο τρόπος που μου περιέγραψες το διαμέρισμά σου μου φάνηκε πολύ ωραίος και σίγουρα δεν ήταν καθόλου κοντά στις φτωχογειτονιές".

"Έχεις δίκιο. Το διαμέρισμά μου είναι ωραίο, αλλά το μισό μέγεθος αυτού του διαμερίσματος. Το σπίτι μου είναι άνετο μεσοαστικό, αλλά αυτό το μέρος είναι πολυτελές με κεφαλαίο R".

"Λοιπόν, ας πάμε να δούμε και τα υπόλοιπα σπίτια", πρότεινε αφού είχαν απολαύσει τη θέα της πολυσύχναστης πόλης από το μπαλκόνι. Αν και μάλλον δεν είχε μεγάλη σημασία, σιγουρεύτηκε ότι η πόρτα του μπαλκονιού ήταν κλειδωμένη, όπως ακριβώς την είχε βρει, και προχώρησε προς την πρώτη πόρτα στα δεξιά τους. Η δεξιά πλευρά του διαμερίσματος περιείχε τρία μεγάλα, καλά φωτισμένα υπνοδωμάτια με κρεβάτια king size και ένα μεσαίου μεγέθους μπάνιο. Διασχίζοντας το σαλόνι, άνοιξε τη μόνη κλειστή πόρτα στην άλλη πλευρά και μπήκε σε μια τεράστια κύρια κρεβατοκάμαρα με ένα σκεπαστό, υπερμεγέθες κρεβάτι.

"Φίλε, αυτό είναι πολυτελές με δύο κεφαλαία R", δήλωσε ο Μελ.

"Σίγουρα ωραία", παραδέχτηκε η Τσέλιαν και προχώρησε προς την ανοιχτή πόρτα του κεντρικού μπάνιου με το Μελ στα πόδια της. Στάθηκαν στην πόρτα μαζί, χωρίς να μπουν αρχικά, και χάζευαν την τεράστια καμπίνα ντους και την μπανιέρα με τζακούζι. Η Τσέλιαν εντόπισε μια πόρτα στα αμέσως δεξιά τους και προχώρησε μπροστά για να την ανοίξει, αποκαλύπτοντας πλήρεις εγκαταστάσεις πλυντηρίου. "Ωραία, σίγουρα ωραία".

Φροντίζοντας να αφήσουν τα πάντα όπως τα βρήκαν, το δίδυμο προχώρησε προς την είσοδο απέναντι από το μεγάλο τραπέζι της τραπεζαρίας και μπήκε στην άψογη κουζίνα που είχε το μέγεθος ενός από τα υπνοδωμάτια. "Πού σταματάει;" σχολίασε ο Μελ, αστειευόμενη.

"Θα έλεγα ότι τα έχουμε δει σχεδόν όλα", απάντησε Η Τσέλιαν και βγήκε ξανά στο σαλόνι προς την μπροστινή πόρτα. Δεν βγήκε έξω, αλλά γύρισε και κοίταξε γύρω από τον ανοιχτό χώρο. "Τι σου θυμίζει αυτό;"

"Οι υπερπλούσιοι", απάντησε ο Μελ.

"Ναι, αυτό, αλλά τι άλλο;"

"Δεν είμαι σίγουρος πού το πας;"

"Είναι πεντακάθαρο, σαν φωτογραφία από περιοδικό. Τίποτα δεν είναι στη θέση του. Ολόκληρο το διαμέρισμα δεν έχει ούτε μια κουκίδα σκόνης που να μπορώ να δω".

"Εντάξει και τι θες να πεις;"

"Κάποιος διατηρεί αυτό το μέρος σε άψογη κατάσταση για τους επαγγελματίες επισκέπτες. Δεν είναι κατοικημένο, αλλά είναι περισσότερο για επίδειξη στους επισκέπτες για να τους εντυπωσιάσει και να δημιουργήσει υποσυνείδητα την εντύπωση ότι η Ντίτερ Technologies είναι μια εξαιρετική εταιρεία για να συνεργαστείς, επειδή κάνει τα πάντα στην εντέλεια".

"Εννοείς ότι κανείς δεν μένει εδώ;"

"Ω, οι επισκέπτες μένουν εδώ, αλλά όπως ένα δωμάτιο ξενοδοχείου μετά την αναχώρησή τους, το διαμέρισμα επιστρέφει στο πρότυπο τελειότητας της βιτρίνας του περιμένοντας να εντυπωσιάσει τους επόμενους επισκέπτες".

"Έξυπνο."

"Σίγουρα. Ας πάμε στο γραφείο ενοικίασης και ας γνωρίσουμε τον κ. Όσκαρ Νάιτ, τον διαχειριστή του ακινήτου".

Κατέβηκαν με το ασανσέρ στον πρώτο όροφο και βγήκαν μπροστά από την κύρια είσοδο. Η Τσέλιαν έλεγξε τους τοίχους σε κάθε πλευρά του ασανσέρ και ανακάλυψε την πινακίδα που έψαχνε. Περπάτησαν σε έναν διάδρομο που οδηγούσε στην πίσω πόρτα του κτιρίου και κρυμμένο πίσω από τους ανελκυστήρες ήταν το γραφείο του διαχειριστή. Μέσα από τα μεγάλα παράθυρα, μπορούσαν να δουν δύο γραφεία, το ένα κατειλημμένο από έναν φαλακρό, μεσήλικα κύριο με ακριβό κοστούμι. Η Τσέλιαν χτύπησε την πόρτα και εκείνος κοίταξε ψηλά.

"Περάστε", φώναξε και τον συνόδευσαν μέσα. "Ψάχνετε για διαμέρισμα, σήμερα;" ρώτησε πριν πιαστεί και πνιγεί αμέσως. "Ω, λυπάμαι πολύ κυρία Μόρισον- δεν σας αναγνώρισα αμέσως. Παρακαλώ, ελάτε να καθίσετε".

Η Τσέλιαν και ο Μελ βολεύτηκαν σε καρέκλες μπροστά από το γραφείο του Όσκαρ και εκείνος έσπευσε να περάσει από πίσω του. "Εκπλήσσομαι που με αναγνωρίσατε καθόλου, κύριε Νάιτ. Έχουμε ξανασυναντηθεί ποτέ;"

"Στην πραγματικότητα, όχι. Είδα τη φωτογραφία σας αρκετές φορές στην τηλεόραση και στις εφημερίδες μετά την τραγωδία που πήρε τον κ. Μόρισον μακριά μας. Σας παρακαλώ, φωνάζετέ με Όσκαρ".

"Καταλαβαίνω και θα σε λέω Όσκαρ - υπό έναν όρο".

"Και τι είναι αυτό;"

"Πρέπει να με λες Τσέλιαν, εντάξει;"

Ο Όσκαρ σταμάτησε για μια-δυο στιγμές. "Εντάξει, θα προσπαθήσω να το θυμάμαι αυτό, Τσέλιαν".

"Σούπερ. Όσκαρ, θα ήθελα να σε συστήσω στον Μελ Χαλντέιν, έναν γνωστό συγγραφέα, τον οποίο ανέθεσα να γράψει τη βιογραφία του Ντίτερ".

"Αυτά είναι σπουδαία νέα. Είμαι σίγουρος ότι θα είναι δημοφιλές σε πωλήσεις".

"Συμφωνώ μαζί σου, Όσκαρ. Ο Μελ έχει επίσης εκτεταμένη εμπειρία ως ερευνητικός δημοσιογράφος σε πολλές μεγάλες εφημερίδες και τηλεοπτικά δίκτυα. Πιθανώς γνωρίζετε ότι η τοπική αστυνομία αντιμετωπίζει προβλήματα στην αποκάλυψη σημαντικών στοιχείων που θα τη βοηθήσουν να εξιχνιάσει τον πυροβολισμό του Ντίτερ. Λοιπόν, ο Μελ έχει λάβει την άδεια από τον ντετέκτιβ Ζέλλερτον να ψάξει για τυχόν στοιχεία που θα μπορούσαν να τους βοηθήσουν. Πριν το ξεχάσω, ο ντετέκτιβ Ζέλλερτον ή οι ντετέκτιβ του ήρθαν ποτέ εδώ για να σας ανακρίνουν;".

"Ω ναι, και αντέγραψαν ένα σωρό από τις κασέτες ασφαλείας μας".

"Ω! Τα είχα ξεχάσει όλα αυτά", δήλωσε Η Τσέλιαν. "Μελ, κοίτα στις γωνίες πίσω μας στις δύο τηλεοπτικές οθόνες. Οι πολυκατοικίες και τα εργοστάσιά μας έχουν κάμερες ασφαλείας που καταγράφουν συνεχώς συγκεκριμένες τοποθεσίες. Αν θυμάμαι καλά, στις πολυκατοικίες, αυτές είναι η μπροστινή είσοδος του κτιρίου που είδαμε απέναντι από το μεγάλο φουαγιέ όταν μας άφησε το ασανσέρ, καθώς και η πόρτα αυτού του γραφείου που θα κατέγραφε επίσης όποιον κατάφερνε να τρυπώσει από την πίσω είσοδο καθώς περνούσε. Σωστά, Όσκαρ;"

"Απολύτως."

"Βρήκε η αστυνομία κάτι ενδιαφέρον στις κασέτες;"

"Αν το έκαναν, δεν το μοιράστηκαν μαζί μου".

"Όσκαρ, περάσαμε μιάμιση μέρα στα κεντρικά γραφεία της Τεχνολογίες Ντίτερ μιλώντας με πολλούς ανθρώπους, ψάχνοντας για πιθανά στοιχεία της υπόθεσης, και αυτός είναι ο λόγος της επίσκεψής μας εδώ μαζί σου σήμερα. Μπορείς να σκεφτείς οτιδήποτε, οτιδήποτε που θα μπορούσε να βοηθήσει την αστυνομία να λύσει αυτό το μυστήριο και το οποίο μπορεί να μην έχεις ήδη μοιραστεί με τους ντετέκτιβ;"

Ο Όσκαρ αναστέναξε. "Δυστυχώς, όχι. Μακάρι να υπήρχε κάτι χρήσιμο που θα μπορούσα να σας πω, αλλά φοβάμαι ότι δεν έχω τίποτα για εσάς. Λυπάμαι".

"Καταλαβαίνω. Εντάξει, έχω μια λίγο σοκαριστική ερώτηση για σένα στη συνέχεια. Έχετε κάποια πληροφορία από πρώτο χέρι ή πληροφοριοδότη σχετικά με το ότι ο Ντίτερ χρησιμοποιεί τη σουίτα του ρετιρέ μας στον επάνω όροφο για να διασκεδάζει κυρίες για ας πούμε μη επαγγελματικούς σκοπούς;".

Ο Όσκαρ αγκομαχούσε. "Ω, Θεέ μου! Δεν ήξερα ποτέ ότι συνέβαινε κάτι τέτοιο".

"Μην με παρεξηγήσετε. Μπορεί να μην συνέβη ποτέ, αλλά επειδή η αστυνομία δεν έχει πολλά στοιχεία, ψάχνουμε για κάθε πιθανή αιτία για τον ανεξήγητο πυροβολισμό".

"Α, αυτό βγάζει περισσότερο νόημα τώρα. Για να απαντήσω ευθέως στην ερώτησή σας, δεν έχω ακούσει ποτέ τίποτα που να αφορά τον Ντίτερ να εμπλέκεται σε τέτοιου είδους δραστηριότητες, ποτέ, ποτέ".

"Ωραία, και αν σε κάνει να νιώθεις καλύτερα θα σου πω ότι ούτε εγώ έχω ακούσει ποτέ κάτι τέτοιο για τον Ντίτερ. Αφού οι επισκέπτες χρησιμοποιούν το Ρ1 όσο βρίσκονται στην πόλη, ποιος το επαναφέρει στην άψογη κατάσταση που μόλις παρατηρήσαμε όταν το επισκεφτήκαμε πριν από λίγα λεπτά;"

"Εγώ το κάνω."

"Θυμάστε να διαπιστώσατε ποτέ ότι είχε χρησιμοποιηθεί όταν δεν γνωρίζατε ότι έφταναν επισκέπτες;"

"Ποτέ. Ο Μάρσαλ πάντα μου τηλεφωνεί όταν θα υπάρξουν επισκέπτες εκτός πόλης και πριν φτάσουν ανεβαίνω και βεβαιώνομαι ότι όλα στη σουίτα του ρετιρέ είναι Α1. Ποτέ δεν έχω βρεθεί προ εκπλήξεως και να το βρω χρησιμοποιημένο ενώ δεν γνώριζα ότι είχε χρησιμοποιηθεί".

"Σας ευχαριστώ που το μοιραστήκατε μαζί μου. Χαίρομαι που το ακούω. Πήγα τον Μελ στο ρετιρέ για να δει πώς είναι τα ρετιρέ μας και εντυπωσιάστηκε αρκετά. Σε ευχαριστώ για τον χρόνο σου σήμερα, Όσκαρ. Εμείς θα συνεχίσουμε τον δρόμο μας τώρα. Ξέρω ότι αυτό το κτίριο είναι σε καλά χέρια".

"Ευχαριστώ, Τσέλιαν. Χάρηκα που επιτέλους σε γνώρισα".

Κατά την επιστροφή τους στο σπίτι της Τσέλιαν πρότεινε στον Μελ να επιστρέψουν στην παραλία Μπράμπλγκροβ εκείνο το βράδυ, ή αύριο το πρωί, για το Σαββατοκύριακο. "Ειδικά οι Χόλντενς θα αναρωτιούνται τι μας συνέβη. Η Αριάνα φροντίζει να μη χάνει πολλά, οπότε θα ήθελα να κάνω την εμφάνισή μου για λίγες μέρες. Την επόμενη εβδομάδα θα ήθελα να πετάξω τόσο στη Σάρλοτ όσο και στο Σιάτλ, αν και εφόσον το αεροπλάνο μας δεν χρησιμοποιείται για επαγγελματικούς σκοπούς. Θα ήταν ωραίο να το τακτοποιήσω αυτό πριν από το Σαββατοκύριακο των γενεθλίων μου μόνο με σένα".

"Είμαι εντελώς ελεύθερος. Κανείς δεν με ελέγχει, οπότε κάνε εσύ τα σχέδια και εγώ θα είμαι στο πλευρό σου".

"Σας ευχαριστώ. Πιθανότατα μπορούμε να επιστρέψουμε στην παραλία πριν νυχτώσει το βράδυ, ακόμα κι αν σταματήσουμε στα μισά της διαδρομής για δείπνο, εντάξει;"

"Δεν με πειράζει."

15

Η Τσέλιαν και ο Μελ χρειάστηκαν και οι δύο ένα ντους μετά τη δραστήρια νύχτα που πέρασαν μαζί, πίσω στο εξοχικό της Τσέλιαν στην παραλία Μπράμπλγκροβ, πριν βγουν για τον πρώτο τους περίπατο από το πρωί της Τρίτης. "Είμαι τόσο ενθουσιασμένη που βρίσκομαι ξανά εδώ στην παραλία", είπε η Τσέλιαν καθώς περπατούσαν ζωηρά κατά μήκος της μαλακής άμμου το λαμπερό ηλιόλουστο πρωινό. "Δεν υπάρχει άλλο μέρος που θα προτιμούσα να είμαι παρά εδώ μαζί σου σε αυτό το τέλειο περιβάλλον".

"Θα υποστηρίξω αυτή την πρόταση χωρίς αμφιβολία", απάντησε ο Μελ, καθώς πλησίασε και έσφιξε το χέρι της Τσέλιαν γρήγορα και στοργικά, αφήνοντάς το, ελπίζω, πριν το καταλάβουν κάποιοι από τους γείτονες.

Μετά την πρωινή τους βόλτα, ο Μελ επέστρεψε στο εξοχικό του για να δουλέψει πάνω στο μυθιστόρημά του που αγνοήθηκε πρόσφατα. Είχαν συμφωνήσει ότι ήταν καλύτερο να τον βλέπουν να πηγαινοέρχεται στο σπίτι της αντί να κάνει τους περίεργους γείτονες να αναρωτιούνται αν είχε λίγο πολύ μετακομίσει μαζί της. Γύρισε με τα πόδια στο σπίτι της Τσέλιαν για μεσημεριανό γεύμα και λίγη προγευματική άσκηση στην κρεβατοκάμαρα, πριν επιστρέψει στο εξοχικό του.

Η Αριάνα εμφανίστηκε απροσδόκητα από το πουθενά στο δεύτερο σκέλος της βόλτας τους. "Γεια σας, παιδιά. Παρατήρησα ότι το αυτοκίνητό σου έλειπε για λίγες μέρες, Τσέλιαν. Ελπίζω να είναι όλα εντάξει;"

"Όλα είναι μια χαρά, Αριάνα. Πήγα τον Μελ στο Σπρίνγκφιλντ για να συναντήσει τους σημαντικούς ανθρώπους της Τεχνολογίες Ντίτερ . Υποθέτω ότι δεν ξέρεις τα τελευταία νέα. Προσέλαβα τον Μελ να γράψει τη βιογραφία του Ντίτερ. Φύγαμε το επόμενο πρωί, αφού του ανέθεσα τη δουλειά, ώστε να μπορέσει να γνωρίσει τους ανθρώπους που θα χρειαστεί να πάρει συνεντεύξεις για να συλλέξει τις πληροφορίες του. Φυσικά, μπορώ να βοηθήσω τον Μελ με το προσωπικό μέρος της ιστορίας του Ντίτερ, αλλά όταν πρόκειται για το τεχνικό μέρος δεν θα είμαι πολύ χρήσιμος. Επιστρέψαμε εδώ για να απολαύσουμε το Σαββατοκύριακο, αλλά θα επιστρέψουμε στο Σπρίνγκφιλντ στις αρχές της επόμενης εβδομάδας".

"Ουάου! Τα πράγματα συμβαίνουν πολύ γρήγορα, βλέπω. Γιατί δεν έρχεστε εσείς οι δύο αύριο το βράδυ στο σπίτι μας για να παίξουμε χαρτιά; Είσαι παίκτης του Euchre, Μελ; Αυτό ήταν πάντα το παιχνίδι της επιλογής μας όταν βρισκόμασταν μαζί με τους Μόρισον, αλλά παίζουμε και άλλα χαρτιά ή επιτραπέζια παιχνίδια για ποικιλία κατά καιρούς".

"Ξέρω να παίζω νταούλι, αλλά δεν θα ισχυριζόμουν ότι είμαι πολύ καλός σε αυτό".

"Υπέροχα. Μπορείς να συνεργαστείς με τον Μαρκ και εμείς τα κορίτσια μπορούμε να σας δείρουμε και τους δύο".

"Ωραία", απάντησε ο Μελ, προσποιούμενος τον τρόμο, αλλά χάλασε το θέατρο με ένα πλατύ χαμόγελο.

"Τι θα έλεγες να περάσουμε από εδώ μετά τον βραδινό μας περίπατο;" Πρόσθεσε Η Τσέλιαν. "Δεν κάναμε καθόλου περίπατο όσο λείπαμε στο Σπρίνγκφιλντ, και ήλπιζα ότι θα μπορούσαμε να τρυπώσουμε και σε πρωινές και σε βραδινές βόλτες στην παραλία κάθε μέρα που θα επιστρέψουμε εδώ στα εξοχικά".

"Κανένα πρόβλημα", απάντησε η Αριάνα. "Απολαύστε τις βόλτες σας. Τα λέμε αύριο το βράδυ, αν όχι νωρίτερα", πρόσθεσε και κατευθύνθηκε προς το εξοχικό της.

"΄Ηταν τόσο αθώο όσο ακούστηκε ή συμβαίνουν περισσότερα που δεν γνωρίζω;" ρώτησε ο Μελ αφού συνέχισαν τον περίπατό τους και είχαν απομακρυνθεί από την ακουστική περιοχή.

"Δεν είμαι σίγουρος. Οι Χόλντεν είναι καλοί άνθρωποι, αλλά η Αριάνα είναι λίγο αδιάκριτη και της αρέσει επίσης να κουτσομπολεύει. Με τον Ντίτερ παίζαμε συχνά χαρτιά μαζί τους τις φορές που ήταν εδώ το καλοκαίρι μαζί μου, οπότε είναι δύσκολο να ξέρω αν η πρόσκληση ήταν προσχεδιασμένη ή αυθόρμητη σε αυτή την περίπτωση. Σίγουρα πρέπει να προσπαθήσουμε να κρατήσουμε τη διανυκτέρευσή σας ως επτασφράγιστο μυστικό και δεν πρέπει καν να πούμε σε κανέναν εδώ στην παραλία ότι ψαχουλεύουμε προσπαθώντας να βοηθήσουμε την αστυνομία να εντοπίσει κάποια στοιχεία για τον πυροβολισμό. Συμφωνείτε;"

"Σίγουρα."

Η συνάντηση για το χαρτοπαίγνιο το Σάββατο το βράδυ θα μπορούσε να θεωρηθεί αδιατάρακτη σε σύγκριση με την ανάκριση που ο Μελ φανταζόταν ότι θα μπορούσε να συμβεί. Η Αριάνα και ο Μαρκ τον ρώτησαν λίγο για το είδος των ιστοριών που είχε γράψει και για το αν είχε ασχοληθεί ποτέ στο παρελθόν με μια βιογραφία όπως αυτή του Ντίτερ. Φάνηκαν ικανοποιημένοι από τις απαντήσεις του, οπότε το μεγαλύτερο μέρος της συζήτησης κατά τη διάρκεια των χαρτοπαιξίματος αφορούσε τους άλλους τρεις που συζητούσαν για τους ήδη - αφιχθέντες και τους - ακόμη - αφιχθέντες καλοκαιρινούς κατοίκους στην παραλία. Η Τσέλιαν και η Αριάνα έβγαλαν τα παντελόνια από τα παιδιά στα χαρτιά, όπως ακριβώς είχε προβλέψει η Αριάνα.

Η Τσέλιαν και ο Μελ ευχαρίστησαν θερμά τους οικοδεσπότες τους για τις υπέροχες στιγμές που πέρασαν καθώς αναχώρησαν λίγο πριν τις έντεκα από την μπροστινή πόρτα από την πλευρά του δρόμου και όχι από την πλευρά της παραλίας. Ο Μελ συνόδευσε την Τσέλιαν στο σπίτι, όπως έκανε πάντα σε όλες τις προηγούμενες βόλτες τους πριν και αφού άλλαξε κοιμητήριο.

Η Τσέλιαν σοφά έκανε γνωστό στους Χόλντεν νωρίτερα το βράδυ ότι ο Μελ πάντα την πήγαινε σπίτι της με τα πόδια, έτσι ώστε όταν αποχαιρετούσαν και δεν έφευγαν προς αντίθετες κατευθύνσεις να μην δημιουργούνταν περιττές υποψίες. Εκτός κι αν οι Χόλντεν κρυφοκοίταζαν ταυτόχρονα από τα μπροστινά και τα πίσω παράθυρα περιμένοντας να δουν πότε ή αν ο Μελ γύριζε σπίτι αργότερα, τότε δεν θα ήξεραν ότι αντί γι' αυτό πήδηξε στο κρεβάτι της Τσέλιαν ως συνήθως.

16

Η Κυριακή ήταν μια ήσυχη μέρα στο εξοχικό της Τσέλιαν, εκτός από τις πρωινές και βραδινές βόλτες τους στην παραλία και τις τακτικές συνεδρίες άσκησης στο πολυτελές υπνοδωμάτιό της. Ο Μελ δεν σκέφτηκε καν να επιστρέψει στο εξοχικό του για να δουλέψει πάνω στο μυθιστόρημά του. Όλο και περισσότεροι εξοχικοί έφταναν για να ανοίξουν τα σπίτια τους για τη θερινή περίοδο. Φαινόταν ότι κανένας από τους στενότερους φίλους της Τσέλιαν δεν ήταν ανάμεσά τους, καθώς δεν υπήρχαν ασυνήθιστες διακοπές στις δραστηριότητές τους.

"Σκεφτόμουν το πρόγραμμά μας για την επόμενη εβδομάδα", ανέφερε Η Τσέλιαν στο Μελ, καθώς έπιναν τα δροσιστικά χόρτα με το νερό με λεμόνι, ενώ χαλάρωναν στο οικογενειακό δωμάτιο μετά τη βραδινή τους βόλτα. "Αν επιστρέψουμε στο Σπρίνγκφιλντ αύριο το πρωί, μετά τον περίπατό μας και το πρωινό μας, τότε ελπίζουμε ότι μπορούμε να πετάξουμε για το Σιάτλ αργά το απόγευμα ή το βράδυ και να διανυκτερεύσουμε στη σουίτα του ρετιρέ μας. Στη συνέχεια, μπορούμε να συνομιλήσουμε με την Danica Prentice, τη διαχειρίστρια των ακινήτων εκεί, πρωί-πρωί, πριν πάμε με το αυτοκίνητο στο εργοστάσιο της Ντίτερ Technologies για να δούμε τον διευθυντή του εργοστασίου. Δεν μπορώ να θυμηθώ το όνομά του αυτή τη στιγμή, αλλά θα μου έρθει. Και επίσης να μιλήσω με οποιονδήποτε άλλον μπορεί να έχει κάποιες ιδέες σχετικά με τον θάνατο του Ντίτερ. Θα μπορούσαμε να περάσουμε μια δεύτερη νύχτα στο Σιάτλ, και αν όλα πάνε καλά, όπως ελπίζω, θα πετάξουμε για τη Σάρλοτ την Τετάρτη, όταν μας βολεύει, και θα μείνουμε στη σουίτα ρετιρέ μας εκεί. Αν όλα πάνε καλά, ίσως μπορέσουμε να επιστρέψουμε στο Σπρίνγκφιλντ το ίδιο βράδυ, αλλά διαφορετικά το πρωί της Παρασκευής θα ήταν εντάξει".

"Πώς θα τα καταφέρεις όλα αυτά με το καλημέρα; Έχετε καν ελέγξει τα δρομολόγια των πτήσεων;"

"Δεν είμαι υποχρεωμένος, θυμάσαι; Σας ανέφερα νωρίτερα ότι η Τεχνολογίες Ντίτερ διαθέτει το δικό της πολυτελές αεροπλάνο δώδεκα επιβατών. Λοιπόν, η εταιρεία έχει επίσης έναν πιλότο που εργάζεται στο τμήμα ερευνών στο γραφείο του Σπρίνγκφιλντ, όταν δεν πετάει το αεροπλάνο μας σε όλο τον κόσμο. Στην πραγματικότητα, περνάει πολύ περισσότερο χρόνο στο τμήμα έρευνας παρά στον αέρα. Αν το αεροπλάνο μας είναι διαθέσιμο αυτή την εβδομάδα, τότε μπορούμε να πετάξουμε στο Σιάτλ και στη Σάρλοτ με το δικό μας πρόγραμμα. Θα τηλεφωνήσω στον Μάρσαλ μετά την πρωινή μας βόλτα και θα δω αν το προτεινόμενο πρόγραμμά μου θα πετύχει, χωρίς λογοπαίγνιο".

Ο Μελ γέλασε. "Ποτέ δεν παύεις να με εκπλήσσεις".

"Υπέροχα. Ελπίζω να μη σταματήσεις ποτέ να το σκέφτεσαι έτσι".

"Κι εγώ το ίδιο, πίστεψέ με".

"Αυτό μας οδηγεί στο Σαββατοκύριακο. Μου είπες ότι μπορούσα να προγραμματίσω τη γιορτή των γενεθλίων μου με όποιον τρόπο ήθελα, σωστά;"

"Απολύτως", απάντησε με ένα πονηρό χαμόγελο.

"Λοιπόν, το σκέφτομαι αυτό τον τελευταίο καιρό. Αν είμαστε εδώ στην παραλία για τα γενέθλιά μου, θα υπάρξουν σίγουρα διακοπές από την Αριάνα και πιθανότατα από άλλους φίλους και γείτονες που ξέρουν πότε είναι τα γενέθλιά μου. Αν περάσουμε το Σαββατοκύριακο στο Σπρίνγκφιλντ, πιθανότατα θα έχουμε το ίδιο πρόβλημα με τους φίλους, τους γείτονες και τους υπαλλήλους της εταιρείας που θα περάσουν ή θα τηλεφωνήσουν για τα γενέθλιά μου, βλέπεις;".

"Καταλαβαίνω. Ποια είναι λοιπόν η λύση;"

"Θα ήθελα πολύ να περάσουμε ένα Σαββατοκύριακο κάπου που κανείς δεν μας ξέρει ή δεν θα μας ενοχλήσει. Μπορούμε ακόμη και να απενεργοποιήσουμε τα τηλέφωνά μας για το Σαββατοκύριακο, ώστε να μην έχουμε καμία απολύτως διακοπή. Ελπίζω να είμαστε ινκόγκνιτο, εντάξει;".

"Έχετε κάποιο συγκεκριμένο μέρος στο μυαλό σας;"

"Στην πραγματικότητα, ναι. Το Μυστικό Ορεινό Θέρετρο".

"Δεν το έχω ξανακούσει."

"Επειδή είναι μυστικό", απάντησε με ένα υπερβολικό κλείσιμο του ματιού.

"Αφού είναι μυστικό, πώς και το ξέρεις;"

"Προφανώς λειτουργεί με σκοπό την παροχή αδιάλειπτων ή ίσως και παράνομων αποδράσεων για τους εύπορους. Το θέρετρο δεν διαφημίζεται καθόλου. Έχουν έναν μη καταχωρημένο αριθμό τηλεφώνου. Η φήμη διαδίδεται από στόμα σε στόμα μεταξύ των πλουσίων. Ο Ντίτερ με πήγε εκεί για τα τριακοστά μου γενέθλια, αφού λάβαμε την καταστροφική είδηση ότι δεν θα μπορούσα ποτέ να του κάνω παιδί. Μετά από εκείνο το Σαββατοκύριακο αυτό το υπέροχο στοιχείο της ζωής μου πήρε ραγδαία την κατηφόρα. Αν δεν σας ενοχλεί να κάνετε έρωτα όλο το Σαββατοκύριακο στην ίδια τοποθεσία όπου η σεξουαλική μου ζωή με τον σύζυγό μου ξεκίνησε την κατηφορική της πορεία, τότε εκεί θα ήθελα να πάω".

"Δεν θα το αφήσω να με ενοχλήσει αν σε έχω στην αγκαλιά μου. Ξέρεις πού είναι αυτό το θέρετρο;"

"Στα βουνά, περίπου τρεις ώρες με το αυτοκίνητο από το Σπρίνγκφιλντ. Έχω τις πληροφορίες κρυμμένες σε ένα συρτάρι στο υπνοδωμάτιο του σπιτιού μου. Θα τις ξεθάψω όταν γυρίσουμε σπίτι αύριο ή όποτε επιστρέψουμε εκεί, αν τα σχέδια πτήσης μου χαλάσουν".

"Ακούγεται υπέροχο. Ελπίζω να μην είμαι πολύ μεγάλη γι' αυτό", είπε ο Μελ χαμογελώντας.

"Η αντοχή σας ήταν θαυμάσια. Μην υποτιμάς τον εαυτό σου. Έχε στο μυαλό σου ότι η σπάνια δράση που απολαμβάνω τα τελευταία δεκαπέντε χρόνια με τον Ντίτερ με κάνει να φαντάζομαι ότι είσαι το επόμενο καλύτερο πράγμα που υπάρχει δίπλα στον Μπραντ Πιτ".

Ο Μελ βροντοφώναξε από τα γέλια. "Αυτή είναι μια πολύ απότομη παρέα. Είναι τιμή μου".

"Είμαι ενθουσιασμένη", είπε χαμογελώντας από αυτί σε αυτί. "Όταν τελειώσεις με το ποτό σου, θα πρέπει να σβήσουμε τα φώτα και να πάμε νωρίς επάνω για έναν ακόμη γύρο ενδυνάμωσης της αντοχής, εντάξει;"

"Έχω πει ποτέ όχι;"

"Ποτέ. Δόξα τω Θεώ".

17

Η Τσέλιαν έσυρε το Μελ από το κρεβάτι νωρίτερα από το συνηθισμένο το πρωί της Δευτέρας, προκειμένου να ξεκινήσουν την αναμενόμενη, ταραχώδη μέρα που τους περίμενε. Αφού περπάτησαν στην παραλία, έκαναν μαζί ντους, όπου απόλαυσαν προσεκτικά μια τελευταία ερωτική περιπέτεια για το δρόμο. Μετά το πρωινό, ο Μελ επισκέφθηκε το εξοχικό που είχε νοικιάσει για να πακετάρει μερικά επιπλέον είδη ένδυσης, καθώς υποψιάζονταν ότι δεν θα επέστρεφαν στην παραλία για πάνω από μια εβδομάδα. Η Τσέλιαν άρχισε και αυτή να πακετάρει και στη συνέχεια θυμήθηκε να τηλεφωνήσει στον Μάρσαλ στα κεντρικά γραφεία της Τεχνολογίες Ντίτερ για να τον ενημερώσει για τα σχέδιά τους.

Η Τσέλιαν χάρηκε που έμαθε ότι δεν υπήρχε ανταγωνισμός για τη χρήση του τζετ της εταιρείας αυτή την εβδομάδα. Ενημέρωσε τον Μάρσαλ για το ιδανικό της πρόγραμμα για τις επισκέψεις τους στο Σιάτλ και τη Σάρλοτ. Επέμεινε, περισσότερες από μία φορές, ότι αν υπήρχε απροσδόκητη ανάγκη για το αεροπλάνο κατά τη διάρκεια της εβδομάδας, τότε η επιχειρηματική δραστηριότητα θα είχε προτεραιότητα έναντι των σχεδίων της, καθώς ο χρόνος της ήταν απολύτως ευέλικτος.

Ο Μάρσαλ επέμεινε σε αντάλλαγμα ότι θα έβαζε πρώτα τις επαγγελματικές ανάγκες, αλλά διαβεβαίωσε την Τσέλιαν ότι η πιθανότητα να προκύψει ένα επείγον επαγγελματικό ταξίδι ήταν ελάχιστη. Είπε ότι θα έκανε όλες τις διευθετήσεις γι' αυτήν. Ζήτησε μόνο να του τηλεφωνήσει όταν θα ήταν κοντά στο Σπρίνγκφιλντ, ώστε να στείλει τον Άρθουρ με τη λιμουζίνα να τους παραλάβει από το σπίτι της και να τους οδηγήσει στο αεροδρόμιο του Σπρίνγκφιλντ. Θα είχε εκεί τον πιλότο τους, τον Κάρσον ΜακΒί, ο οποίος θα τους περίμενε για να κάνει τις ρυθμίσεις για την αναχώρησή τους με την πτήση τους για το Σιάτλ.

Ο Μελ οδήγησε την Cadillac Escalade της Τσέλιαν, όπως είχε κάνει και την προηγούμενη εβδομάδα. Μετά από μια στάση για μεσημεριανό γεύμα, έφτασαν στο σπίτι της Τσέλιαν λίγο μετά τη μία και μισή. Είχε ειδοποιήσει τον Μάρσαλ, σύμφωνα με το αίτημά του, καθώς είχαν φτάσει στα περίχωρα του Σπρίνγκφιλντ, και εκείνος υπολόγισε ότι η λιμουζίνα θα έπρεπε να είναι στο δρόμο της πριν από τις δύο. Οι δυο τους έσπευσαν να προσθέσουν αντικείμενα στις βαλίτσες τους που είχαν αφήσει στο Σπρίνγκφιλντ όταν πήγαν στην παραλία για το Σαββατοκύριακο. Ευτυχώς, η Τσέλιαν θυμήθηκε να εντοπίσει και να πετάξει στη βαλίτσα της τις πληροφορίες για το Μυστικό Ορεινό Θέρετρο.

"Αυτό είναι εξωπραγματικό", δήλωσε ο Μελ όταν μπήκε στο πολυτελές καθιστικό του τζετ της εταιρείας. "Ποτέ δεν ήξερα ότι μπορούσαν να φτιάξουν ένα αεροπλάνο να μοιάζει έτσι. Μοιάζει περισσότερο με το σαλόνι ενός εκατομμυριούχου παρά με αεροπλάνο".

Η Τσέλιαν γέλασε. "Καλώς ήρθατε στον κόσμο των εκατομμυριούχων, και όλα αυτά είναι μια απόσβεση της φορολογίας των επιχειρήσεων".

"Είμαι εντυπωσιασμένος."

"Όπως θα έπρεπε να είσαι."

Ο Κάρσον ανέβηκε βιαστικά τη σκάλα και τους συνάντησε ξανά. "Είναι προγραμματισμένο να απογειωθούμε σε είκοσι λεπτά, οπότε καθίστε σε μια άνετη θέση και θα σας ενημερώσω πότε είναι εντάξει να σηκωθείτε και να κινηθείτε".

Η Τσέλιαν κατευθύνθηκε προς τον μακρύ, μαλακό καναπέ και χτύπησε το κάθισμα δίπλα της όταν κάθισε. Ο Μελ εγκαταστάθηκε δίπλα της και τύλιξε το χέρι του γύρω από τον ώμο της όταν συνειδητοποίησε ότι ο Κάρσον είχε απομακρυνθεί για τα καλά από την καμπίνα. Απόλαυσαν λίγη ώρα αγκαλιάς πριν το αεροπλάνο αρχίσει να απογειώνεται.

Αφού το αεροπλάνο πηδούσε ομαλά στο καθορισμένο ύψος του, ο Κάρσον ενημέρωσε τους επιβάτες του ότι τώρα μπορούσαν να σηκωθούν και να κινηθούν με την ησυχία τους.

"Θα θέλατε ένα ποτό ή ένα σνακ;" ρώτησε η Τσέλιαν τον Μελ.

Ο Μελ σκέφτηκε την προσφορά για μερικά δευτερόλεπτα. "Είμαι ακόμα αρκετά χορτάτη από το μεσημεριανό γεύμα, αλλά ίσως ένα ποτό θα ήταν καλό. Τι έχουμε;"

"Συνήθως υπάρχουν μερικές μπύρες, σκληρά ποτά και κρασιά, καθώς και μια ποικιλία αναψυκτικών. Υπάρχει επίσης καφές ή τσάι που μπορώ να φτιάξω. Πάμε να δούμε;"

Η Τσέλιαν σηκώθηκε και κατευθύνθηκε προς το ψυγείο της κουζίνας, με το Μελ ακριβώς πίσω της. "Τα ποτά είναι κάτω από τον πάγκο εδώ, αν τα θέλετε", συμβούλεψε πριν ανοίξει την πόρτα του ψυγείου για να δει τι υπήρχε μέσα. Έκανε στην άκρη για να μπορέσει ο Μελ να ελέγξει το περιεχόμενό του.

Εντόπισε ένα κουτάκι παγωμένο τσάι και το πήρε. "Τι να σας φέρω;"

"Το παγωμένο τσάι ακούγεται καλό. Μπορείς να βρεις ένα δεύτερο;"

Ο Μελ έδωσε στην Τσέλιαν το δοχείο του και μετακίνησε μερικά άλλα πριν βρει ένα δεύτερο. Επέστρεψαν στις ίδιες θέσεις στον αναπαυτικό καναπέ και μίλησαν ήσυχα καθώς απολάμβαναν τα δροσιστικά τους ποτά. "Θα ήθελα να κουβεντιάσω λίγο με τον Κάρσον. Έχετε κάποια ερώτηση σχετικά με τον Ντίτερ που θα θέλατε να του κάνετε;" ρώτησε ο Μελ.

"Μπορούμε να εκμεταλλευτούμε τις ευκαιρίες μας όσο είναι διαθέσιμος". Η Τσέλιαν σηκώθηκε και προχώρησε προς το πιλοτήριο, ακολουθούμενος από τον Μελ.

"Γεια", είπε ο Κάρσον όταν χτύπησαν και μπήκαν πίσω του.

"Γεια σας και πάλι", απάντησε η Τσέλιαν. "Θα σας αποσπάσει την προσοχή αν κουβεντιάσουμε λίγο;"

"Καθόλου. Ένας από εσάς μπορεί να μπει στη θέση του συγκυβερνήτη, αν θέλετε;"

"Προχώρα", είπε ο Μελ.

"Είσαι σίγουρος;" ρώτησε η Τσέλιαν και όταν ο Μελ έγνεψε καταφατικά με το κεφάλι, γλίστρησε στην άδεια θέση, ενώ ο Μελ πήρε τη θέση του στην πόρτα. "Ξέρω ότι ο Μάρσαλ θα σε έχει ενημερώσει κάπως για τον σκοπό των πτήσεών μας αυτή την εβδομάδα, αλλά δεν είμαι σίγουρη πόσα ακριβώς σου είπε. Ανέφερε ότι ο Μελ είναι συγγραφέας και ότι θα έγραφε τη βιογραφία του Ντίτερ για μένα;".

"Ναι, το έκανε."

"Μήπως έτυχε να αναφέρει επίσης ότι ο Μελ έχει την άδεια της αστυνομίας του Σπρίνγκφιλντ να ψαχουλεύει και να δει αν αυτός ή εμείς μπορούμε να ξετρυπώσουμε πιθανά στοιχεία για τη δολοφονία του Ντίτερ που μπορεί να μην έχει προσέξει η αστυνομία;"

"Ναι."

"Ωραία, οπότε δεν θα εκπλαγείς όταν σου κάνουμε κάποιες αδιάκριτες ερωτήσεις;"

Ο Κάρσον γέλασε. "Μάλλον όχι. Ρωτήστε με".

"Εντάξει. Ας δούμε αν μπορώ να το διατυπώσω κατάλληλα. Είδατε ή ακούσατε ποτέ οτιδήποτε που θα μπορούσε να είναι σημάδι ότι ο Ντίτερ θα μπορούσε να πάθει κακό, παρόλο που εκείνη τη στιγμή μάλλον το θεωρούσατε ασήμαντο;"

Ο Κάρσον ήταν σκεπτικός για αρκετή ώρα καθώς περίμεναν υπομονετικά σιωπηλοί. "Ξέρετε, για να είμαι ειλικρινής, δεν μπορώ να θυμηθώ τίποτα που να με έκανε έστω και λίγο να φανταστώ ότι θα μπορούσε να πάθει κακό. Πραγματικά, τίποτα".

"Δεν πειράζει, αλλά έπρεπε να ρωτήσω", απάντησε Η Τσέλιαν. "Εντάξει, η επόμενη ερώτηση γίνεται λίγο πιο δύσκολη, αλλά κι εγώ πρέπει να τη ρωτήσω και θα εκτιμούσα μια ειλικρινή απάντηση. Είχατε ποτέ λόγο να υποψιαστείτε ότι η πτήση με τον Ντίτερ στο αεροσκάφος ήταν περισσότερο ένα προσωπικό ταξίδι παρά ένα επαγγελματικό ταξίδι;"

Ο Κάρσον συνοφρυώθηκε. "Υποθέτω λοιπόν ότι θα θέλατε να μάθετε αν ο Ντίτερ πετούσε με μια γυναίκα για πιο ευχάριστες ασχολίες από τις τεχνολογικές δουλειές, σωστά;"

"Έγινε."

"Απολύτως και κατηγορηματικά όχι".

"Ωραία. Σας ευχαριστώ για την κατανόηση. Επειδή η αστυνομία του Σπρίνγκφιλντ δεν φαίνεται να έχει κανέναν λογικό ύποπτο, δεν θέλουμε να αφήσουμε καμία πέτρα αναποδογυρισμένη".

"Φυσικά."

Το πιλοτήριο σιώπησε για λίγα λεπτά, και όταν η Τσέλιαν δεν έδειξε κανένα σημάδι να συνεχίσει τις ερωτήσεις της, ο Μελ αποφάσισε να πάρει σειρά. "Αλλάζοντας τελείως το θέμα, και απλώς από περιέργεια, πώς έτυχε ένας μηχανικός του ερευνητικού τμήματος να είναι εμπορικός πιλότος;"

Ο Κάρσον χαμογέλασε απ' άκρη σ' άκρη. "Λοιπόν, στη δική μου περίπτωση ήταν μάλλον απλό. Ο πατέρας μου είχε δικό του αεροπλάνο και πετούσα μαζί του από τότε που θυμάμαι τον εαυτό μου. Επιπλέον, ο αδελφός του πατέρα μου ήταν πιλότος αεροπορικής εταιρείας και μου έλεγε ιστορίες για ουκ ολίγα ενδιαφέροντα μέρη στα οποία πετούσε. Από την ηλικία των πέντε περίπου ετών και μετά, το μόνο που ήθελα να γίνω όταν μεγαλώσω ήταν πιλότος. Ο μπαμπάς μου δεν με αποθάρρυνε καθόλου, αλλά μου υπενθύμιζε τακτικά ότι έπρεπε να δουλέψω σκληρά στο σχολείο και να πετύχω υψηλούς βαθμούς.

"Υποθέτω ότι είμαι αρκετά ευφυής, οπότε βρήκα το λύκειο αρκετά εύκολο και πέτυχα άριστους βαθμούς. Ήμουν ιδιαίτερα καλός στα μαθηματικά και τις θετικές επιστήμες και οι γονείς μου με ενθάρρυναν να σκεφτώ να σπουδάσω μηχανικός, χρησιμοποιώντας το τέχνασμα ότι θα ήταν χρήσιμο να ξέρω πώς πετούν τα αεροπλάνα και πώς να τα συντηρώ. Έτσι, γράφτηκα στη σχολή μηχανικών στο Purdue. Καθώς ολοκλήρωνα περισσότερα μαθήματα, άρχισα να ενδιαφέρομαι περισσότερο για την ηλεκτρολογική μηχανική παρά για την αεροναυπηγική μηχανική, γεγονός που πιθανώς μου εξασφάλισε μια θέση στην Τεχνολογίες Ντίτερ.

"Γυρνώντας λίγο πίσω, με την υποστήριξη της οικογένειάς μου άρχισα να κάνω μαθήματα πτήσης όταν ήμουν δεκαοκτώ ετών και απέκτησα την άδεια πιλότου πριν πάρω το πτυχίο μου ως μηχανικός. Στην αίτηση πρόσληψής μου στην Τεχνολογίες Ντίτερ, ανέφερα την άδεια πιλότου και την αγάπη μου για τις πτήσεις. Ο Ντίτερ παρατήρησε αυτό το μικρό γεγονός και αφού δούλευα εδώ για λίγο καιρό, με κάλεσε για μια συζήτηση. Δεν ήμουν σίγουρη για το τι είχα κάνει λάθος και ανησυχούσα ότι με κάποιο τρόπο τα είχα κάνει θάλασσα χωρίς να το γνωρίζω, αλλά αποδείχθηκε ότι αυτό δεν συνέβαινε καθόλου. Ο Ντίτερ ήθελε να μιλήσει για την άδεια πιλότου μου. Μου είπε ότι σκεφτόταν να αγοράσει ένα μικρό επιβατικό αεροπλάνο για την επιχείρησή του και αναρωτιόταν αν ενδιαφερόμουν να γίνω πιλότος μερικής απασχόλησης και αν ναι, θα πλήρωνε όλα τα έξοδα για την απόκτηση της άδειας επαγγελματία πιλότου. Φυσικά άρπαξα την προσφορά και έτσι ένας ηλεκτρολόγος μηχανικός σε πετάει αυτή την εβδομάδα".

"Τι καταπληκτική ιστορία!" αναφώνησε ο Μελ. "Πραγματικά μπορείς να έχεις και την πίτα σου και να την φας κιόλας".

"Απολύτως", απάντησε ο Carson. "Τσέλιαν, αλλάζοντας για λίγο το θέμα, δεν είμαι σίγουρος αν ξέρεις πώς ο Μάρσαλ κανονίζει όλες αυτές τις πτήσεις, αλλά ο οδηγός της λιμουζίνας θα σε περιμένει στο αεροδρόμιο του Σιάτλ όταν προσγειωθούμε και θα σε πάει στο κτίριο διαμερισμάτων της εταιρείας ή κάπου για δείπνο, αν το προτιμάς. Μπορεί να θυμάστε από το προηγούμενο ταξίδι σας στο Σιάτλ με τον Ντίτερ ότι υπάρχει ένα ωραίο εστιατόριο στο ισόγειο της πολυκατοικίας, αλλά δεν είναι απαραίτητο να πάτε εκεί. Ο Βίκτορ, ο οδηγός της λιμουζίνας, θα σας πάει όπου θέλετε να πάτε όσο επισκέπτεστε την περιοχή του Σιάτλ".

"Το εστιατόριο στο ισόγειο του κτιρίου, λεγόταν Seattle Sam's;"

"Ναι, Seattle Sam's Fine Dining."

"Α, ναι, το θυμάμαι τώρα. Ο Ντίτερ κι εγώ φάγαμε εκεί μερικές φορές και ήμασταν αρκετά ευχαριστημένοι".

"Αυτό είναι καλό. Ίσως γνωρίζετε ότι ο Ντίτερ γενικά προσπαθούσε να πελαγοδρομεί στις επιχειρήσεις που του πλήρωναν ενοίκιο;"

"Ω ναι, το άκουσα αυτό πολλές φορές και συμφώνησα απόλυτα με αυτή την πρακτική".

"Δεν προσγειωνόμαστε στο μεγάλο αεροδρόμιο του Σιάτλ, έτσι δεν είναι;" ρώτησε ο Μελ.

"Όχι, όχι. Χρησιμοποιούμε τα μικρότερα αεροδρόμια γύρω από τις μεγάλες πόλεις. Χρησιμοποιούμε ένα αεροδρόμιο που ονομάζεται Boeing Field στο Σιάτλ".

"Το φαντάστηκα ότι ήταν κάτι τέτοιο".

Ο Βίκτορ τους περίμενε όταν προσγειώθηκε το αεροπλάνο τους και μετά από μια σύντομη διαδρομή οδήγησε τη λιμουζίνα στη θέση στάθμευσης P1 στο υπόγειο γκαράζ. Βγήκε γρήγορα από τη θέση του οδηγού για να βοηθήσει την Τσέλιαν καθώς έβγαινε από το όχημα. Στη συνέχεια πήρε τις δύο βαλίτσες από το πορτμπαγκάζ και τις μετέφερε μέχρι τις πόρτες του ασανσέρ. Τις άφησε κάτω και έψαξε στην εσωτερική του τσέπη για τον φάκελο που του είχε δώσει ο Κάρσον στο αεροδρόμιο.

"Αυτές είναι οι κάρτες-κλειδιά για το κτίριο. Ο Μάρσαλ έστειλε δύο μαζί σε περίπτωση που εσείς οι δύο δεν ήσασταν πάντα μαζί. Όπως είμαι σίγουρος ότι γνωρίζετε, η μία κάρτα θα σας δώσει πρόσβαση σε όλες τις πόρτες και το ασανσέρ καθώς και στο διαμέρισμα. Υπάρχει επίσης ένας κατάλογος με τα τηλέφωνα που μπορεί να χρειαστείτε για να επικοινωνήσετε μαζί μας. Είμαι βέβαιος ότι έχετε ήδη πολλούς από αυτούς, αλλά ο Μάρσαλ προσπαθεί να καλύψει όλες τις πιθανότητες σε περίπτωση που οι επισκέπτες μας δεν έχουν όλους τους αριθμούς. Μπορώ να σας βοηθήσω να ανεβείτε στο διαμέρισμα με τις βαλίτσες σας, αν θέλετε;"

"Σ' ευχαριστώ πάντως, Βίκτορ, αλλά έφερα μαζί μου έναν υγιή νεαρό που μπορεί να το φροντίσει αυτό".

"Δεν πειράζει. Ξέρεις τι ώρα θέλεις να έρθω να σε πάρω το πρωί για να πάμε στο γραφείο;"

"Ελπίζω να επισκεφθώ τη Ντάνικα, τη διαχειρίστρια του ακινήτου, το πρώτο πράγμα που θα κάνω το πρωί. Είναι εντάξει αν σας τηλεφωνήσω όταν είμαστε έτοιμοι να φύγουμε;"

"Φυσικά. Υπάρχει κάτι άλλο που μπορώ να κάνω για σας απόψε; Να σας πάω κάπου για δείπνο ή σε ένα κλαμπ μετά το δείπνο, αν πρόκειται να δειπνήσετε στου Σαμ; Είμαι σε επιφυλακή όλο το 24ωρο".

Η Τσέλιαν χαμογέλασε. "Σας ευχαριστώ για την προσφορά, αλλά πηγαίνετε σπίτι σας και απολαύστε λίγο χρόνο με την οικογένειά σας. Θα σου τηλεφωνήσω αφού συναντηθούμε με την Ντάνικα το πρωί".

"Ευχαριστώ, Τσέλιαν. Απολαύστε το δείπνο σας στου Σαμ. Είναι ένα από τα αγαπημένα μου εστιατόρια".

18

Η Τσέλιαν και ο Μελ απόλαυσαν τόσο πολύ το δείπνο τους στο Seattle Sam's το βράδυ της Δευτέρας που δεν μπόρεσαν να αντισταθούν και να ελέγξουν το πρωινό μενού του εστιατορίου το πρωί. Και ήταν ενθουσιασμένοι που το έκαναν. Μετά το δείπνο τους το προηγούμενο βράδυ, έλεγξαν την πόρτα του γραφείου της διαχειρίστριας του ξενοδοχείου για να δουν τι ωράριο είχε. Το πρόγραμμα από εννέα έως πέντε τους άφηνε πολύ χρόνο για ένα χαλαρό πρωινό και στη συνέχεια για μια χαλαρή πρωινή βόλτα στους δρόμους του κέντρου του Σιάτλ, πριν ξεκινήσουν την εργάσιμη μέρα τους προσπαθώντας να βρουν κάποια στοιχεία για τον πυροβολισμό του Ντίτερ.

Μετά από μια στάση στο P1 πήραν το ασανσέρ για να επιστρέψουν στον πρώτο όροφο. Η Ντάνικα Πρέντις σήκωσε το βλέμμα της από τη δουλειά της μόλις άκουσε το απαλό χτύπημα-χτύπημα στη γυάλινη πόρτα και αναγνώρισε αμέσως τον Τσέλιαν.

"Είναι ανοιχτά", φώναξε καθώς πετάχτηκε από την καρέκλα της για να συναντήσει τη διευθύντρια μέτοχο μπροστά στο γραφείο και να την καλωσορίσει αγκαλιά με την αρκούδα. "Χαίρομαι τόσο πολύ που σας ξαναβλέπω", είπε με μάτια που έλαμπαν. "Περίμενα με τόση ανυπομονησία να φτάσετε, αφότου έλαβα το τηλεφώνημα από τον Μάρσαλ ότι οι δυο σας θα μας επισκεπτόσασταν. Εσείς πρέπει να είστε ο Μελ. Χάρηκα για τη γνωριμία", συνέχισε καθώς του άπλωσε το χέρι της.

Ο Μελ της έσφιξε το χέρι. "Η ευχαρίστηση είναι όλη δική μου".

"Να σας φτιάξω ένα φλιτζάνι καφέ; Φοβάμαι ότι δεν έχω κανένα σνακ να σας προσφέρω. Προσπαθώ να μην κρατάω κανένα από αυτά, καθώς έχουν τη συνήθεια να με καλούν και να καταβροχθίζω περισσότερα από όσα καταβροχθίζει οποιοσδήποτε επισκέπτης".

"Σ' ευχαριστούμε, Danica, αλλά μόλις τελειώσαμε ένα τεράστιο πρωινό στου Sam's, οπότε δεν θα πιούμε καφέ σήμερα", απάντησε Η Τσέλιαν.

"Καταλαβαίνω. Κι εγώ λατρεύω τα γεύματα του Σαμ, αλλά αν πηγαίνω εκεί πολύ συχνά η ζυγαριά μου λέει μια θλιβερή ιστορία το πρωί, οπότε προσπαθώ να μην ενδίδω πολύ συχνά. Έλα, ας καθίσουμε να κουβεντιάσουμε", είπε η Ντάνικα και υποχώρησε πίσω από το γραφείο, ενώ οι επισκέπτες της εγκαταστάθηκαν στις δύο αναπαυτικές καρέκλες απέναντί της.

"Πρώτα απ' όλα, πριν το ξεχάσω", ξεκίνησε η Τσέλιαν, "θέλω να σας πω πόσο ενθουσιασμένη ήμουν όταν ανακάλυψα τα δώδεκα κόκκινα τριαντάφυλλα στο όμορφο βάζο με το σημείωμα καλωσορίσματός σας προς εμάς που βρισκόταν στο τραπέζι της τραπεζαρίας όταν φτάσαμε χθες το βράδυ. Αυτό ήταν πολύ γλυκό εκ μέρους σας".

"Παρακαλώ, και χαίρομαι που σας αρέσουν".

"Λοιπόν, πώς πάνε τα πράγματα εδώ στην πολυκατοικία;"

"Πολύ καλά τώρα. Έχουμε ένα κενό διαμέρισμα ενός υπνοδωματίου και επίσης ένα διαμέρισμα τριών υπνοδωματίων, αλλά είμαι αρκετά σίγουρος ότι το διαμέρισμα τριών υπνοδωματίων θα μισθωθεί σήμερα ή αύριο. Η νεαρή κυρία το λάτρεψε όταν το έλεγξε χθες, αλλά ο σύζυγός της έλειπε από την πόλη για δουλειές μέχρι αργά χθες το βράδυ, οπότε θέλει να το δει αργότερα σήμερα το απόγευμα".

"Αυτό είναι υπέροχο. Είναι πάντα ωραίο να ακούς ότι οι κενές θέσεις εργασίας είναι ελάχιστες".

"Ω ναι. Η τοποθεσία μας στο κέντρο της πόλης βοηθάει στο να γεμίζουμε γρήγορα τις περιστασιακές κενές θέσεις μας. Οι τιμές στο κέντρο της πόλης μπορεί να είναι λίγο πιο απότομες από τον ανταγωνισμό, αλλά προσπαθούμε να κρατάμε το μέρος άψογο και οι ενοικιαστές μπορούν να γλιτώσουν πολλά έξοδα μετακίνησης αν εργάζονται κοντά".

"Ακούγεται καλό. Μήπως ο Μάρσαλ έτυχε να αναφέρει τον κύριο λόγο που μας φέρνει στο Σιάτλ αυτή την εβδομάδα και πώς ταιριάζει ο Μελ στην εικόνα;"

"Ναι." Κοίταξε το Μελ. "Συγχαρητήρια, Μελ, για την επιλογή σου ως βιογράφου του Ντίτερ. Είμαι σίγουρη ότι θα είναι ένα θαυμάσιο ανάγνωσμα, καθώς ήταν μια εκπληκτική ιδιοφυΐα".

"Ευχαριστώ, Ντάνικα. Ανυπομονώ να ολοκληρώσω αυτή την πρόκληση, αλλά υποψιάζομαι ότι θα περάσει αρκετός καιρός μέχρι να μπορέσω να φτιάξω μια ολοκληρωμένη έκδοση".

"Ο Μάρσαλ ανέφερε επίσης ότι έχετε λάβει άδεια από την αστυνομία του Σπρίνγκφιλντ να αναζητήσετε πληροφορίες σχετικά με τους πυροβολισμούς. Ελπίζω βεβαίως να βρείτε κάτι που θα τους βοηθήσει να φέρουν τον ή τους ενόχους ενώπιον της δικαιοσύνης".

"Όλοι συμφωνούμε μαζί σας", πρόσθεσε Η Τσέλιαν. "Θα θέλαμε να σας κάνουμε μερικές ερωτήσεις σήμερα το πρωί πριν καλέσουμε τον Βίκτωρ να μας πάρει και να μας πάει στο εργοστάσιο".

"Ρωτήστε με", είπε η Danica καθώς ακουμπούσε τα χέρια της στο γραφείο της.

"Μπορείς να σκεφτείς κάτι, οτιδήποτε, που θα

μπορούσε να κάνει κάποιον εδώ να επιθυμεί να εξαφανίσει τον Ντίτερ από αυτόν τον κόσμο;"

"Απ' όσο γνωρίζω, κανένας από τους ενοίκους του κτιρίου μας δεν γνώριζε καν ποιος ήταν ο Ντίτερ, οπότε μου είναι αδύνατον να πιστέψω ότι κάποιος εδώ θα είχε λόγο να τον εξαφανίσει από αυτόν τον κόσμο. Είμαι σίγουρος ότι γνωρίζετε ότι προτιμούσε να λειτουργεί κάτω από το ραντάρ και να κρατάει την προσωπική του ζωή ιδιωτική".

"Ω ναι. Εντάξει, η επόμενη ερώτηση είναι λίγο επικίνδυνη, αλλά πρέπει να την κάνω. Γνωρίζετε ότι ο Ντίτερ έχει μαζί του στο διαμέρισμά μας γυναίκες για αυτό που θα ονομάσω προσωπική ικανοποίηση σε αντίθεση με τις επαγγελματικές δραστηριότητες;" Η Τσέλιαν παρακολουθούσε με περιέργεια καθώς η Ντάνικα δίσταζε να απαντήσει και φαινόταν να ψάχνει την κατάλληλη απάντηση.

"Τσέλιαν, γλυκιά μου, επίτρεψέ μου να σου απαντήσω με έναν στρογγυλό τρόπο. Ο Ντίτερ έχει φύγει. Σε αυτή τη χρονική στιγμή γιατί να θέλεις να μάθεις αν συμβαίνει κάτι τέτοιο; Γιατί ενδεχομένως να καταστρέψεις τις καλές σου αναμνήσεις από εκείνον, αν μάθεις κάποια δυσάρεστα πράγματα που δεν έχουν πια καμία σημασία; Ξέρω ότι αν ήμουν στη θέση σου, δεν θα ήθελα ποτέ να μάθω τέτοιου είδους πληροφορίες αφού είχε φύγει".

Η Τσέλιαν συνοφρυώθηκε. "Καταλαβαίνω την άποψή σου και πίστεψέ με, δεν θέλω να το μάθω για προσωπικούς λόγους, αλλά όταν η αστυνομία δεν έχει καταφέρει τίποτα στην εξιχνίαση αυτής της υπόθεσης εδώ και αρκετούς μήνες, πρέπει να προσπαθήσουμε να μην αφήσουμε καμία πέτρα αναποδογυρισμένη. Ένα πιθανό κίνητρο για τους πυροβολισμούς που πιθανόν να έχει παραμεριστεί από την αστυνομία θα μπορούσε να είναι ένας εγκαταλελειμμένος εραστής ή ένας εξοργισμένος σύζυγος ή φίλος, ο οποίος ανακάλυψε ότι η γυναίκα ή η φίλη του τον απατούσε δύο φορές. Πιστέψτε με, έχω ήδη θέσει αυτή την ερώτηση αρκετές φορές, καθώς έχουμε μιλήσει με άλλους, οπότε θα εκτιμούσα μια ειλικρινή απάντηση, όσο επώδυνη κι αν είναι να την ακούσω. Παρακαλώ;"

Η Ντάνικα αναστέναξε και κοίταξε την Τσέλιαν στα μάτια. "Είσαι απολύτως σίγουρη ότι θέλεις να το συνεχίσεις αυτό;"

"Ναι, και γίνεται μάλλον εμφανές ότι υπάρχει σίγουρα κάτι που αποφεύγεις να μου πεις. Είμαι μεγάλο κορίτσι. Ας το ακούσουμε".

"Εντάξει, εσύ είσαι το αφεντικό. Απ' όσο γνωρίζω, υπάρχει μόνο μία γυναίκα με την οποία είχε ανάρμοστη σχέση".

"Ωχ! Σοκαρίστηκα!" Η Τσέλιαν προσπάθησε να αποτινάξει το αρχικό σοκ παίρνοντας μια σειρά από βαθιές αναπνοές. Στη συνέχεια συνέχισε. "Το να κάνω την ερώτηση δεν ήταν τόσο κακό, αλλά τώρα συνειδητοποιώ ότι ήμουν εντελώς απροετοίμαστη να ακούσω την απάντησή σου. Υποθέτω ότι θα μπορούσε να είναι και χειρότερα. Ξέρετε ποια ήταν;"

"Ναι, και είμαι επίσης σίγουρη ότι δεν είχε κανέναν απολύτως λόγο να θέλει να κάνει κακό στον Ντίτερ".

"Ίσως θα έπρεπε να αφήσουμε την αστυνομία να το αποφασίσει αυτό, δεν νομίζεις;"

"Ξέρω σίγουρα ότι δεν είχε καμία σχέση με τον πυροβολισμό του Ντίτερ".

"Ας μην ξαναπαίξουμε το παιχνίδι της αποφυγής, εντάξει; Απλά πες μου ποια ήταν".

"Ο Ντίτερ είχε σχέση μαζί μου".

"Ω", απάντησε η Τσέλιαν απλά ψιθυριστά και ξέσπασε σε δάκρυα.

Η Ντάνικα μετακίνησε το κουτί με τα χαρτομάντιλα μπροστά από την Τσέλιαν και αυτή και ο Μελ περίμεναν υπομονετικά να υποχωρήσει η πλημμύρα. Χρειάστηκε λίγη ώρα, αλλά τελικά η Τσέλιαν άρπαξε θυμωμένη μια χούφτα χαρτομάντιλα, σκούπισε τα μούσκεμα μάγουλά της και φύσηξε τη μύτη της. Η Ντάνικα δεν περίμενε να πει τίποτα.

"Σε διαβεβαιώνω ότι κανένας από εμάς δεν το είχε σχεδιάσει καθόλου και ότι ξεκίνησε ως ένα εντελώς απρόβλεπτο ατύχημα. Θα σου το εξηγήσω αν θέλεις πραγματικά να μάθεις πώς συνέβη. Ίσως και να σε κάνει να νιώσεις καλύτερα αν καταλάβεις ότι κανένας από τους δυο μας δεν κυνηγούσε τον άλλον με κανέναν τρόπο. Εσύ αποφασίζεις;"

Η Τσέλιαν αναστέναξε. Θα την έκανε να νιώσει καλύτερα, αναρωτήθηκε, ή θα την πλήγωνε περισσότερο αν ήξερε περισσότερες λεπτομέρειες; "Εντάξει, ας το ακούσουμε", δήλωσε, λίγο πιο απότομα απ' ό,τι σκόπευε.

"Ωραία. Παρακαλώ, μη διστάσεις να με διακόψεις ανά πάσα στιγμή ή να μου κάνεις ερωτήσεις. Θυμάσαι πριν από δεκατέσσερα χρόνια, όταν ο Ντίτερ αγόρασε το κτίριο εδώ στο Σιάτλ για το πρώτο του δορυφορικό εργοστάσιο και άρχισε να το ανακαινίζει; Περνούσε πολύ χρόνο στο Σιάτλ και έμενε σε ξενοδοχεία όσο ήταν εδώ;"

"Θυμάμαι. Έλειπε πολύ".

"Κάποια στιγμή, ανακάλυψε ότι αυτό το κτίριο ήταν προς πώληση και το αγόρασε επίσης. Η αγορά προφανώς έγινε γρήγορα. Ο τότε διαχειριστής του ακινήτου, ο Στηβ Μέντελσον, σκεφτόταν σοβαρά το ενδεχόμενο συνταξιοδότησης και αποφάσισε ότι με την αλλαγή στην ιδιοκτησία ήταν μια καλή στιγμή για να πραγματοποιήσει τα σχέδιά του. Ενημέρωσε τον Ντίτερ ότι θα έφευγε όταν ολοκληρωνόταν η αγορά. Αυτό προκάλεσε ένα απροσδόκητο πρόβλημα για τον Ντίτερ που δεν χρειαζόταν στο πιάτο του με όλα τα προβλήματα που αφορούσαν την ανακαίνιση των εγκαταστάσεων.

"Ο Ντίτερ προσέφερε στον Στιβ μια ωραία αύξηση αν έμενε για δύο μήνες, τον βοηθούσε να προσλάβει τον αντικαταστάτη του και να τον εκπαιδεύσει στις λειτουργίες του κτιρίου. Δεν ήξερα τίποτα από όλα αυτά μέχρι που ο Στηβ ή ο Ντίτερ τα μοιράστηκαν μαζί μου αργότερα. Ο Στηβ προκήρυξε τη θέση και έλαβε αρκετές αιτήσεις. Εγώ ήμουν αυτός που επέλεξαν.

"Ο Ντίτερ επισκέφθηκε το Σιάτλ την πρώτη εβδομάδα μετά τη συνταξιοδότηση του Στηβ. Ήταν γύρω στις τέσσερις η ώρα όταν πετάχτηκε στο γραφείο μου για να πει ένα γεια. Δυστυχώς, ήμουν τελείως χάλια. Για αρχή, ο σύζυγός μου μού είχε πει το Σαββατοκύριακο ότι μετακόμιζε με μια συνάδελφο με την οποία είχε σχέση. Ήμουν συντετριμμένη", είπε καθώς η φωνή της έσπασε. "Στη συνέχεια, νωρίτερα την ημέρα που έφτασε ο Ντίτερ, ένας ένοικος ανέφερε ότι στάζει νερό από μια ρωγμή στο ταβάνι του μπάνιου τους. Ήταν ένα διαμέρισμα ενός υπνοδωματίου και ενός μπάνιου και η διαρροή ήταν ακριβώς πάνω από την τουαλέτα, οπότε δεν μπορούσαν να χρησιμοποιήσουν τη μοναδική τους τουαλέτα χωρίς να στάζει νερό στα κεφάλια τους. Ευτυχώς, επρόκειτο για καθαρό νερό και όχι για σηπτικό νερό, αλλά η κυρία προφανώς και πάλι δεν εντυπωσιάστηκε.

"Ο επιστάτης του κτιρίου το κοίταξε και είπε ότι χρειάζομαι έναν υδραυλικό. Κάλεσα τον υδραυλικό που χρησιμοποίησε ο Στηβ και ήρθε γρήγορα για να ελέγξει το πρόβλημα. Έψαξε για μια βαλβίδα διακοπής αλλά δεν μπόρεσε να βρει. Ελέγξαμε επίσης το διαμέρισμα ακριβώς πάνω από τη διαρροή και δεν είχαν κανένα πρόβλημα, οπότε ο υδραυλικός μου είπε ότι η διαρροή ήταν πιθανότατα από έναν σωλήνα που ήταν κρυμμένος μεταξύ της οροφής και του ορόφου από πάνω. Υποπτευόταν ότι μπορεί να χρειαστεί να κλείσει το νερό για ολόκληρη την πολυκατοικία και ότι δεν θα έπρεπε να το κάνει αυτό χωρίς να προειδοποιήσει τους ενοίκους εκ των προτέρων. Είπε ότι θα ερχόταν ξανά το πρωί στις εννέα και μισή, όταν πολλοί από αυτούς θα είχαν φύγει για τη δουλειά τους, αλλά έπρεπε να ενημερώσω όλους τους ενοίκους ότι το νερό θα μπορούσε να είναι κλειστό εκείνη την ώρα για αόριστο χρονικό διάστημα.

"Τότε ήταν που μπήκε μέσα ο Ντίτερ. Του διηγήθηκα τη θλιβερή ιστορία καθώς προσπαθούσα να συγκρατήσω τα δάκρυά μου και ευτυχώς που ήταν εκεί για να με σώσει. Ανέλαβε γρήγορα την ευθύνη και με έβαλε να συντάξω μια ειδοποίηση προς τους ενοίκους, στην οποία εξηγούσε ότι υπήρχε πρόβλημα με διαρροή και ότι το νερό πιθανότατα θα έκλεινε στις εννέα και μισή το επόμενο πρωί μέχρι να αποκατασταθεί το πρόβλημα. Φτιάξαμε εκατό αντίγραφα της επιστολής και οι δυο μας βεβαιωθήκαμε ότι όλοι οι ενοικιαστές έλαβαν ένα αντίγραφο προσωπικά ή κολλημένο στην πόρτα τους.

"Ήταν περασμένες έξι πριν τελειώσουμε και επιστρέψουμε στο γραφείο. Κολλήσαμε μια ανακοίνωση στην πόρτα του γραφείου με τον αριθμό του κινητού μου τηλεφώνου αν κάποιος ήθελε να μας μιλήσει. Ο Ντίτερ με συμβούλευσε να μην γράφω τον αριθμό μου στις ανακοινώσεις, γιατί έτσι οι ενοικιαστές θα ήταν πολύ εύκολο να με ενοχλούν για νέα σχετικά με την πρόοδο. Ο Ντίτερ επέμενε ότι θα με πήγαινε για δείπνο στου Σαμ και ήμουν πολύ κουρασμένη για να προβάλω αντίσταση. Ήταν η πρώτη φορά μετά από οκτώ ώρες που δεν ήμουν σε κατάσταση αδυναμίας. Άρχισα σιγά σιγά να χαλαρώνω. Το κρασί που παρήγγειλε ο Ντίτερ ήταν μάλλον ένας σημαντικός παράγοντας για να το πετύχω αυτό. Απολαύσαμε ένα ωραίο, χαλαρό δείπνο, χωρίς βιασύνη, καθώς κανείς μας δεν είχε κάποιο μέρος στο οποίο έπρεπε να βιαστεί, και ήταν γύρω στις οκτώ η ώρα πριν πληρώσει τον λογαριασμό και σηκωθούμε να φύγουμε. Αισθανόμουν μια χαρά όσο καθόμουν, αλλά μόλις άρχισα να περπατάω, αμέσως ταλαντεύτηκα στα πόδια μου και χτύπησα σε μερικές καρέκλες. Ο Ντίτερ με άρπαξε πριν αναποδογυρίσω, και βγήκαμε τρεκλίζοντας από την πόρτα με εκείνον να με κρατάει κάθετα.

"Στο ασανσέρ, δήλωσε ότι δεν υπήρχε περίπτωση να με αφήσει να οδηγήσω το αυτοκίνητό μου μέχρι να είμαι εντελώς νηφάλια, οπότε με πήγε στο διαμέρισμά του και με έριξε στον καναπέ, ενώ μου έφτιαχνε καφέ. Όταν επέστρεψε με τον καφέ μου, τον άφησε στο τραπεζάκι δίπλα μου και άνοιξε την τηλεόραση. Βρήκε κάποια ταινία για να δούμε και πάρκαρε το κουφάρι του στην απέναντι άκρη του καναπέ, όχι δίπλα μου. Αποδείχτηκε ότι η ταινία ήταν μια από εκείνες τις παλιές ρομαντικές ταινίες όπου το ζευγάρι υπομένει κάθε λογής προβλήματα για δύο ώρες, αλλά στο τέλος ζει ευτυχισμένο για πάντα. Μέχρι το τέλος της ταινίας, είχα ξεμεθύσει λίγο πολύ, αλλά τώρα η ταινία με έτρωγε γιατί ένιωθα ότι ο γάμος μου με την ευτυχία δεν θα ήταν πλέον αυτό που ονειρευόμουν. Είμαι αρκετά σίγουρη επίσης ότι, τουλάχιστον εν μέρει λόγω της καταστροφικής μου ημέρας στο γραφείο, ξέσπασα σε ανεξέλεγκτους λυγμούς.

"Ο Ντίτερ καθόταν ακόμα στην άλλη άκρη του καναπέ. Όταν μετά από λίγα λεπτά δεν μπορούσα να σταματήσω να κλαίω με λυγμούς, σηκώθηκε και ήρθε προς το μέρος μου, τραβώντας με στην αγκαλιά του, όπου συνέχισα να κλαίω στον ώμο του, χωρίς μάλλον κανένα σημάδι υποχώρησης. Προσπάθησε να με ηρεμήσει λέγοντας πράγματα όπως, θα καλυτερέψει, ήταν μόνο μια κακή μέρα, δεν είναι το τέλος του κόσμου, τέτοια πράγματα. Τελικά άρχισα να προσπαθώ να του πω ανάμεσα σε λυγμούς ότι ο γάμος μου είχε τελειώσει. Ποτέ δεν υποψιάστηκα ότι ο σύζυγός μου είχε σχέση και δεν ήξερα τι θα έκανα. Καταλαβαίνετε την ιδέα, αλλά υποψιάζομαι ότι ήμουν αρκετά ασυνάρτητη. Πιθανότατα μόνο και μόνο για να με κάνει να σωπάσω, έσκυψε και με φίλησε δυνατά ώστε να μην μπορώ πλέον να μιλήσω. Έπασε. Σταμάτησα να κλαψουρίζω και όταν απομακρύνθηκε, κοιταχτήκαμε ο ένας τον άλλον έκπληκτοι. Τότε κατέβηκε και με φίλησε ξανά και αυτή τη φορά ανταπέδωσα με προθυμία τα φιλιά του, μέχρι που η θερμοκρασία μας ανέβηκε στα ύψη. Γρήγορα βρεθήκαμε μαζί στο κρεβάτι. Και κάπως έτσι ξεκίνησε η εντελώς απρογραμμάτιστη σχέση μεταξύ του Ντίτερ και εμένα. Πιστέψτε με, αυτή είναι η αλήθεια.

"Την επόμενη μέρα ο Ντίτερ με επισκέφθηκε ξανά πριν κλείσει το γραφείο στις πέντε για να δει πώς τα κατάφερα με τη διαρροή. Μου έδωσε εντολή το πρωί να του τηλεφωνήσω αν υπήρχαν προβλήματα, αλλά επειδή δεν υπήρχαν προβλήματα, δεν τον ενόχλησα στο εργοστάσιο. Με εξέπληξε προσκαλώντας με ξανά για δείπνο στου Sam's και φυσικά δέχτηκα. Παρήγγειλε πάλι κρασί, αλλά πρόσεξα πολύ να μην πιω πολύ, καθώς ήμουν αποφασισμένη να παραμείνω απόλυτα νηφάλια. Επιστρέφοντας στην είσοδο του διαμερίσματος με ρώτησε αν θα ήθελα να περάσω ξανά τη νύχτα μαζί του. Ήξερα ότι δεν ήταν σωστό, αλλά έμεινα ούτως ή άλλως. Πέταξε πίσω στο Σπρίνγκφιλντ το επόμενο πρωί και δεν είχα νέα του ξανά μέχρι ένα μήνα αργότερα, όταν έκανε την επόμενη επίσκεψή του στο Σιάτλ".

Η Τσέλιαν συγκράτησε τα δάκρυά της και παρέμεινε σιωπηλή για λίγες στιγμές. "Πόσο κράτησε η σχέση σας;" ρώτησε.

"Μέχρι που πέθανε."

Η Τσέλιαν αγκομαχούσε. "Ω, Θεέ μου! Τα είχε μαζί σου δεκατέσσερα χρόνια πίσω από την πλάτη μου".

"Αυτό δεν είναι εύκολο για σένα, το ξέρω, Τσέλιαν, και δεν είναι εύκολο ούτε για μένα. Δεν είμαι περήφανη για τον εαυτό μου, πίστεψέ με. Ήταν το αφεντικό μου - καλά ο ιδιοκτήτης της εταιρείας, καθώς ο Μάρσαλ ήταν το άμεσο αφεντικό μου. Ήμουν μια εγκαταλελειμμένη σύζυγος. Χρειαζόμουν απεγνωσμένα αυτή τη δουλειά. Ναι, συνεχίστηκε για δεκατέσσερα χρόνια. Λάβε υπόψη ότι ήταν κυρίως μια επίσκεψη δύο διανυκτερεύσεων μια φορά το μήνα. Μου ξεκαθάρισε πολύ νωρίς ότι δεν έπρεπε να δεθώ μαζί του και να το θεωρήσω ένα είδος φιλικής σχέσης. Δεν είχε καμία πρόθεση να σε αφήσει".

"Και ήσουν πρόθυμη να συμβιβαστείς με αυτό;" Η Τσέλιαν γρύλισε.

"Κοίταξέ με, Τσέλιαν. Κοίταξέ με καλά. Είσαι μια όμορφη γυναίκα. Όλοι οι άντρες σε προσέχουν. Δεν θα αποκαλέσω τον εαυτό μου άσχημη, αλλά ο όρος απλός σίγουρα ισχύει για μένα. Όταν μπαίνω σε ένα δωμάτιο, κανείς δεν με προσέχει ιδιαίτερα. Τα τελευταία δεκατέσσερα χρόνια από τότε που με εγκατέλειψε ο σύζυγός μου, μόνο άλλοι δύο άνδρες προσπάθησαν να κοιμηθούν μαζί μου και ήταν και οι δύο αποτυχημένοι, οπότε δεν τους έδωσα σημασία. Ο Ντίτερ ήταν ο πιο όμορφος άντρας που μου έδινε σημασία και πολύ καλύτερος στο κρεβάτι από τον απατημένο σύζυγό μου. Αν είχα απορρίψει την προσοχή του Ντίτερ μετά την πρώτη χαοτική επίσκεψη, θα είχα πάει από τον παράδεισο στο τίποτα. Ναι, ήμουν απόλυτα ευχαριστημένη να αρκεστώ σε δύο νύχτες το μήνα με έναν πρίγκιπα".

Η Τσέλιαν έβραζε και χρειαζόταν χρόνο για να ηρεμήσει, γι' αυτό μάσησε σιωπηλά τα χείλη της. Τότε σκέφτηκε κάτι - μια ερώτηση στην οποία φοβόταν την απάντηση. Εσείς και ο Ντίτερ έχετε παιδιά;"

"Όχι, έπαιρνα το χάπι όταν έφυγε ο σύζυγός μου και ο Ντίτερ μου ζήτησε να το συνεχίσω, οπότε υποσχέθηκα ότι θα το κάνω. Μερικές φορές μου περνούσε από το μυαλό ότι θα ήθελα πολύ να αποκτήσω το παιδί του, αλλά φοβόμουν ότι θα έχανα αυτόν και τη δουλειά μου αν επέτρεπα στον εαυτό μου να μείνει έγκυος. Επέλεξα αυτόν".

"Σε ευχαριστώ που είσαι τόσο ειλικρινής για όλα αυτά. Οφείλω να ομολογήσω ότι καταλαβαίνω γιατί συμβιβάστηκες με τις δύο ημέρες το μήνα. Αλλά αυτό δεν διευκολύνει καθόλου την αποδοχή του γεγονότος ότι ο γάμος μου δεν ήταν καθόλου όπως νόμιζα ότι ήταν".

"Χαίρομαι που καταλαβαίνεις. Δεν ήθελα να σε πληγώσω λέγοντάς σου όλα αυτά, αν δεν είχες ιδέα τι συνέβαινε. Υποθέτω ότι αυτό μας φέρνει σε ένα νέο πρόβλημα".

"Τι είναι αυτό;"

"Πρέπει να αρχίσω να ψάχνω για άλλη δουλειά;"

Η Τσέλιαν αναστέναξε και δάγκωσε για άλλη μια φορά το κάτω χείλος της. Ήθελε να σφάξει αυτή τη γυναίκα, αλλά μέσα της ήξερε ότι δεν έφταιγε εκείνη. "Δεν το σκέφτηκα ποτέ αυτό. Δεν αμφισβητώ τα λόγια σου όταν λες ότι ο Ντίτερ σε κάλεσε στο κρεβάτι του τη δεύτερη νύχτα και υποψιάζομαι και όλες τις υπόλοιπες νύχτες μετά. Είμαι πολύ πιο θυμωμένη μαζί του για όλα αυτά, παρά μαζί σου. Ναι, θα μπορούσες να είχες πει όχι, αλλά καταλαβαίνω επίσης, υπό τις δικές σου συνθήκες, γιατί δεν απέρριψες μια σχέση δύο νύχτες το μήνα για ίσως τίποτα. Απλώς δεν μπορώ να σε απολύσω γι' αυτό, όταν δεν έφταιγες εσύ".

"Ευχαριστώ."

19

Η Τσέλιαν έμεινε σιωπηλή καθώς ανέβαιναν με το ασανσέρ στον όροφο του ρετιρέ. Ο Μελ δεν είχε απολύτως καμία ιδέα τι θα μπορούσε να πει για να την κάνει να νιώσει καλύτερα και επέλεξε τη σιωπή ως την πιο σοφή επιλογή του. Η Τσέλιαν όρμησε μέσα από την πόρτα της σουίτας του ρετιρέ τους. Ο Μελ την έκλεισε απαλά πίσω του και στη συνέχεια την παρακολούθησε καθώς βιαζόταν να κατευθυνθεί προς την κύρια κρεβατοκάμαρα, επιστρέφοντας ένα λεπτό αργότερα με κάποια χαρτιά στο χέρι. "Αυτή είναι η ιδανική στιγμή για να κλείσουμε την απόδραση για τα γενέθλιά μας", δήλωσε καθώς έψαχνε στα χαρτιά για να βρει αυτό που έψαχνε.

"Θέλω να τα βάλεις στην πιστωτική μου κάρτα", είπε ο Μελ καθώς έπιανε το πορτοφόλι του.

"Αποκλείεται", γρύλισε. "Αυτός ο απατεώνας μπάσταρδος θα χρηματοδοτήσει το καταπληκτικό μας Σαββατοκύριακο από τον τάφο του". Πληκτρολόγησε μερικούς αριθμούς στο κινητό της.

"Καλημέρα. Σας ευχαριστούμε που τηλεφωνήσατε στο θέρετρό μας. Πώς μπορώ να σας βοηθήσω;"

"Καλημέρα. Αυτό είναι το Μυστικό Ορεινό Θέρετρο;"

"Ναι, είναι, κυρία μου".

"Υπέροχα. Θα ήθελα να κλείσω την ωραιότερη σουίτα σας που είναι ακόμα διαθέσιμη με τόσο αργή ειδοποίηση για την ερχόμενη Παρασκευή, το Σάββατο και την Κυριακή το βράδυ".

"Φυσικά. Βλέπω ότι η σουίτα νεονύμφων δεν είναι κλεισμένη για αυτό το Σαββατοκύριακο. Είναι η ωραιότερη που μας έχει απομείνει. Κοστίζει χίλια δολάρια τη βραδιά και περιλαμβάνει τα πάντα. Δεν θα υπάρξουν επιπλέον χρεώσεις ή φιλοδωρήματα για τίποτα".

"Ωραία, θα το πάρω, αλλά δεν είναι ο μήνας του μέλιτος μας. Είναι μια ειδική γιορτή γενεθλίων".

"Δεν πειράζει. Θα το διακοσμήσουμε για τα γενέθλιά του. Είναι για τα γενέθλιά σας ή για έναν κύριο, καθώς αυτό αλλάζει το είδος της διακόσμησης που θα στήσουμε;"

"Είναι τα γενέθλιά μου."

"Θαυμάσια. Θα σας βοηθήσουμε να κάνετε την καλύτερη γιορτή γενεθλίων που ζήσατε ποτέ.

"Αυτό ακούγεται υπέροχο".

"Δεν χρειάζεται να χρησιμοποιήσετε το δικό σας όνομα, αλλά πρέπει να βάλουμε κάποιο όνομα στο ημερολόγιο κρατήσεων για να σας αναγνωρίσουμε κατά την άφιξη".

"Τι λες για το κορίτσι των γενεθλίων;"

"Αυτό λειτουργεί."

"Θα θέλατε τον αριθμό της πιστωτικής μου κάρτας;"

"Αυτό δεν είναι απαραίτητο. Αν έχετε τον αριθμό τηλεφώνου μας και γνωρίζετε το όνομα του θέρετρου μας, δεν είστε ο τύπος του ατόμου που δεν τηρεί τις υποχρεώσεις του. Το μόνο που ζητάμε είναι ότι αν πρέπει να αλλάξετε τα σχέδιά σας, τότε παρακαλούμε να μας ενημερώσετε γι' αυτό το συντομότερο δυνατό".

"Θα το κάνω σίγουρα αυτό."

"Σας ευχαριστώ. Ανυπομονούμε για την άφιξή σας την Παρασκευή".

"Όχι όσο εγώ. Αντίο προς το παρόν".

Ο κύριος γέλασε δυνατά. "Αντίο".

Η Τσέλιαν άφησε έναν μακρύ αναστεναγμό. "Αυτό με κάνει να αισθάνομαι ήδη πολύ καλύτερα. Θα τηλεφωνήσω στον Βίκτορ και θα του ζητήσω να μας πάρει μετά το μεσημεριανό γεύμα στη μία η ώρα, κάτω από το υπόγειο πάρκινγκ μας. Μετά εσύ κι εγώ θα πάμε στην κρεβατοκάμαρα όπου θα πηδήξεις τη γυναίκα του απατεώνα μπάσταρδου μέχρι να έρθει η ώρα να καθαριστούμε και να κατέβουμε στου Σαμ για φαγητό. Καμία αντίρρηση;"

"Διάολε, όχι!" σχεδόν ούρλιαξε.

Ο Βίκτορ σταμάτησε τη λιμουζίνα μπροστά από την είσοδο των γραφείων στις εγκαταστάσεις της Τεχνολογίες Ντίτερ και βοήθησε την Τσέλιαν να βγει από το όχημα. "Τηλεφώνησέ μου όταν θελήσεις να επιστρέψεις στο διαμέρισμα".

"Θα το κάνω."

"Καλησπέρα σας, παιδιά", φώναξε η ρεσεψιονίστ καθώς μπήκαν στο ευρύχωρο κέντρο υποδοχής. "Αφού φτάσατε με τον Βίκτορ, υποθέτω ότι είστε η κυρία Μόρισον και ο κύριος Haldane; Το όνομά μου είναι Ρόζμαρι".

"Γεια σου Ρόζμαρι. Ναι, εμείς είμαστε, αλλά μπορείς να μας λες Τσέλιαν και Μελ, εντάξει;"

"Φυσικά. Θα επισκεφθείτε πρώτα τη Ρέιτσελ;"

"Ναι. Γνωρίζετε αν είναι ελεύθερη τώρα;"

"Έτσι πιστεύω. Όταν ο Βίκτορ μας ενημέρωσε ότι θα φτάσετε λίγο μετά τη μία, είμαι σίγουρος ότι η Ρέιτσελ κράτησε χρόνο για εσάς μετά το μεσημεριανό γεύμα. Θα θέλατε να σας συνοδεύσω στο γραφείο της; Είναι στο τέλος του διαδρόμου στα αριστερά".

"Σας ευχαριστώ, αλλά έχω έρθει εδώ μια φορά στο παρελθόν και ξέρω πού είναι. Σε παρακαλώ, τηλεφώνησέ της για να της πεις ότι ερχόμαστε".

"Θα το κάνω."

Η Τσέλιαν οδήγησε το Μελ στο γραφείο του διευθυντή του εργοστασίου και στην πόρτα του εξωτερικού γραφείου τους περίμενε η γραμματέας της Ρέιτσελ, η Μπέλα. "Καλώς ήρθες πίσω, Τσέλιαν", τραγούδησε με ένα υπέροχο χαμόγελο και έδωσε στον επισκέπτη της μια ζεστή αγκαλιά. "Καλωσόρισες κι εσύ, Μελ".

"Ευχαριστώ", απάντησε ο Μελ.

"Ελάτε μέσα και καθίστε για λίγα λεπτά. Η Ρέιτσελ είναι στο τηλέφωνο". Οι τρεις τους κάθισαν μαζί στις καρέκλες των επισκεπτών. "Πώς ήταν η πτήση σας χθες;"

"Τέλεια. Δεν θα μπορούσαμε να ζητήσουμε καλύτερη πτήση. Καθώς έχουμε λίγα λεπτά ιδιαιτέρως εδώ, θα ήθελα να σας κάνω μερικές γρήγορες ερωτήσεις, καθώς προσπαθούμε να ανακαλύψουμε στοιχεία για τον πυροβολισμό του Ντίτερ που ίσως δεν έχει συναντήσει η αστυνομία".

"Βέβαια. Ρωτήστε με", απάντησε με προθυμία.

"Τώρα που έχουν περάσει σχεδόν τρεις μήνες από τότε που συνέβη, έχετε ακούσει τίποτα που να σας κάνει να υποψιάζεστε ότι κάποιος πιθανόν θα ήθελε ο Ντίτερ να μην είναι πια μαζί μας;"

"Απολύτως τίποτα. Όλοι εδώ φαινόταν να λατρεύουν τον Ντίτερ".

"Χαίρομαι που το ακούω. Η δεύτερη ερώτηση είναι λίγο παρακινδυνευμένη, αλλά μπορώ να την εξηγήσω αν χρειαστεί. Έχετε ακούσει καθόλου ότι ο Ντίτερ έχει ρομαντική σχέση με κάποια γυναίκα;"

Η Μπέλα συνοφρυώθηκε. "Απολύτως τίποτα. Είμαι μάλλον έκπληκτος που κάνεις αυτή την ερώτηση".

"Το ξέρω, αλλά επειδή η αστυνομία στο Σπρίνγκφιλντ δεν φαίνεται να έχει κανένα στοιχείο για να δουλέψει, προσπαθούμε να ερευνήσουμε όλες τις πιθανές επιλογές. Η απάντησή σας για το απολύτως τίποτα είναι ηχηρή και ξεκάθαρη. Σας ευχαριστώ".

Η Ρέιτσελ βγήκε από το γραφείο της και ξάφνιασε το τρίο που ήταν απορροφημένο στη συζήτησή του. "Καλώς ήρθατε στο Σιάτλ, Τσέλιαν και Μελ. Χαίρομαι που σας βλέπω".

Η Τσέλιαν σηκώθηκε και αγκάλιασε την ατίθαση Rachel. "Σ' ευχαριστώ, γλυκιά μου. Κι εγώ χαίρομαι που σε ξαναβλέπω".

"Συγχαρητήρια για το συμβόλαιο του βιβλίου σου, Μελ", είπε η Ρέιτσελ, απλώνοντας το χέρι της.

"Σας ευχαριστώ. Θα είναι μια ενδιαφέρουσα πρόκληση, καθώς είναι η πρώτη μου απόπειρα βιογραφίας", απάντησε καθώς έσφιγγαν τα χέρια.

"Θα θέλατε εσείς οι δύο να μιλήσετε στο γραφείο μου ή ίσως να κάνετε μια βόλτα στο εργοστάσιο και να δείτε πώς πάει η επιχείρησή μας;"

"Ας κουβεντιάσουμε πρώτα. Μπορούμε να δούμε τη βόλτα γύρω από το εργοστάσιο αργότερα".

Η Ρέιτσελ κατευθύνθηκε προς την καρέκλα της πίσω από το μεγάλο δρύινο γραφείο και η Τσέλιαν και ο Μελ κάθισαν σε δύο από τις αναπαυτικές καρέκλες μπροστά από το γραφείο.

"Ξέρω ότι ο Μάρσαλ τηλεφώνησε εκ των προτέρων για να ενημερώσει τον κόσμο ότι ερχόμαστε και εξήγησε το γιατί, αλλά δεν είμαι ακριβώς σίγουρος πόσο εκτεταμένες εξηγήσεις έδωσε στην πραγματικότητα;"

"Προσπαθεί να μας δίνει όλες τις πληροφορίες που έχει, ώστε να μην βρεθούμε προ εκπλήξεως, οπότε ξέρω ότι εργάζεστε επίσης για να ξεθάψετε στοιχεία για τον τρομερό πυροβολισμό, προκειμένου να τα διαβιβάσετε στην αστυνομία του Σπρίνγκφιλντ".

"Ωραία. Τώρα που πλησιάζουν τρεις μήνες, έχετε

ακούσει τίποτα που θα μπορούσε να βοηθήσει στην έρευνα;"

"Τίποτα. Όλοι εδώ φαίνονται εξίσου μπερδεμένοι με την αστυνομία σχετικά με το γιατί κάποιος θα ήθελε να του κάνει κακό. Ήταν η επιτομή του καλού παιδιού".

"Το ακούω συχνά αυτό, όμως κάποιος προφανώς είχε λόγο να τον ξεφορτωθεί. Φαίνεται εξαιρετικά απίθανο να επρόκειτο για περίπτωση λανθασμένης ταυτότητας".

"Έχεις δίκιο."

"Έκανα μια δεύτερη ερώτηση, σε μια προσπάθεια να μην παραβλέψω καμία πιθανότητα. Γνωρίζετε ότι ο Ντίτερ έχει δεσμό ή υπερβολικά προσωπική σχέση με άλλες γυναίκες ή ακόμη και ότι το επιχειρεί; Αυτή η κοπέλα, η Ρόζμαρι, στην εξώπορτα, είναι πολύ όμορφη".

"Αυτό είναι, αλλά είναι παντρεμένη με μια αξιολάτρευτη κόρη δύο ετών, οπότε κανένας άντρας δεν θα έφτανε στην πρώτη βάση μαζί της. Για να απαντήσω όμως στην ερώτησή σας, δεν έχω ακούσει ποτέ κουβέντα ότι ο Ντίτερ προσπάθησε να αποπλανήσει κάποια γυναίκα και σίγουρα όχι κάποια περίπτωση όπου το κατάφερε. Εκτός από την κουβέντα με τις κοπέλες στο γραφείο εδώ, οι βόλτες του Ντίτερ μαζί μου στο εργοστάσιο είναι πολύ χαλαρές και οι όποιες κουβέντες μπορεί να είχε με κάποια από τις εργαζόμενες ήταν σχετικές με το κατάστημα και όχι προσωπικές. Απ' όσο θυμάμαι ήμουν εδώ σε όλες τις επισκέψεις του από τη στιγμή που ξεκινήσαμε την παραγωγή και τον συνόδευσα σε όλες αυτές τις βόλτες μέσα στο εργοστάσιο".

"Υπάρχει κάποιος άλλος στο κτίριο με τον οποίο θα έπρεπε να μιλήσω για πιθανές ενδείξεις αυτού του μυστηρίου;"

"Ο μόνος που μπορώ να σκεφτώ είναι ίσως ο Βίκτωρ".

"Ήταν ο επόμενος στη λίστα μου. Τον κράτησα για

αργότερα, καθώς ήξερα ότι θα μας οδηγούσε πίσω στην πολυκατοικία. Εντάξει Ρέιτσελ, ήταν υπέροχο να σε ξαναδώ και να σου μιλήσω. Δεν έχω απολύτως καμία τεχνική γνώση, οπότε νομίζω ότι θα προσπεράσουμε την περιήγηση στο εργοστάσιο, καθώς υπάρχουν κάποια πράγματα που θα ήθελα να τακτοποιήσω σήμερα, ώστε να μπορέσουμε να ξεκινήσουμε νωρίς αύριο για την πτήση μας προς τη Σάρλοτ".

"Δεν πειράζει", απάντησε η Ρέιτσελ καθώς σηκώθηκε και περπάτησε γύρω από το γραφείο της για μια αποχαιρετιστήρια αγκαλιά. "Καλή πτήση και οι δύο σας, και ελπίζω να ανακινήσετε κάποια στοιχεία για την αστυνομία, γιατί σίγουρα θέλω να συλληφθεί ο ένοχος. Να καλέσω τον Βίκτορ για σας;"

"Ναι, παρακαλώ, και θα συνεχίσουμε να ψάχνουμε για στοιχεία μέχρι να βρούμε κάτι".

Η Τσέλιαν και ο Μελ περπάτησαν κατά μήκος του διαδρόμου προς το κέντρο υποδοχής. "Γεια σου, Ρόζμαρι", φώναξε Η Τσέλιαν καθώς περνούσαν μπροστά από το γραφείο υποδοχής.

"Αντίο εσείς οι δύο. Ελπίζω να απολαύσατε την επίσκεψή σας".

"Το κάναμε, αλλά δυστυχώς δεν βρήκαμε τις απαντήσεις που ψάχναμε".

Η Τσέλιαν και ο Μελ βγήκαν έξω από την μπροστινή πόρτα για να απολαύσουν τον ήλιο και το δροσερό αεράκι, ενώ περίμεναν τον Βίκτορ να φτάσει. "Μου λείπει ο ήλιος και οι ήσυχοι περίπατοι στην παραλία", σχολίασε η Τσέλιαν.

"Κι εγώ το ίδιο."

Ο Βίκτωρ έβαλε τη λιμουζίνα στη θέση στάθμευσης στο υπόγειο γκαράζ της πολυκατοικίας στις τέσσερις και δέκα λεπτά. Πριν προλάβει να κατέβει από τη θέση του οδηγού, η Τσέλιαν χτύπησε το παράθυρο ανάμεσά τους, κάνοντάς του νόημα ότι επιθυμούσε να κατεβάσει το παράθυρο, όπως και έκανε. "Μάλιστα, κυρία Μόρισον;" είπε, στρέφοντας το κεφάλι του στο πλάι.

"Πιθανώς γνωρίζετε ότι ρωτάμε ανθρώπους-κλειδιά αν γνωρίζουν κάποια πληροφορία σχετικά με τον πυροβολισμό που θα μπορούσε να είναι χρήσιμη για τον εντοπισμό του δολοφόνου. Μπορείτε να θυμηθείτε ότι ακούσατε κάτι που θα μπορούσε να φανεί χρήσιμο στην αστυνομία;"

"Μακάρι να μπορούσα να πω ότι το έκανα, αλλά δυστυχώς δεν ξέρω απολύτως τίποτα".

"Σας ζήτησε ποτέ ο Ντίτερ να οδηγήσετε αυτόν και μια γυναίκα σε κάποιο μέρος που υποψιαζόσασταν ότι δεν ήταν για επαγγελματικούς σκοπούς;"

"Ούτε μια φορά."

"Σίγουρα βοηθάς πολύ", σχολίασε η Τσέλιαν χαχανίζοντας.

"Συγγνώμη γι' αυτό. Μακάρι να μπορούσα να σας βοηθήσω, αλλά δεν έχω καμία απολύτως πληροφορία που θα μπορούσε να είναι έστω και ελάχιστα χρήσιμη".

"Καταλαβαίνω. Μπορείτε να αναλάβετε την παραλαβή στις έξι το πρωί, αν ο Κάρσον μπορεί να έχει ώρα αναχώρησης γύρω στις επτά;"

"Θα του τηλεφωνήσω και θα σας το κανονίσω. Αν υπάρξει κάποια αλλαγή, θα επικοινωνήσω μαζί σας".

"Ευχαριστώ."

Ο Βίκτωρ τους συνόδευσε στο ασανσέρ πριν τους αποχαιρετήσει. Μόλις το ασανσέρ άρχισε να ανεβαίνει, Η Τσέλιαν ανέλαβε δράση. "Εντάξει, καυτή μου νέα παρτενέρ, άκου το σχέδιό μου. Πέφτουμε στα σεντόνια τώρα για λίγη διασκέδαση, καθαριζόμαστε και μετά κατεβαίνουμε στου Σαμ για δείπνο γύρω στις έξι. Αφού ξεκουραστούν τα στομάχια μας, μπορούμε να απολαύσουμε έναν ακόμη γύρο πριν πρέπει να βολευτούμε για έναν καλό, ανενόχλητο ύπνο και πρωινό ξύπνημα, εντάξει;"

"Ένας αδιατάραχτος νυχτερινός ύπνος; Δεν ήξερα ότι υπάρχουν πια τέτοια πράγματα".

"Εντάξει, εξυπνάκια. Είναι μόνο μια νύχτα. Σίγουρα δεν θα το κάνουμε συνήθεια".

20

Η Τσέλιαν και ο Μελ περίμεναν με τις βαλίτσες τους έξω από τα ασανσέρ του γκαράζ όταν ο Βίκτορ μπήκε στη θέση στάθμευσης P1 το πρωί της Τετάρτης, πέντε λεπτά πριν από τις έξι. Αποφάσισαν να μην ανησυχήσουν για το πρωινό, καθώς η Τσέλιαν ήξερε ότι θα μπορούσαν να φτιάξουν καφέ στο αεροπλάνο και, αν χρειαζόταν, να φάνε ό,τι σνακ υπήρχαν στα ντουλάπια, αν δεν μπορούσαν να αγοράσουν κάποια πιο υγιεινά είδη πρωινού στο Boeing Field εκείνη την πρωινή ώρα.

Έφτασαν στο Boeing Field στις έξι και μισή. Η Τσέλιαν και ο Μελ εξεπλάγησαν ευχάριστα από το πόσο απασχολημένο ήταν το μικρότερο αεροδρόμιο εκείνη την πρωινή ώρα και μπόρεσαν να αγοράσουν ζεστό πρωινό για να το πάρουν μαζί τους στο αεροπλάνο. Έπαιξαν και αγόρασαν ένα τρίτο ζεστό πρωινό για τον Κάρσον σε περίπτωση που δεν είχε καταφέρει να σταματήσει και να πάρει κάτι ο ίδιος, ενώ κανόνιζαν τα σχέδια αναχώρησης της πτήσης τους.

Το αεροπλάνο προσγειώθηκε στο περιφερειακό αεροδρόμιο Concord της Σάρλοτ λίγα λεπτά μετά τις τρεις, τοπική ώρα, και ο Πίτερ, ο οδηγός λιμουζίνας της Τεχνολογίες Ντίτερ στη Σάρλοτ, τους περίμενε. Τους οδήγησε στον πύργο διαμερισμάτων και επχειρήσεων ιδιοκτησίας της εταιρείας στο κέντρο της Σάρλοτ.

Η Τσέλιαν και ο Μελ είχαν πεινάσει μέχρι τότε και κατάφεραν να πείσουν τον Πίτερ να τους επιτρέψει να τον πάνε για ένα αργά γεύμα αφού άφησαν τις βαλίτσες τους στη σουίτα του ρετιρέ τους. Σε αντίθεση με το κτίριο του Σιάτλ, καμία από τις επιχειρήσεις στο ισόγειο της πολυκατοικίας τους δεν ήταν εστιατόριο πλήρους εξυπηρέτησης, αλλά υπήρχε ένα δημοφιλές ακριβώς απέναντι από την κύρια είσοδο του κτιρίου, το Diego's Bar & Grill.

Μετά το γεύμα τους, ο Πίτερ άφησε την Τσέλιαν και τον Μελ στην είσοδο των γραφείων του εργοστασίου της Ντίτερ και τους ευχαρίστησε ξανά για το υπέροχο γεύμα πριν οδηγήσει τη λιμουζίνα γύρω από τη βόρεια γωνία του κτιρίου και να εξαφανιστεί.

"Γεια σου και πάλι, Τσέλιαν", φώναξε μια χαρούμενη φωνή από τη ρεσεψιόν και μια καλοντυμένη, γυναίκα όρμησε προς το μέρος τους και στην αγκαλιά της Τσέλιαν.

"Χαίρομαι τόσο πολύ που σε ξαναβλέπω, Κίρα", είπε Η Τσέλιαν καθώς οι δυο τους απελευθέρωσαν την αγκαλιά αρκούδας που είχαν μεταξύ τους. "Άσε με να σε κοιτάξω". Η Τσέλιαν εξέτασε τη ρεσεψιονίστ από πάνω μέχρι κάτω για μερικά δευτερόλεπτα. "Δεν αλλάζεις ποτέ. Είσαι ακριβώς όπως ήσουν όταν ήμουν τελευταία φορά εδώ πριν από τέσσερα ή πέντε χρόνια. Πώς το κάνεις αυτό;"

"Δουλεύω γι' αυτό, πιστέψτε με. Οι σωστές διατροφικές συνήθειες και η πολλή άσκηση με κρατούν υγιή και σοφή. Μιλώντας για καλή εμφάνιση, αγαπητή μου, μπορώ να πω ότι φροντίζεις τον εαυτό σου. Φαίνεσαι πολύ γυμνασμένη".

"Περπατάμε πολύ στην παραλία. Να σου συστήσω το Μελ. Μελ, αυτή είναι η Κίρα Νίκολσον. Είναι η ρεσεψιονίστ μας από τότε που ανοίξαμε τις πόρτες αυτής της εγκατάστασης. Κίρα, από εδώ ο Μελ Χαλντέιν, καλοκαιρινή κάτοικος στην παραλία μας για πρώτη φορά και τακτική περιπατητής όπως εγώ. Τον Απρίλιο, όταν δεν υπήρχε κανείς άλλος εκεί, ανακαλύψαμε εύκολα η μία την άλλη και γρήγορα γίναμε συνεργάτες στο περπάτημα, διατηρώντας και τις δύο σε αξιοπρεπή φόρμα".

"Είναι πάντα καλό όταν έχεις έναν σύντροφο για να περπατάς μαζί του", είπε. "Υποθέτω ότι ήρθατε να δείτε τον Μάικλ Τρότερ. Μπορώ να σας συνοδεύσω, αν θέλετε;"

"Βασικά, θα ήθελα πολύ να σας κάνω μερικές ερωτήσεις, αν έχετε χρόνο. Υπάρχει κάποιο μέρος όπου μπορούμε να πάμε και να μιλήσουμε ιδιαιτέρως;"

"Πρέπει να μείνω εδώ, δίπλα στο γραφείο μου και στο τηλεφωνικό κέντρο. Αν πάμε όλοι πίσω δίπλα στο παράθυρο πίσω από το γραφείο μου και μιλήσουμε ήσυχα εκεί, κανείς δεν θα μας ακούσει. Ελάτε."

Η Κίρα τους οδήγησε πίσω στο πίσω μέρος, με τα παράθυρα από το δάπεδο μέχρι την οροφή, πίσω από το γραφείο της. Η Τσέλιαν εξεπλάγη όταν είδε το πολύχρωμο μίνι πάρκο έξω από τα παράθυρα με εκατοντάδες διάφορα λουλούδια και θάμνους, καθώς και καμιά δεκαριά σετ τραπεζιών και καρεκλών σε στυλ πίσω αυλής με μανιβέλες στο κέντρο των τραπεζιών. "Δεν θυμάμαι να το είχα δει αυτό την τελευταία φορά που ήμουν εδώ".

"Στην πραγματικότητα, μπορεί να μην ήταν εδώ τότε. Προστέθηκε πριν από τέσσερα ή πέντε χρόνια, αν θυμάμαι καλά".

"Είναι πανέμορφο. Κίρα, υποψιάζομαι ότι μάλλον γνωρίζεις περισσότερα από τους περισσότερους για το κοινωνικό κομμάτι της δραστηριότητας της εταιρείας, οπότε δεν ήθελα να χάσω μια σύντομη κουβέντα μαζί σου σε αυτή τη γραμμή".

"Υποθέτω ότι η υπόθεσή σας είναι μάλλον σωστή. Ακούω πολλά κουτσομπολιά και φήμες. Ρωτήστε με."

"Μπορεί να ξέρεις ή να μην ξέρεις ότι ο Μελ πρόκειται να γράψει τη βιογραφία του Ντίτερ και του έχει επίσης δοθεί η άδεια από την αστυνομία του Σπρίνκφιλντ να ψαχουλέψει για να δει αν μπορεί να ανακαλύψει κάποια στοιχεία για τον πυροβολισμό που η αστυνομία δεν γνώριζε όταν έκανε τις έρευνές της".

"Στην πραγματικότητα, δεν γνώριζα τίποτα από όλα αυτά".

"Δεν πειράζει. Συνέβη μόλις πριν από μια εβδομάδα. Πρώτον, θυμάστε να έχετε ακούσει ποτέ κάτι που θα μπορούσε να ερμηνευτεί ως κάποιος που επιθυμεί να πάθει κακό ο Ντίτερ;"

"Ποτέ. Έχω ακούσει μόνο καλά σχόλια γι' αυτόν. Ήταν ένας πολύ καλός άνθρωπος."

"Σας ευχαριστώ. Η επόμενη ερώτηση είναι λίγο ριψοκίνδυνη, αλλά υπήρχε κάτι στη φημολογία που κυκλοφορούσε για το ότι ο Ντίτερ διατηρούσε σχέσεις με άλλες γυναίκες;"

"Εκπλήσσομαι που το ρωτάς αυτό. Απολύτως όχι. Είμαι σίγουρος ότι θα το είχα ακούσει αν συνέβαινε κάτι τέτοιο".

"Η αστυνομία φαίνεται να μην έχει κανένα στοιχείο για τον πυροβολισμό. Ο Μελ κι εγώ θέλουμε να ψαχουλέψουμε κάτω από κάθε πέτρα για να δούμε αν υπάρχει κάτι γύρω μας που είναι λιγότερο προφανές και μπορεί να μην είχε γίνει αντιληπτό νωρίτερα".

"Αυτό είναι λογικό".

"Ευχαριστώ για τις απαντήσεις σου, Κίρα. Έχουμε πολύ σφιχτό πρόγραμμα σήμερα, αλλά θα προσπαθήσω να σας αποχαιρετήσω φεύγοντας".

"Σας ευχαριστώ. Ανυπομονώ γι' αυτό. Θέλετε να ειδοποιήσω τον Μάικλ ότι έρχεστε;"

"Στην πραγματικότητα, όχι. Ελπίζω να μπορέσω να συνομιλήσω με τη γραμματέα του πριν του μιλήσω.

Εμείς τα κορίτσια φαίνεται να θυμόμαστε περισσότερα κουτσομπολιά από τα αγόρια, αλλά αυτό είναι απλώς μια γενίκευση, υποθέτω".

Η Κίρα χαμογέλασε στο Μελ και μετά γύρισε πίσω στον Τσέλιαν. "Συμφωνώ μαζί σου", είπε μισοψιθυριστά.

Η πόρτα του εξωτερικού γραφείου του διευθυντή του εργοστασίου ήταν ανοιχτή και Η Τσέλιαν κρυφοκοίταξε πίσω από το πλαίσιο της πόρτας. "Γεια σου, Τσάρμιν", γουργούρισε.

Η ξαφνιασμένη εκτελεστική γραμματέας σήκωσε το βλέμμα της από την εργασία της. "Τσέλιαν", έσκασε και πετάχτηκε από την περιστρεφόμενη καρέκλα της και έσπευσε να δώσει στην αναμενόμενη παρέα της μια ζεστή αγκαλιά. "Χάρηκα τόσο πολύ όταν έμαθα από τον Μάρσαλ ότι θα μας επισκεφτείς αυτή την εβδομάδα. Ο Πίτερ μας ενημέρωσε νωρίτερα ότι θα σε έπαιρνε μετά το μεσημεριανό γεύμα σήμερα. Χαίρομαι τόσο πολύ που σε βλέπω. Παρεμπιπτόντως, φαίνεσαι υπέροχη".

"Σας ευχαριστώ. Τσάρμιν, θα ήθελα να σου γνωρίσω τον Μελ Χαλντέιν. Ο Μάρσαλ πιθανότατα σου είπε ότι ο Μελ θα έγραφε τη βιογραφία του Ντίτερ. Μελ, από εδώ η Σαρμίν Ρις, η σούπερ γραμματέας της Σάρλοτ".

"Μην δίνεις καμία σημασία σε αυτόν τον κολαούζο, Μελ. Είμαι ενθουσιασμένη που σε γνωρίζω και ανυπομονώ να διαβάσω το βιβλίο σου", είπε καθώς έδωσαν τα χέρια.

"Ευχαριστώ, Τσάρμιν. Χαίρομαι που σε γνωρίζω".

"Ελάτε να καθίσετε για λίγα λεπτά. Ο Μάικλ μιλάει στο τηλέφωνο με έναν πελάτη μας, οπότε ένας Θεός ξέρει πόσο μπορεί να αργήσει. Να του πω ότι είσαι εδώ;"

"Στην πραγματικότητα, ας μην το κάνουμε αυτό. Αυτό μου δίνει την ευκαιρία να σου κάνω μερικές ερωτήσεις, εντάξει;"

"Εντάξει. Ρωτήστε."

"Δεν είμαι σίγουρος αν ο Μάρσαλ ανέφερε ότι ο Μελ έχει λάβει άδεια από την αστυνομία του Σπρίνγκφιλντ να ψαχουλεύει και να δει αν μπορεί να ανακαλύψει νέα στοιχεία για τον πυροβολισμό που δεν άκουσαν οι ντετέκτιβ της αστυνομίας. Εν πάση περιπτώσει, έχετε ακούσει ποτέ τίποτα, απολύτως τίποτα, σε φήμες ή οτιδήποτε άλλο σχετικά με κάποιον που επιθυμεί να κάνει κακό στον Ντίτερ;"

"Ποτέ. Ξαφνιάστηκα όπως όλοι οι άλλοι όταν άκουσα τα καταστροφικά νέα. Δεν μπορούσα να το πιστέψω."

"Το ακούω συχνά αυτό. Η επόμενη ερώτηση είναι κάπως πιο περίπλοκη, αλλά τη θέτουμε στις επισκέψεις μας, καθώς δεν θέλουμε να αγνοήσουμε καμία πιθανότητα. Έχετε ακούσει ποτέ φήμες σχετικά με το ότι ο Ντίτερ συναντιέται με άλλες γυναίκες για, ας το πούμε έτσι, μη επαγγελματικές δραστηριότητες, ή ίσως απλώς να τους κάνει προτάσεις;"

"Αλήθεια! Δεν μπορεί να μιλάς σοβαρά! Όχι, απολύτως όχι. Δεν θα μπορούσα ποτέ να φανταστώ ότι θα συνέβαινε κάτι τέτοιο. Για να απαντήσω στην ερώτησή σας, σας διαβεβαιώνω ότι δεν έχω ακούσει ποτέ κάτι τέτοιο για τον Ντίτερ".

"Να σας διαβεβαιώσω ότι δεν είπα ότι αυτό συμβαίνει, αλλά όταν δεν φαίνεται να υπάρχουν επιχειρηματικοί λόγοι για τους πυροβολισμούς, τότε πρέπει να προσπαθήσουμε να μην αγνοήσουμε ούτε και οποιαδήποτε άλλη πιθανότητα".

"Καταλαβαίνω."

"Σούπερ. Πώς πάνε τα πράγματα με σένα;"

"Υπέροχα. Η Σάρα μόλις τελείωσε το πρώτο της έτος στο UNC εδώ στη Σάρλοτ και έχει μια καλοκαιρινή δουλειά σε ένα κέντρο κήπων. Της αρέσει πολύ. Ο Σαμ μόλις τελείωσε τη δέκατη τάξη και μαζεύει κάποιο έξτρα χαρτζιλίκι κόβοντας γκαζόν στην περιοχή μας. Ο Στιβ είναι πολυάσχολος όπως πάντα, αλλά όλα είναι καλά και αυτό είναι που μετράει περισσότερο, πιστεύω".

"Σωστά. Χαίρομαι που όλα πάνε καλά για σας παιδιά".

"Ευχαριστώ."

"Γεια σας, παιδιά", φώναξε ο Μάικλ καθώς έβγαινε από το γραφείο του απαρατήρητος.

"Γεια σου, Μάικλ", απάντησε η Τσέλιαν καθώς αυτή και ο Μελ σηκώθηκαν μαζί. "Θα ήθελα να σου συστήσω το Μελ Χαλντέιν, γνωστή συγγραφέα αστυνομικών μυστηρίων και μελλοντική συγγραφέα της βιογραφίας του Ντίτερ Μόρισον".

"Χάρηκα για τη γνωριμία, Μελ, και συγχαρητήρια για το νέο σου έργο", σχολίασε ο Μάικλ καθώς έσφιγγαν τα χέρια.

"Σας ευχαριστώ και χαίρομαι που σας γνωρίζω".

"Ελάτε, ας καθίσουμε στο γραφείο μου για λίγο". Ο Μάικλ επέτρεψε στην Τσέλιαν και τον Μελ να τον ακολουθήσουν στο γραφείο και αφού έκλεισε την πόρτα κάθισε πίσω από το γραφείο του.

"Είχες την ευκαιρία να μιλήσεις με τον Μάρσαλ όταν τηλεφώνησε;" ρώτησε η Τσέλιαν για να δώσει ώθηση στον σκοπό της επίσκεψής τους.

"Δυστυχώς, όχι. Μιλούσα στο τηλέφωνο όταν τηλεφώνησε, οπότε έδωσε στη Σαρμίν το μήνυμα και εκείνη μου το μετέφερε αφού ολοκληρώθηκε η κλήση μου".

"Γνωρίζετε ότι αυτή η επίσκεψη αφορά περισσότερο την προσπάθεια να συγκεντρώσει το αστυνομικό τμήμα του Σπρίνγκφιλντ πιθανά στοιχεία σχετικά με τους πυροβολισμούς παρά την απόκτηση πληροφοριών για τη βιογραφία του Ντίτερ, αλλά φυσικά οι σημειώσεις του Μελ θα ενσωματωθούν στη βιογραφία όπου χρειάζεται".

"Το καταλαβαίνω αυτό."

"Έχω δίκιο ότι οι ντετέκτιβ της αστυνομίας του Σάρλοτ είχαν κατακλύσει το κτίριο μετά τους πυροβολισμούς, ψάχνοντας για στοιχεία".

"Ω, ναι."

"Ωραία. Έχεις ακούσει τίποτα απολύτως από την επίσκεψή τους που θα μπορούσε να αποτελέσει στοιχείο για την επίλυση αυτού του συνεχιζόμενου μυστηρίου;"

"Τίποτα. Κανείς εδώ δεν φαίνεται να έχει ιδέα γιατί κάποιος θα ήθελε να το κάνει αυτό στον Ντίτερ".

Η Τσέλιαν χαμογέλασε. "Ευτυχώς, το ακούω συχνά αυτό καθώς επισκεπτόμαστε τα διάφορα κτίρια της εταιρείας μας. Περνώντας σε μια πιο τρομακτική ερώτηση, γνωρίζετε κάποια στοιχεία ή φήμες ότι ο Ντίτερ μπορεί να είχε προσωπική σχέση με άλλες γυναίκες ή ότι ίσως έκανε προτάσεις σε κάποιες από αυτές".

Ο Μάικλ χαμογέλασε. "Είμαι μάλλον έκπληκτος που κάνεις μια τέτοια ερώτηση".

"Λοιπόν, ο τρόπος με τον οποίο έχουμε αρχίσει να το βλέπουμε είναι ότι αν δεν υπάρχουν ενδείξεις ότι ο πυροβολισμός σχετίζεται με επιχειρηματικές δραστηριότητες, τότε ένα δευτερεύον επάγγελμα όπως η γυναικοκρατία μπορεί να είναι το σημείο όπου η δολοφονία ταιριάζει στην εικόνα".

"Καταλαβαίνω τι εννοείτε. Για να απαντήσω λοιπόν στην ερώτησή σας, δεν έχω κανένα απολύτως λόγο να υποπτεύομαι ότι ο Ντίτερ ήταν γυναικάς".

"Χαίρομαι που το ακούω. Είμαι σίγουρος ότι ο Μελ θα επιστρέψει ξανά είτε μαζί μου είτε μόνος του για να συγκεντρώσει περισσότερες πληροφορίες για το βιβλίο του, αλλά προς το παρόν θα πρέπει να προχωρήσουμε στον επόμενο συνεντευξιαζόμενο. Χάρηκα που σας είδα ξανά και που μιλήσαμε για λίγο. Ξέρω ότι στο παρελθόν δεν είχα δείξει ιδιαίτερο ενδιαφέρον για την επιχείρηση, αλλά υπό τις νέες συνθήκες υποψιάζομαι ότι πρέπει να μάθω λίγα περισσότερα για το τι συμβαίνει. Πώς λειτουργεί το εργοστάσιο της Σάρλοτ;"

"Αρκετά καλά. Πάντα θα υπάρχει μια μικρή δυσλειτουργία που θα ξεπετάγεται κατά καιρούς, αλλά ευτυχώς δεν έχουμε αντιμετωπίσει κανένα σημαντικό πρόβλημα".

"Μου αρέσει να το ακούω αυτό."

Η Τσέλιαν και ο Μελ αποχαιρέτησαν τον Μάικλ και τη Τσάρμιν και στη συνέχεια περπάτησαν στο διάδρομο προς το γραφείο της Κίρα. Αφού η Κίρα τηλεφώνησε στον Πίτερ για να τον συμβουλέψει να φέρει τη λιμουζίνα πίσω στην κεντρική είσοδο, οι τρεις τους έκαναν κάποια ανάλαφρη συζήτηση όσο περίμεναν. Η Τσέλιαν παραδέχτηκε στον εαυτό της ότι η Κίρα ήταν χωρίς - μια - αμφιβολία το αγαπημένο της πρόσωπο στο εργοστάσιο της Σάρλοτ, κυρίως λόγω της ζωηρής προσωπικότητάς της και της ευθύβολης ειλικρίνειάς της.

Ο Πίτερ έβαλε τη λιμουζίνα στη θέση στάθμευσης P1 στο υπόγειο γκαράζ, αλλά πριν προλάβει να πιάσει το χερούλι της πόρτας, άκουσε το χτύπημα στο παράθυρο πίσω του. Ερμηνεύοντας τη νοηματική γλώσσα της Τσέλιαν πάτησε το κουμπί για να κατεβάσει το παράθυρο που τους χώριζε.

"Χρειάζομαι μόνο λίγα λεπτά από το χρόνο σας σήμερα το απόγευμα. Ο Μελ κι εγώ έχουμε μιλήσει με κάποιους ανθρώπους-κλειδιά από το εργοστάσιο εδώ στη Σάρλοτ, και θα μπορούσατε επίσης να ξέρετε και από τα εργοστάσια στο Σπρίνγκφιλντ και στο Σιάτλ, προσπαθώντας να ανακαλύψουμε έστω και το παραμικρό στοιχείο για να εξηγήσουμε τους πυροβολισμούς. Ο Μελ έλαβε άδεια από την αστυνομία του Σπρίνγκφιλντ να ψάξει για νέα στοιχεία. Συμπεριλάβαμε τον πιλότο και τους οδηγούς λιμουζίνας σε αυτή την ομάδα, γι' αυτό σας παρακαλούμε να έχετε υπομονή και να μας υπομείνετε για μερικές ερωτήσεις. Έχετε ακούσει ποτέ οτιδήποτε που θα μπορούσατε έστω και αόριστα να ερμηνεύσετε ότι κάποιος επιθυμεί να κάνει κακό στον Ντίτερ;"

"Τίποτα."

"Περνάμε στην ερώτηση νούμερο δύο. Οδηγούσατε ποτέ τον Ντίτερ με άλλες γυναίκες σε ταξίδια που θα μπορούσαν να σας κάνουν να αναρωτηθείτε αν θα μπορούσαν να είναι περισσότερο προσωπικά παρά επαγγελματικά ταξίδια;"

"Ούτε αυτά."

"Ωραία. Ας δοκιμάσουμε άλλη μια φορά. Έχεις καμιά γνώμη ή ενστικτώδες συναίσθημα σχετικά με το γιατί πυροβολήθηκε ο Ντίτερ;"

"Όχι. Σίγουρα το έχω σκεφτεί πολύ αυτό τους τελευταίους τρεις μήνες, αλλά πάντα καταλήγει όχι σε μια απάντηση, αλλά στην ερώτηση γιατί στον κόσμο κάποιος θα ήθελε να βλάψει έναν σπουδαίο άνθρωπο σαν αυτόν".

"Σας ευχαριστώ. Νομίζω ότι έχουμε μόνο μία συνέντευξη το πρωί, οπότε όταν ολοκληρωθεί, θα σας καλέσω να έρθετε να μας πάτε στο αεροδρόμιο. Ο Κάρσον ξέρει ότι αρχικά είχαμε προγραμματίσει να πετάξουμε πίσω στο Σπρίνγκφιλντ το πρωί, οπότε το μόνο σημείο αμφιβολίας είναι τι ώρα θα συμβεί αυτό".

"Θα τηλεφωνήσω στον Κάρσον, αν θέλετε, και θα τον ειδοποιήσω ότι τα αρχικά σας σχέδια είναι λίγο πολύ σε καλό δρόμο, αλλά απλώς δεν ξέρουμε πότε ακριβώς θα φτάσετε στο αεροδρόμιο μέχρι να τον ξαναπάρω το πρωί".

"Υπέροχα. Ευχαριστώ".

Κατά τη διαδρομή με το ασανσέρ μέχρι το ρετιρέ, Η Τσέλιαν ρώτησε τον Μελ πόσο πεινάει.

"Έτσι, έτσι, υποθέτω. Γιατί;"

"Όπως το βλέπω, έχουμε δύο επιλογές. Μπορούμε να κατέβουμε και να φάμε στου Ντιέγκο, αφήνοντάς μας ένα μακρύ βράδυ για ευχάριστες δραστηριότητες ή μπορούμε να πηδήξουμε στο κρεβάτι για να ξεκινήσουμε νωρίς, και μετά να φάμε αργότερα, ως διάλειμμα ας πούμε. Καμία προτίμηση;"

Ο Μελ το σκέφτηκε αυτό για λίγα δευτερόλεπτα. "Έχω κάπως την εντύπωση ότι το Σαββατοκύριακο των γενεθλίων μας στο Secret Mountain Resort θα μας δούμε στο κρεβάτι πολύ περισσότερο από ό,τι θα συμμετέχουμε σε άλλες δραστηριότητες, ναι;"

"Αυτό είναι το σχέδιό μου, πίστεψέ με".

"Σκέφτηκα. Σε αυτή την περίπτωση ας πάμε πρώτα να φάμε στου Ντιέγκο και αυτό θα μας επιτρέψει δώδεκα συνεχόμενες ώρες περίπου στο κρεβάτι για να δουλέψω τις αντοχές μου".

"Μου αρέσει αυτό το σχέδιο."

21

Η Τσέλιαν, απρόθυμα, φρόντισε να σηκωθούν από το κρεβάτι μέχρι τις οκτώ το πρωί, ώστε να μπορέσουν να ετοιμάσουν τις βαλίτσες τους και να απολαύσουν ένα χαλαρό πρωινό στου Ντιέγκο, πριν επισκεφθούν τον διαχειριστή του ακινήτου κοντά στις εννέα, όταν το γραφείο ήταν προγραμματισμένο να ανοίξει για σήμερα. Το σχέδιο αποδείχθηκε αρκετά ακριβές, καθώς Η Τσέλιαν χτύπησε τη γυάλινη πόρτα δεκατέσσερα λεπτά μετά τις εννέα.

Η Σαρλότ Λονγκ σήκωσε το βλέμμα της από τη δουλειά της και χαμογέλασε όταν είδε την αναμενόμενη παρέα της. "Περάστε, Τσέλιαν", φώναξε καθώς πετάχτηκε από την καρέκλα της για να υποδεχτεί τους επισκέπτες της. Οι γυναίκες αγκαλιάστηκαν ακριβώς μέσα στην ανοιχτή πόρτα, αλλά ο Μελ κατάφερε να τρυπώσει μέσα και μετά να κλείσει την πόρτα πίσω του. "Δεν ήμουν σίγουρη αν θα είχες την ευκαιρία να με επισκεφτείς χθες το απόγευμα ή όχι, αλλά όταν δεν εμφανίστηκες ήξερα ότι θα ήσουν εδώ νωρίς σήμερα το πρωί. Ο Μάρσαλ ανέφερε ότι εσείς οι δύο θα προσπαθούσατε να επιστρέψετε αεροπορικώς στο Σπρίνγκφιλντ πριν από το μεσημέρι. Γεια σου, Μελ", είπε η Σάρλοτ, απλώνοντας το χέρι της προς το μέρος του.

"Χαίρομαι που σε γνωρίζω και ανυπομονώ να διαβάσω τη βιογραφία του Ντίτερ".

"Κι εγώ χαίρομαι που σε γνωρίζω, Σαρλότ, αλλά μην κρατάς την αναπνοή σου για τη βιογραφία, καθώς μπορεί να χρειαστούν μερικά χρόνια για να συγκεντρώσω όλες τις ενδιαφέρουσες πληροφορίες και να τις οργανώσω".

"Ας καθίσουμε να κουβεντιάσουμε", είπε η Σαρλότ και κατευθύνθηκε γύρω από το γραφείο της προς την αναπαυτική της πολυθρόνα, ενώ οι επισκέπτες της επέλεξαν θέσεις μπροστά.

"Πώς λειτουργεί η πολυκατοικία;" ρώτησε η Τσέλιαν για να ανοίξει την κουβέντα.

"Υπέροχα! Δεν έχουμε κενές θέσεις εργασίας, προς το παρόν, και δεν είχαμε σοβαρά προβλήματα εδώ και αρκετό καιρό".

"Αυτό είναι υπέροχο", δήλωσε η Τσέλιαν, "και μου δίνει την ευκαιρία να αλλάξω γρήγορα θέμα για τον κύριο λόγο της επίσκεψής μας. Ανέφερε ο Μάρσαλ ότι ο Μελ έχει λάβει άδεια από την αστυνομία του Σπρίνγκφιλντ να ψαχουλέψει και να δει αν αυτός ή εμείς είμαστε σε θέση να βρούμε κάποια νέα στοιχεία που να εξηγούν γιατί πυροβολήθηκε ο Ντίτερ;

"Ναι, ανέφερε ότι αυτός ήταν ο κύριος λόγος της επίσκεψής σας στη Σάρλοτ και, όπως μαθαίνω, και στο Σιάτλ. Έχετε κάνει νέες ανακαλύψεις;"

"Δυστυχώς, όχι. Όλοι με τους οποίους μιλάμε φαίνεται να είναι το ίδιο προβληματισμένοι με την αστυνομία σχετικά με το γιατί κάποιος θα ήθελε να κάνει κακό στον Ντίτερ".

"Το καταλαβαίνω αυτό".

"Ακριβώς στο θέμα λοιπόν, έχετε ακούσει τίποτα, απολύτως τίποτα, που να σας κάνει να υποψιάζεστε έστω και αμυδρά ότι κάποιος ενδιαφέρεται να κάνει κακό στον Ντίτερ;"

"Όχι. Ο Ντίτερ κρατούσε αρκετά χαμηλό προφίλ

όταν έμενε εδώ στη σουίτα του, οπότε αμφιβάλλω αν κάποιος στο κτίριό μας θα είχε λόγο να τον πειράξει".

"Εντάξει, πάμε σε μια μάλλον επικίνδυνη ερώτηση. Έχετε λόγους να υποψιάζεστε ότι ο Ντίτερ είχε άλλες γυναίκες στη σουίτα του για ας πούμε προσωπικούς λόγους και όχι για καθαρά επαγγελματικούς;"

"Ενδιαφέρουσα ερώτηση", απάντησε η Σαρλότ μετά από μια παύση. "Μπορώ να ρωτήσω αν όντως υποψιάζεστε ότι γίνονταν ανάρμοστες δραστηριότητες ή είναι απλώς μια ερώτηση που ψαρεύει την παραμικρή ένδειξη για το ποιος μπορεί να ήθελε να κάνει κακό στον Ντίτερ;"

"Λοιπόν, έχω πληροφορίες ότι μια τέτοια δραστηριότητα μπορεί να γινόταν στη σουίτα μας στο Σιάτλ, οπότε υπάρχει πάντα η πιθανότητα να γινόταν και εδώ. Ξέρετε κάτι;"

Η Σαρλότ δίστασε και δάγκωσε τα χείλη της. "Ναι, αλλά αμφιβάλλω αν θα βοηθήσει στην επίλυση του μυστηρίου σας. Θα σας εξηγήσω. Πριν από περίπου δύο χρόνια ο σύζυγός μου, τώρα πρώην σύζυγος παρεμπιπτόντως, αντιμετώπιζε προβλήματα στη δουλειά του και αυτό τον έκανε να πίνει μάλλον πολύ, δυστυχώς. Το βράδυ πριν από μία από τις επισκέψεις του Ντίτερ ο σύζυγός μου έφτασε στο σπίτι αναζητώντας το ζεστό του δείπνο, το οποίο ήταν πλέον κρύο. Άρπαξε το δεξί μου χέρι με μια λαβή μέγγενης και άρχισε να με χτυπάει στο πρόσωπο με το ελεύθερο χέρι του, ποιος ξέρει πόσες φορές. Ούρλιαζα σαν τρελή. Τελικά με άφησε να φύγω και έφυγε για το κρεβάτι του χωρίς να έχει τίποτα να φάει.

"Το πρωί, παρόλο που είχα μεγάλες μελανιές στο χέρι μου και στο δεξί μάγουλο, ετοιμάστηκα και ήρθα στο γραφείο ως συνήθως. Ο Ντίτερ εμφανίστηκε την κανονική ώρα του επισκεπτηρίου του λίγο μετά τις εννέα και έγινε έξαλλος όταν είδε την κατάστασή μου.

Απαίτησε να μάθει τι είχε συμβεί και του είπα όλη την ιστορία.

"Δήλωσε έντονα ότι δεν μπορούσα να ζήσω εκεί πια, γιατί μια μέρα το μεθυσμένο ζώο θα με σκότωνε. Με ρώτησε αν είχαμε διαμερίσματα προς ενοικίαση, αλλά δεν είχαμε. Τότε πήρε την κατάσταση στα χέρια του. Ο Πίτερ θα σε πηγαίνει με τη λιμουζίνα σε αυτό το ταξίδι;"

Η Τσέλιαν και ο Μελ αντάλλαξαν ένα περίεργο βλέμμα. "Ναι, γιατί;" ρώτησε Η Τσέλιαν.

"Ο Ντίτερ τηλεφώνησε στον Πίτερ και του ζήτησε να έρθει εδώ το συντομότερο δυνατό και όταν φτάσει κάτω στο χώρο στάθμευσης της P1 να του τηλεφωνήσει. Στη συνέχεια με ρώτησε σχετικά με το αν υπήρχε κάποιος με τον οποίο θα μπορούσα να πάω να ζήσω εκεί όπου δεν θα μπορούσε να με βρει ο σύζυγός μου, αλλά είπα όχι. Στη συνέχεια με ενημέρωσε ότι θα μετακόμιζα στο Π1 μέχρι να ανοίξει ένα διαμέρισμα δύο υπνοδωματίων και τότε θα μετακόμιζα σε αυτό. Διαμαρτυρήθηκα, αν και όχι πολύ έντονα, γιατί τελικά παραδέχτηκα μέσα μου ότι αν δεν έφευγα από τον άντρα μου οι μέρες μου ήταν μάλλον μετρημένες και αν όχι μετρημένες, τότε εντελώς δυστυχισμένες. Ήξερα ότι το πλεονέκτημα του να μείνω εδώ ήταν ότι ο σύζυγός μου δεν μπορούσε να μπει στο κτίριο χωρίς κάρτα-κλειδί, εκτός αν κατάφερνε να τρυπώσει με κάποιον άλλο, αλλά αυτό ήταν σχεδόν αδύνατο, επειδή οι ένοικοι σπάνια χρησιμοποιούν την μπροστινή πόρτα και κυρίως μπαινοβγαίνουν από το γκαράζ, οπότε το να μείνω εδώ ήταν σίγουρα η ασφαλέστερη επιλογή μου.

"Όταν έφτασε ο Πίτερ, τον συναντήσαμε στο γκαράζ, αφού κολλήσαμε μια γρήγορη πινακίδα στη γυάλινη πόρτα που έλεγε ότι λείπω για λίγο από το γραφείο. Ο Ντίτερ με έβαλε να δώσω στον Πίτερ οδηγίες για το σπίτι μου και φύγαμε. Ο Ντίτερ, ο Πίτερ και εγώ αρχίσαμε να μαζεύουμε τα ρούχα και τα προσωπικά μου αντικείμενα σε βαλίτσες, τσάντες μεταφοράς και ό,τι άλλο μπορούσαμε να συσκευάσουμε τα πράγματα. Χρειάστηκαν δύο διαδρομές με τη λιμουζίνα, αλλά οι τρεις μας καταφέραμε να μεταφέρουμε όλα τα απαραίτητα αντικείμενα μου σε ένα από τα εφεδρικά υπνοδωμάτια του P1 και αυτό έγινε το προσωρινό νέο μου σπίτι. Έτσι, ζούσα στη σουίτα σας όχι ως υποψήφια πελάτισσα αλλά ως πρόσφυγας από έναν επικίνδυνο σύζυγο".

"Εντάξει, αλλά πρέπει να κάνω την προφανή ερώτηση", είπε Η Τσέλιαν με ανυπομονησία. "Μήπως ο Ντίτερ χρησιμοποίησε την εγγύτητά σας για να σας εκμεταλλευτεί για προσωπική ικανοποίηση;"

"Φοβόμουν ότι αυτό θα ερχόταν. Όχι κατά τη διάρκεια εκείνης της επίσκεψης όταν με μετακόμισαν, αλλά στην επόμενη μηνιαία επίσκεψή του με ρώτησε, χωρίς καμία απολύτως πίεση, αν θα τον ακολουθούσα στο κρεβάτι του σε εκείνο το ταξίδι. Θεέ μου, αυτή ήταν ίσως η πιο δύσκολη απόφαση που χρειάστηκε ποτέ να πάρω, και του ζήτησα χρόνο να το σκεφτώ μέχρι μετά το δείπνο και είπε εντάξει. Ποτέ δεν πήγαμε για δείπνο στου Ντιέγκο, επειδή ο σύζυγός μου μπορούσε να τριγυρνάει στο κτίριό μας αφού τελείωνε τη δουλειά του, αλλά όταν ο Ντίτερ ήταν εδώ, πάντα παρήγγειλε από αυτούς κάτι να πάρουμε για εμάς και μετά πήγαινε απέναντι για να το παραλάβει λίγο αργότερα. Κατά τη διάρκεια του δείπνου κατέληξα στο συμπέρασμα ότι, καθώς ήμουν οριστικά χωρισμένη από τον σύζυγό μου, θα ήμουν ηλίθια αν απέρριπτα τις προτάσεις αυτού του όμορφου άντρα που θεωρητικά μπορεί να μου είχε σώσει τη ζωή. Έτσι του είπα ότι θα ήταν τιμή μου να τον συναντήσω στο κρεβάτι εκείνο το βράδυ. Εκείνος χαμογέλασε και με ευχαρίστησε".

Ο Μελ κοίταξε την Τσέλιαν καθώς δάγκωνε τα χείλη της, πάλι, και παρατήρησε ότι τα μάτια της γούρλωσαν και έτσι ανέλαβε την ανάκριση. "Πόσο καιρό έμεινες στο Π1;"

"Τρεις μήνες και μετά προέκυψε ένα κενό διαμέρισμα, οπότε ο Ντίτερ μου επέτρεψε να μετακομίσω εκεί με το μισό του κανονικού ενοικίου, καθώς μόνη μου δεν κέρδιζα αρκετά για να πληρώσω τις υψηλότερες τιμές ενοικίασης στο κέντρο της πόλης. Είπε στον Μάρσαλ για τη ρύθμιση της μισής τιμής και ότι ήταν για να διασφαλίσει ότι ο βίαιος σύζυγός μου δεν θα μπορούσε να με βρει. Ο Ντίτερ σκέφτηκε μάλιστα να βάλει το διαμέρισμά μου να αναγράφεται στον κατάλογο στην είσοδο για να γράφει μόνο "κατειλημμένο"."

"Ήταν επιπλωμένο διαμέρισμα;" ρώτησε ο Μελ.

"Όχι όταν μετακόμισα."

"Είχατε δικά σας έπιπλα ή ήταν ακόμα στο σπίτι από το οποίο δραπετεύσατε;"

"Δεν είχα καθόλου έπιπλα, οπότε ο Ντίτερ είπε ότι η εταιρεία διαμερισμάτων θα το επιπλώσει και όταν θα μετακόμιζα κάποια μέρα θα το νοίκιαζε σε άλλους ως επιπλωμένο, όχι ως τα συνηθισμένα μη επιπλωμένα ενοίκια."

"Κατάλαβα. Πότε μετακόμισες;"

"Είμαι ακόμα εκεί."

"Είσαι ακόμα εκεί", σχολίασε ξαφνιασμένη ο Μελ. "Ακόμα πληρώνεις το μισό ενοίκιο;"

"Ναι."

"Και ο Μάρσαλ τα ξέρει όλα αυτά;"

"Ναι."

"Η σχέση σας με τον Ντίτερ τελείωσε όταν μετακομίσατε στο δικό σας διαμέρισμα;"

"Όχι. Πάντα έμενα μαζί του στο P1 όποτε βρισκόταν στη Σάρλοτ", απάντησε απρόθυμα.

"Μέχρι που πέθανε;"

"Ναι."

"Πώς λέγεται ο πρώην σύζυγός σας;"

"Μπερτ."

"Μπερτ Λόνγκ;"

"Ναι."

"Γνώρισε ποτέ τον Ντίτερ;"

"Όχι απ' όσο ξέρω".

"Ήξερε ποιος ήταν ο Ντίτερ;"

"Περίπου, υποθέτω. Μερικές φορές ανέφερα στο σπίτι ότι ο τύπος στον οποίο ανήκε η Τεχνολογίες Ντίτερ είχε και την πολυκατοικία".

"Ήξερε για τις Τεχνολογίες Ντίτερ;"

"Απ' όσο γνωρίζω όχι προσωπικά, αλλά μόνο επειδή τους ανέφερα μερικές φορές".

Ο Μελ έκανε μια παύση για να συγκεντρώσει τις σκέψεις του. "Ήταν ο σύζυγός σας κυνηγός;"

"Όχι."

"Είχε όπλο;"

"Όχι απ' όσο ήξερα."

"Θα μπορούσε να έχει πυροβολήσει τον Ντίτερ;"

"Ενδιαφέρουσα ερώτηση", απάντησε μετά από προσεκτική σκέψη. "Εκτός αν ενδιαφέρθηκε για τα όπλα και εξασκήθηκε πολύ αφού τον άφησα, τότε θα έλεγα ότι δεν υπήρχε μεγάλη πιθανότητα".

"Ξέρετε αν γνώριζε κάποιον που να είναι εξαιρετικός σκοπευτής;"

"Κανένας από τους φίλους του δεν ήταν κυνηγός, αλλά ο αδελφός του Μπεν είναι πρώην σκοπευτής του Ναυτικού".

Ο Μελ σήκωσε τα φρύδια του και προσπάθησε να καταπνίξει το χαμόγελό του. "Αυτό είναι ενδιαφέρον. Πού μένει ο Μπεν;"

"Εδώ στη Σάρλοτ, τουλάχιστον το τελευταίο που άκουσα".

"Σας ανέκριναν οι ντετέκτιβ της αστυνομίας του Σάρλοτ για λογαριασμό της αστυνομίας του Σπρίνγκφιλντ μετά τους πυροβολισμούς;"

"Ω, ναι."

"Τους ανέφερες τον Μπεν και το παρελθόν του;"

Η Σαρλότ το σκέφτηκε λίγο πριν απαντήσει. "Δεν νομίζω".

"Γιατί όχι;"

"Ο Ντίτερ πυροβολήθηκε στο Σπρίνγκφιλντ. Ξέρετε πόσο μακριά είναι η Σάρλοτ από το Σπρίνγκφιλντ;"

"Το ξέρω, αρκετά μακριά, αλλά όχι μεγάλη πτήση".

"Προσπαθήσατε ποτέ να πάρετε ένα τουφέκι μεγάλης ισχύος σε αεροπλάνο πρόσφατα;"

Ο Μελ γέλασε. "Σωστό επιχείρημα. Θα μπορούσε να είχε οδηγήσει από εδώ μέχρι το Σπρίνγκφιλντ".

"Υποθέτω ότι θα μπορούσε, αλλά υπάρχει και ένας άλλος παράγοντας που μάλλον αποκλείει τον Μπεν ως ύποπτο".

"Ακούω."

Η Σαρλότ σταμάτησε και δάγκωσε ξανά τα χείλη της. "Είναι αλκοολικός και τον κατηγορώ για πολλά από τα προβλήματα του Μπερτ με το ποτό, τα οποία ξεκίνησαν αφότου το Ναυτικό πέταξε τον Μπεν έξω και αυτός επέστρεψε εδώ στη Σάρλοτ. Αμφιβάλλω αν ο Μπεν ήταν αρκετά νηφάλιος για να πυροβολήσει κάποιον στην άλλη άκρη του δωματίου, πόσο μάλλον να οδηγήσει από τη Σάρλοτ στο Σπρίνγκφιλντ και να μείνει στο δρόμο αρκετά για να πυροβολήσει κάποιον από μεγάλη απόσταση, όπως προφανώς συνέβη με τον δολοφόνο του Ντίτερ".

"Δηλαδή, μου λέτε ότι δεν είπατε στους ντετέκτιβ της Σάρλοτ για τον Μπεν επειδή συμπεράνατε ότι ήταν εξαιρετικά απίθανο να μπορούσε να μείνει νηφάλιος για αρκετό καιρό ώστε να γίνει ξανά ακριβής σκοπευτής;"

"Ακριβώς."

"Κάνε μου τη χάρη, σε παρακαλώ", είπε ο Μελ μάλλον αυστηρά. "Ας υποθέσουμε ότι ο Μπερτ, λογικός ή τρελός, νηφάλιος ή μεθυσμένος, ήθελε να εξοντώσει τον Ντίτερ επειδή στο μυαλό του ο Ντίτερ σε πήρε ή σε κράτησε μακριά του για οποιονδήποτε λόγο, ας πούμε για να σε προστατέψει από αυτόν ή για να σε κάνει παιχνίδι του, ή ακόμα και για οποιονδήποτε άλλο λόγο μπορεί να σκαρφίστηκε στο απρόβλεπτο μυαλό του. Είπατε ότι ο Μπερτ δεν γνώριζε κανέναν μανιώδη κυνηγό, σωστά;".

"Σωστά."

"Γνωρίζετε αν γνώριζε κάποιον άλλον, που δεν σχετιζόταν καθόλου με τον Μπεν, αλλά κατά τα άλλα, ο οποίος θα μπορούσε να είναι ικανός σκοπευτής, π.χ. ως σκοπευτής παγίδων ή να συμμετέχει σε διαγωνισμούς τουφεκιών;"

"Δεν γνωρίζαμε κανέναν τέτοιο άνθρωπο με τον οποίο να σχετιζόμαστε κοινωνικά, αλλά φυσικά δεν έχω καμία δυνατότητα να γνωρίζω απολύτως τίποτα για τους ανθρώπους που γνώριζε στα μπαρ".

"Ωραία, ας επιστρέψουμε στον Μπεν. Γνωρίζετε ότι ο Μπεν παρέμενε σε επαφή με κάποιους από τους φίλους του από το Ναυτικό-Σφραγίδα που ήταν επίσης ελεύθεροι σκοπευτές;"

"Όχι, αλλά για να είμαι ειλικρινής μαζί σας, αυτό δεν είναι κάτι που πιθανότατα θα αναφερόταν σε περιστασιακή συζήτηση".

"Καταλαβαίνω, αλλά το αλκοόλ είναι γνωστό ότι δημιουργεί θολά μυαλά και χαλαρά χείλη, σωστά;"

Η Σαρλότ γέλασε. "Σωστά, αλλά ποτέ δεν άκουσα τίποτα, ακόμη και όταν τα χείλη του ήταν ελεύθερα, πράγμα που συνέβαινε συχνά".

"Δεν πειράζει. Οπότε, εκτός από τον Μπεν ή ίσως τον Μπερτ, δεν γνωρίζετε κανέναν που θα μπορούσε έστω και στο ελάχιστο να ενδιαφερθεί ή να είναι ικανός να πυροβολήσει τον Ντίτερ, ας πούμε έναντι αμοιβής;"

"Κανείς".

"Αντιλαμβάνεσαι ότι πρέπει να πω στην αστυνομία του Σπρίνγκφιλντ για τον Μπερτ και τον Μπεν και ότι αναμφίβολα θα σε ανακρίνουν ξανά πιθανότατα από την αστυνομία της Σάρλοτ;"

"Καταλαβαίνω. Δεν ξέρω πολλά περισσότερα από

όσα σας είπα, αλλά αντιλαμβάνομαι ότι θα ρωτήσουν μακριά ούτως ή άλλως".

"Ξέρετε πού μπορούμε να επικοινωνήσουμε με τον Μπερτ ή τον Μπεν;"

"Όχι. Ο Μπερτ κι εγώ δεν έχουμε μιλήσει μεταξύ μας από το διαζύγιο και έχει περάσει ακόμα περισσότερος καιρός από τότε που άκουσα κάτι για τον Μπεν".

"Είναι ο πρώην σύζυγός σας ακόμα στο σπίτι που μοιραζόσασταν;"

"Όχι, έπρεπε να πουλήσουμε το σπίτι για να πληρώσουμε το διαζύγιο και αφού πληρώθηκαν η προμήθεια του μεσιτικού γραφείου και η υποθήκη για την πώληση του σπιτιού, πήραμε μόνο μερικές χιλιάδες δολάρια ο καθένας για να δείξουμε όλα τα χρόνια που περάσαμε μαζί".

Ο Μελ χαλάρωσε λίγο καθώς η αρτηριακή του πίεση άρχισε να μειώνεται. "Αυτό είναι ατυχές, αλλά αυτά τα πράγματα συμβαίνουν. Πού δούλευε ο Μπερτ;"

"Στους Hammond Brothers Fabricating."

"Εδώ στη Σάρλοτ;"

"Ναι"

"Δεν προσπάθησε ο Μπερτ να επικοινωνήσει μαζί σου;"

"Πιθανόν εκατοντάδες φορές. Αναγκάστηκα να αλλάξω τον αριθμό του τηλεφώνου μου σε μη καταχωρημένο για να έχω λίγη ηρεμία".

"Προσπάθησε να σε βρει εδώ στη δουλειά;"

"Ναι, συχνά στην αρχή, αλλά όχι τόσο πολύ αργότερα. Βασικά και οι δύο δουλεύαμε οκτώ ή εννέα με πέντε, οπότε δεν ήταν εύκολο γι' αυτόν να έρχεται κατά τις κανονικές ώρες εργασίας. Μερικές φορές ερχόταν και χτυπούσε το γραφείο κατά τη διάρκεια του μεσημεριανού του γεύματος, αλλά χάρη στη βιντεοκάμερα στην εξώπορτα μπορούσα να τον βλέπω και να τον αγνοώ. Υπήρχαν όμως φορές που εκνευριζόταν αρκετά και πίεζε συνεχώς το κουδούνι για λίγο πριν καταλάβει, υποθέτω, ότι δεν ήμουν στο γραφείο, και μετά έφευγε".

"Ποιο είναι το πλήρες όνομα του Μπερτ;"

"Μπερτραμ Τζόζεφ Λονγκ."

"Ξέρεις του Μπεν;"

"Μπέντζμιν Τζόναθαν Λονγκ."

"Ξέρετε πού δούλευε ο Μπεν;"

"Απ' όσο ξέρω, έκανε διάφορες δουλειές εδώ κι εκεί για τον κόσμο. Πιθανότατα δεν μπορούσε να μείνει αρκετά νηφάλιος για να κρατήσει μια σταθερή δουλειά".

Ο Μελ αντάλλαξε βλέμματα με την Τσέλιαν και μετά μίλησε. "Υποθέτω ότι τελείωσα με τις ερωτήσεις μου. Σε ευχαριστώ για την ειλικρίνειά σου, Σαρλότ. Μας έδωσες το μόνο λογικό στοιχείο για τον πιθανό δολοφόνο που καταφέραμε να μυριστούμε".

"Παρακαλώ. Ελπίζω η αστυνομία να βρει τον δολοφόνο όσο κι εσείς οι δύο".

"Έχω μερικές ακόμα ερωτήσεις", είπε η Τσέλιαν για πρώτη φορά μετά από καιρό.

"Φυσικά."

"Σε προσέλαβε ο Ντίτερ;"

"Όχι ακριβώς. Ήμουν ο διαχειριστής της περιουσίας εδώ για τρία χρόνια πριν ο Ντίτερ αγοράσει το κτίριο. Πριν κλείσει η πώληση, πέρασε μια-δυο φορές για μια κουβέντα και στη συνέχεια με ρώτησε αν με ενδιέφερε να παραμείνω ως διαχειριστής ακινήτων. Φυσικά, είπα ναι".

"Κατάλαβα. Πριν σε χτυπήσει ο πρώην σύζυγός σου, σου έκανε ποτέ πρόταση ο Ντίτερ ή σου την έπεσε;"

"Ποτέ, και γι' αυτό σοκαρίστηκα όταν ήρθε και με ρώτησε αν θα κοιμηθώ μαζί του εκείνη τη φορά που με επισκέφθηκε ένα μήνα μετά τη μετακόμισή μου στο Ρ1".

"Δεν είχες καμία απολύτως υποψία ότι κάτι τέτοιο θα μπορούσε να συμβεί;"

"Δεν είχα ιδέα."

"Εντάξει. Θέλω επίσης να σε ευχαριστήσω για την

ειλικρίνειά σου σήμερα το πρωί. Θα μπορούσεξε απλώς να μας είχεξε πει ψέματα και θα εξακολουθούσαμε να ψάχνουμε για το πρώτο μας στοιχείο".

"Παρακαλώ. Θέλω να δω αυτόν τον δολοφόνο να οδηγείται στη δικαιοσύνη όσο κι εσείς. Τσέλιαν, θέλω επίσης να σου πω πόσο λυπάμαι που συνέβησαν όλα αυτά. Ελπίζω να μπορείς να καταλάβεις το σκεπτικό μου υπό τις συνθήκες εκείνης της νύχτας που με κάλεσε στο κρεβάτι του. Μετά από όλα όσα είχε κάνει για να με προστατέψει. Βρήκα μέσα μου ότι ήταν πρακτικά αδύνατο να αρνηθώ το αίτημά του. Σίγουρα δεν ήταν δική μου ιδέα".

"Καταλαβαίνω, Σαρλότ. Δεν έχω καμία αμφιβολία ότι ήταν δική του ιδέα".

"Ευχαριστώ."

22

"Δεν ήμουν τόσο αναστατωμένη ακούγοντας τις ανοησίες του Ντίτερ αυτή τη φορά, γιατί μετά τα νέα από το Σιάτλ δεν ήταν και τόσο μεγάλη έκπληξη", είπε η Τσέλιαν καθώς ανέβαιναν με το ασανσέρ στον όροφο του ρετιρέ.

"Ομολογώ ότι ούτε εγώ εξεπλάγην, αφού η Σαρλότ μας είπε την ιστορία του ξυλοδαρμού του συζύγου της και τη διάσωσή της από τον Ντίτερ και τον Πίτερ", απάντησε ο Μελ.

Μέσα στην κλειστή πόρτα του Ρ1, Η Τσέλιαν κάλεσε τον Πίτερ. "Θα είμαστε έτοιμοι για παραλαβή όταν μπορέσετε να έρθετε εδώ. Να καλέσω εγώ τον Κάρσον ή θα ήθελες εσύ να το κάνεις;"

"Θα του τηλεφωνήσω τώρα. Το αεροπλάνο είναι έτοιμο να φύγει, οπότε το μόνο που χρειάζεται να κάνει είναι να κανονίσει την ώρα πτήσης. Θα πρέπει να είμαι εκεί αρκετά γρήγορα, καθώς η ώρα αιχμής έχει σχεδόν τελειώσει".

"Υπέροχα. Πρέπει να κάνω ένα τηλεφώνημα και μετά θα σε περιμένουμε στο γκαράζ".

"Υπέροχα. Τα λέμε σύντομα".

Η Τσέλιαν άνοιξε τη βαλίτσα της και έβγαλε το πακέτο με τις πληροφορίες για το Μυστικό Ορεινό

Θέρετρο. "Αυτός ο βρώμικος σάπιος απατεώνας σύζυγός μου θα δωρίσει άλλα χίλια δολάρια για τη γιορτή των γενεθλίων μας. Θα πρέπει να επιστρέψουμε στο Σπρίνγκφιλντ νωρίς το απόγευμα και μετά από ένα γρήγορο ταξίδι στο σπίτι μπορούμε να ξεκινήσουμε για το ορεινό καταφύγιο για ένα τετραήμερο απομονωμένο Σαββατοκύριακο, εντάξει;"

"'Ίσως χρειαστεί να πάρω οξυγόνο για να επιβιώσω", πείραξε ο Μελ.

Η Τσέλιαν ούρλιαξε. "Με τον τρόπο που αποδίδεις στο κρεβάτι δεν νομίζω ότι θα μπορούσα ποτέ να σε εξαντλήσω".

"Ελπίζω όχι."

"Σας ευχαριστούμε που τηλεφωνήσατε στο θέρετρό μας. Πώς μπορώ να σας βοηθήσω σήμερα το πρωί;" ρώτησε μια χαρούμενη ανδρική φωνή.

"Καλημέρα. Έχω κάνει κράτηση στη σουίτα νεονύμφων για μια γιορτή γενεθλίων από αύριο έως τη Δευτέρα ως κορίτσι γενεθλίων".

"Ναι, το έχω καταγράψει", απάντησε ο υπάλληλος μετά από μια σύντομη παύση.

"Θα ήταν διαθέσιμη η σουίτα αυτή απόψε, καθώς είμαστε πλέον σε θέση να την κάνουμε επίσκεψη τεσσάρων διανυκτερεύσεων;"

"Μάλιστα, κυρία μου, δεν έχει γίνει κράτηση".

"Υπέροχα. Θα το πάρω, παρακαλώ. Πιθανότατα δεν θα φτάσουμε πριν από την ώρα του δείπνου απόψε".

"Αυτό θα είναι μια χαρά. Το προσωπικό της υπηρεσίας δωματίου μας θα χαρεί να σας φέρει το δείπνο στο δωμάτιό σας οποιαδήποτε ώρα ή αν προτιμάτε, μπορείτε αντ' αυτού να εξυπηρετηθείτε στη φιλόξενη τραπεζαρία μας οποιαδήποτε στιγμή όλο το εικοσιτετράωρο".

"Σας ευχαριστώ, θα το θυμάμαι αυτό".

"Είστε ευπρόσδεκτοι. Θα βάλω αμέσως το διάσημο προσωπικό διακόσμησης να εργαστεί για να διακοσμήσει κατάλληλα τη σουίτα σας για τον εορτασμό των γενεθλίων σας. Αρχικά είχαμε προγραμματίσει τη διακόσμηση για αύριο, σε περίπτωση που κάποιος άλλος τηλεφωνούσε για να κλείσει τη σουίτα απόψε. Καλό ταξίδι και θα σας περιμένουμε απόψε".

"Ευχαριστώ."

Ο Πίτερ έφτασε στο γκαράζ πέντε λεπτά μετά την έξοδο της Τσέλιαν και του Μελ από το ασανσέρ και φόρτωσε αμέσως τις βαλίτσες τους στο πορτμπαγκάζ της λιμουζίνας.

"Σε παρακαλώ, άνοιξε το παράθυρο ανάμεσά μας, όπως έκανες χθες όσο οδηγούσαμε, ώστε να μπορούμε να μιλήσουμε λίγο στη διαδρομή, εντάξει;" ρώτησε η Τσέλιαν καθώς ο Πίτερ τη βοηθούσε να μπει στη λιμουζίνα.

"Φυσικά, κυρία."

"ΤΗ Τσέλιαν δουλεύει μια χαρά."

"Μάλιστα κυρία μου, ε, ναι, Τσέλιαν", απάντησε με ένα γέλιο.

Αφού η λιμουζίνα βγήκε από την πιο πολυσύχναστη περιοχή του κέντρου του Σαρλότ, η Τσέλιαν άρχισε την περιζήτητη συζήτηση. "Είχαμε μια μακρά συνάντηση με τη Σάρλοτ Λονγκ σήμερα το πρωί και μοιράστηκε μαζί μας ένα κομμάτι της ιστορίας της. Ήταν ευγνώμων για τη βοήθειά σας μαζί με τον Ντίτερ στη διάσωσή της από τον βίαιο σύζυγό της πριν από μερικά χρόνια".

"Μου ράγισε η καρδιά όταν είδα την έκταση των μώλωπες σε αυτή την καημένη γυναίκα. Θα σας πω όμως ένα πράγμα, αυτός ο καθόλου καλός σύζυγός της ήταν πολύ τυχερός που δεν ήταν στο σπίτι όταν ήμασταν εκεί και τη βοηθούσαμε να δραπετεύσει, αλλιώς θα είχα φροντίσει να καταλήξει σε πολύ χειρότερη κατάσταση από εκείνη. Καμία γυναίκα σε αυτόν τον κόσμο δεν αξίζει να της φέρεται όπως της φέρθηκε ο άντρας της. Υποψιάζομαι ότι ο Ντίτερ μάλλον της έσωσε τη ζωή, καθώς την έβγαλε από εκεί και την πήγε σε ασφαλές μέρος όπου ο ηλίθιος δεν μπορούσε να την πιάσει στα χέρια του".

"Συμφώνησε λίγο πολύ με την περιγραφή της κατάστασής σας. Σας ευχαριστώ για τη βοήθειά σας".

"Δεν χρειάζονται ευχαριστίες για τέτοιες καταστάσεις".

Η Τσέλιαν έδωσε στον Πίτερ μια ζεστή αγκαλιά όταν τους άφησε στο περιφερειακό αεροδρόμιο του Concord. "Σ' ευχαριστώ για όλα, Πίτερ. Ήσουν υπέροχος".

"Παρακαλώ πολύ. Η ευχαρίστηση ήταν όλη δική μου".

Ο Κάρσον προσγείωσε το αεροπλάνο στην πίστα του αεροδρομίου του Σπρίνγκφιλντ πριν από τις δύο το μεσημέρι και ο Άρθουρ Κάλντγουελ τους περίμενε με τη λιμουζίνα όταν προσγειώθηκαν και τους οδήγησε στο σπίτι των Μόρισον.

Η Τσέλιαν πέταξε τα βρώμικα ρούχα της από τη βαλίτσα της και τα αντικατέστησε με καθαρά, αλλά ο Μελ δεν είχε την ίδια επιλογή. "Μην ανησυχείς. Όλα τα δωμάτια στο θέρετρο διαθέτουν υπηρεσία πλυντηρίου, οπότε μπορείς να πλύνεις όλα τα βρώμικα πράγματά σου απόψε ή αύριο", τον συμβούλεψε. "Εξάλλου, τα σχέδιά μου δεν προβλέπουν να φοράμε πολλά ρούχα για το μεγαλύτερο μέρος αυτού του Σαββατοκύριακου".

"Ίσως θα έπρεπε να αφήσω τη βαλίτσα μου εδώ και να πάρω μόνο ό,τι φοράω", αντέτεινε ο Μελ.

"Όχι, ας μην πάμε τόσο μακριά. Το θέρετρο βρίσκεται σε μια πολύ όμορφη περιοχή και ίσως βρούμε λίγο χρόνο να απολαύσουμε το ήσυχο περιβάλλον σε μια ανάπαυλα από το πυρετώδες αθλητικό μας πρόγραμμα που και που".

―――――

Ο Μελ έβαλε την Cadillac Escalade της Τσέλιαν στο πάρκινγκ του θέρετρου λίγο μετά τις οκτώ το βράδυ. Ένας ένστολος αχθοφόρος βγήκε βιαστικά από την μπροστινή πόρτα για να τους βοηθήσει με τις αποσκευές τους και, αφού υπέγραψαν, να τις μεταφέρει στη σουίτα νεονύμφων στο ισόγειο. Όταν ο Μελ προσπάθησε να του δώσει ένα ωραίο φιλοδώρημα, εκείνος αρνήθηκε να το δεχτεί και τους εξήγησε ότι η πολιτική του θέρετρου ανέφερε ότι η χρέωση του δωματίου κάλυπτε απολύτως τα πάντα όσο έμεναν εκεί Τα μέλη του προσωπικού απαγορεύονταν να δέχονται φιλοδωρήματα.

Αφού ο θυρωρός έκλεισε την πόρτα πίσω του, ο Μελ και Η Τσέλιαν είχαν την ευκαιρία να δουν από κοντά τη διακοσμημένη σουίτα. "Παναγία μου", ξεστόμισε ο Μελ, "δεν έχω δει ποτέ μου κάποιο μέρος τόσο υπέροχα διακοσμημένο όσο αυτό. Ξεπερνάει κατά πολύ οτιδήποτε θα μπορούσα να φανταστώ".

"Έχεις απόλυτο δίκιο. Έχουν περάσει πάνω από δέκα χρόνια από την τελευταία φορά που ήμουν εδώ και ήταν εντυπωσιακά διακοσμημένο τότε, αλλά δεν νομίζω ότι ήταν τόσο ωραίο όσο αυτό. Θα είναι κρίμα να χρειαστεί να τα χαλάσουμε όλα αυτά όταν αρχίσουμε τη ρουτίνα της άσκησής μας".

"Ελπίζω να μην χρειαστεί να κάνω όλη την άσκησή μου στο πάτωμα για τέσσερις ημέρες".

"Με τίποτα, γλυκέ μου", είπε και τον φίλησε στο μάγουλο. "Θα χαλάσουμε ό,τι πρέπει να χαλάσουμε σε αυτό το υπέροχα τεράστιο κρεβάτι".

"Ελπίζω να έχουν ένα νυχτερινό φως τριγύρω. Μπορεί να μην μπορέσω να σε βρω στο σκοτάδι".

"Μην ανησυχείς, θα φροντίσω να σε βρω, πίστεψέ με.

Μιλώντας για άσκηση, θα ήθελες να πηδήξεις στο κρεβάτι πριν φάμε κάτι ή να φάμε πρώτα;"

Ο Μελ το σκέφτηκε αυτό για ένα λεπτό. "Νομίζω ότι δούλεψε καλά χθες το βράδυ, όταν φάγαμε πρώτα στου Ντιέγκο και μετά δεν χρειάστηκε να ανησυχούμε για το αν θα σηκωθούμε από το κρεβάτι μέχρι να το θελήσουμε οπωσδήποτε".

"Καλό σχέδιο. Ας πάμε κάτω να φάμε στην τραπεζαρία τους και να δούμε πώς είναι. Μπορεί να μην σε αφήσω να ντυθείς για τέσσερις μέρες μόλις ξεκινήσουμε τον εορτασμό του Σαββατοκύριακου".

23

"Ξέρεις κάτι, κύριε όμορφε συγγραφέα μυστηρίου;" ρώτησε απαλά η Τσέλιαν, με το κεφάλι της ακουμπισμένο στο προσκέφαλο, αλλά κοιτάζοντας στοργικά τον Μελ, καθώς οδηγούσε την Cadillac Escalade της στη μακριά οδό του θέρετρου.

"Είμαι στην λίστα."

"Αυτές ήταν οι πιο εκπληκτικές τέσσερις ημέρες της ζωής μου, χωρίς αμφιβολία. Με κάνατε να αισθάνομαι σαν βασίλισσα όλο το Σαββατοκύριακο και σας ευχαριστώ γι' αυτό από τα βάθη της καρδιάς μου. Σίγουρα το καλύτερο δώρο γενεθλίων που θα μπορούσα ποτέ να ευχηθώ".

Ο Μελ χαμογέλασε και της έριξε μια γρήγορη ματιά προτού στρέψει το βλέμμα του πίσω στον δρόμο που ελίσσεται. "Ξέρεις κάτι, όμορφη, σέξι, σύντροφε του κρεβατιού μου;"

"Ακούω."

"Αυτές ήταν και οι τέσσερις πιο καταπληκτικές μέρες της ζωής μου, γιατί ήσουν εκεί για να μοιραστείς τα γενέθλιά σου με εμένα".

"Μετά από όλες τις γυναίκες με τις οποίες είχες σχέσεις;"

"Μετά από όλες τις γυναίκες με τις οποίες είχα

σχέσεις, δεν θα σε άλλαζα με καμία από αυτές", είπε καθώς της έσφιγγε το χέρι με στοργή.

"Ελπίζω να καταλαβαίνεις πόσο πραγματικά ευτυχισμένη με κάνει να αισθάνομαι αυτό;"

"Είμαι αρκετά σίγουρος ότι το καταλαβαίνω αυτό, γιατί αισθάνομαι το ίδιο για σένα".

"Πρέπει να βρω έναν τρόπο να σε κρατήσω κοντά μου αφού ολοκληρώσεις τη βιογραφία του Ντίτερ".

"Το έχεις ήδη κάνει".

"Έχω; Πώς;"

"Συνέχισε να με καλείς στο κρεβάτι σου".

Η Τσέλιαν γέλασε. "Αυτό είναι εύκολο."

Με μια στάση στο δρόμο για μεσημεριανό γεύμα, το αγαπημένο δίδυμο επέστρεψε στο σπίτι της Τσέλιαν πριν από τις τρεις το απόγευμα. Όπως συζήτησαν λεπτομερώς κατά τη διάρκεια της απολαυστικής τους διαδρομής, η Τσέλιαν τηλεφώνησε στον ντετέκτιβ Ζέλερτον ως πρώτο τους μέλημα.

Πέρασε περίπου ένα λεπτό πριν η γνώριμη φωνή πει: "Γεια σου, Τσέλιαν. Έχω καιρό να ακούσω νέα σου".

"Σκέφτηκα να σας δώσω ένα διάλειμμα από τα εβδομαδιαία τηλεφωνήματά μου, αλλά ήμουν επίσης απασχολημένος στην παραλία, καθώς και ταξιδεύοντας λίγο σε όλη τη χώρα, επισκεπτόμενος όλα τα εταιρικά μας κτίρια και μιλώντας με πολυάριθμους ανθρώπους που ελπίζουμε ότι θα μπορούσαν να μας δώσουν κάποιες νέες πληροφορίες για στοιχεία σχετικά με τη δολοφονία του Ντίτερ. Έχεις κανένα καλό νέο για μένα σήμερα;".

"Εργαζόμαστε συνεχώς πάνω στην υπόθεση, αλλά δυστυχώς δεν έχουμε καταφέρει να βρούμε νέα στοιχεία, φοβάμαι".

"Λοιπόν, Γκάρλαντ, αυτή μπορεί να είναι η τυχερή σου μέρα, καθώς έχουμε εντοπίσει μερικά στοιχεία που πιθανότατα θα θέλεις να ερευνήσεις. Θυμάσαι πριν από λίγες εβδομάδες που σου τηλεφώνησε από το Σεντ

Λούις, από όλα τα μέρη, κάποιος ντετέκτιβ Ντιν Γουέστμορλαντ, ο οποίος ανέφερε έναν συγγραφέα και φίλο μου στην παραλία με το όνομα Μελ Χαλντέιν;".

"Ναι, το θυμάμαι αυτό. Του έδωσα την άδεια να ψαχουλεύει για πληροφορίες σχετικά με τον πυροβολισμό του Ντίτερ, αρκεί να μου μεταβιβάσει τα στοιχεία του και να μην αποφασίσει να παίξει ο ίδιος τον ντετέκτιβ".

"Σωστά. Μετά από αυτή τη συζήτηση, νομίζω, προσέλαβα τον κ. Χαλντέιν να γράψει τη βιογραφία του Ντίτερ, οπότε όταν επισκέφθηκα τα εταιρικά μας γραφεία, πήρα τον κ. Χαλντέιν μαζί μου για να συναντήσει τους ανθρώπους-κλειδιά στις εταιρικές μας δραστηριότητες, αυτούς που θα χρειαζόταν να πάρει λεπτομερείς συνεντεύξεις καθώς θα έκανε την έρευνά του για τη βιογραφία. Όμως, καθώς συναντούσαμε αυτά τα άτομα, κάναμε επίσης κρυφά ερωτήσεις σχετικά με ανθρώπους που μπορεί να είχαν λόγο να επιθυμούν τον θάνατο του Ντίτερ. Εκεί αποκαλύψαμε τις ενδιαφέρουσες πληροφορίες, που είμαι σίγουρος ότι θα χαρείτε να ακούσετε. Επειδή γνώριζα τους ανθρώπους που επισκεφτήκαμε, έκανα τις περισσότερες ερωτήσεις, ενώ ο Μελ κρατούσε σημειώσεις, οπότε σε αυτό το σημείο, αν δεν έχετε κάτι άλλο που θα θέλατε να με ρωτήσετε, τότε θα παραδώσω το τηλέφωνο στο Μελ;".

"Δεν πειράζει. Σας ευχαριστούμε που το ψάξατε αυτό για μας. Ας ελπίσουμε ότι θα αποδειχθεί κερδοφόρο. Γεια σας προς το παρόν."

Η Τσέλιαν ψιθύρισε ότι θα ξεκινούσε το πλυντήριο και έδωσε το τηλέφωνό της στον ο Μελ. "Γεια σου, ντετέκτιβ Ζέλερτον".

"Ο Τζέραλντ είναι μια χαρά. Λοιπόν, Μελ, βρήκες ένα ή δύο καλά στοιχεία για μας, έτσι;"

"Σίγουρα το πιστεύω. Δεν λέω ότι είναι η απάντηση που ψάχνετε, αλλά μπορεί να είναι. Θα χρειαστούν όμως πολλές εξηγήσεις".

"Κανένα πρόβλημα, αλλά θέλω να το καταγράψω αυτό, ώστε να έχουμε όλες τις πληροφορίες σας στη διάθεσή μας. Περιμένετε ένα λεπτό".

"Ενημέρωσέ με όταν είσαι έτοιμος".

"Εντάξει Μελ, προχώρα".

Ο Μελ μοιράστηκε με τον Γκάρλαντ τις σημαντικές πληροφορίες που έλαβαν από τα ταξίδια τους, ιδίως τις λεπτομέρειες για τους αδελφούς Λόνγκ.

"Αυτό είναι καλό να το ξέρω", παρενέβη ο Τζέραλντ.

"Το ήξερα ότι θα σου άρεσε αυτό. Την τελευταία φορά που ήξερε η Σάρλοτ, ο Μπεν ήταν λίγο πολύ αλκοολικός και δεν ανέφερε ποτέ τον Μπεν στους ντετέκτιβ της αστυνομίας της Σάρλοτ, επειδή, λέει, η Σάρλοτ απέχει πολύ από το Σπρίνγκφιλντ και στη μεθυσμένη, συνήθως φυσιολογική του κατάσταση, θεωρεί ότι δεν θα μπορούσε να πυροβολήσει κάποιον σε ένα δωμάτιο, πόσο μάλλον σε μεγάλη απόσταση".

"Υποθέτω ότι στο μυαλό της αυτό είχε κάποιο νόημα", δήλωσε ο Τζέραλντ. "Εύχομαι μόνο να είχε πει κάτι νωρίτερα, ώστε να μπορούσαμε να το είχαμε ελέγξει εδώ και καιρό".

"Το ξέρω. Ένιωσα το ίδιο όταν μας το είπε, αλλά δεν μπορούμε να αλλάξουμε την ιστορία. Φρόντισα να ρωτήσω τη Σάρλοτ για τους φίλους του Navy Seal σε περίπτωση που υπήρχαν άλλοι νηφάλιοι πρώην σκοπευτές που θα μπορούσαν να κάνουν τη δουλειά, αλλά δεν μπορούσε να με βοηθήσει σε αυτό. Είμαι σίγουρος ότι έχεις κάποιες καλές πηγές γι' αυτό".

"Σίγουρα. Πού δούλευε ο Μπεν;"

"Απ' όσο ήξερε η Σάρλοτ, έκανε μόνο μικροδουλειές. Υπέθεσε ότι δεν ήταν αρκετά νηφάλιος για να κρατήσει μια πραγματική δουλειά. Επίσης, δεν είχε διεύθυνση γι' αυτόν. Μπορείτε να σκεφτείτε κάτι που θα θέλατε να με ρωτήσετε πριν προχωρήσω στην ιστορία του Σιάτλ;"

"Όχι προς το παρόν, δεν νομίζω. Συνεχίστε".

"Ο Ντίτερ είχε επίσης δεσμό με την διαχειρίστρια του

κτιρίου που συνδύαζε διαμερίσματα και καταστήματα στο Σιάτλ. Το όνομα αυτής της διαχειρίστριας ακινήτων είναι Ντάνικα Πρέντις. Σας την αναφέρω μόνο λόγω του προφανούς πλεονεκτήματος που εκμεταλλεύτηκε την ευαλωτότητα των δύο γυναικών, σε περίπτωση που έχετε ή θα συναντήσετε και άλλες παρόμοιες καταστάσεις που τον αφορούν. Και αυτό είναι το μόνο που μπορώ να σας πω. Μπορείτε να σκεφτείτε κάποια ερώτηση;"

"Δεν μπορώ να σκεφτώ τίποτα αυτή τη στιγμή", δήλωσε ο ντετέκτιβ Ζέλερτον. "Θέλω να ευχαριστήσω εσάς και την Τσέλιαν για όλες τις προσπάθειές σας σε αυτό το θέμα. Σίγουρα πιστεύω ότι μερικές φορές οι εργαζόμενοι είναι πρόθυμοι να ανοιχτούν περισσότερο σε ανθρώπους που γνωρίζουν παρά στην αστυνομία". Ζήτησε τον αριθμό τηλεφώνου του Μελ και ο Μελ τον υποχρέωσε. "Θα περνάτε πολύ χρόνο με την Τσέλιαν για ένα διάστημα, καθώς εσείς οι δύο θα εργάζεστε στην έρευνα του υλικού για τη βιογραφία;"

"Ναι, υποψιάζομαι ότι αυτό θα ισχύει για το άμεσο μέλλον και το αν θα είμαστε πίσω στην παραλία, στο σπίτι της εδώ στο Σπρίνγκφιλντ ή σε μια από τις εγκαταστάσεις της εταιρείας θα εξαρτηθεί από το πού πρέπει να βρισκόμαστε τη συγκεκριμένη στιγμή. Χάρηκα που μιλήσαμε μαζί σας, επιτέλους".

"Αυτό ισχύει και για τις δύο πλευρές."

24

Η Τσέλιαν και ο Μελ συμφώνησαν ότι είχαν υπομείνει αρκετή οδήγηση για μια μέρα, οπότε αποφάσισαν να περάσουν το υπόλοιπο της Δευτέρας προετοιμάζοντας το σπίτι για μια παρατεταμένη περίοδο εγκατάλειψης και πακετάροντας όλα όσα ήθελαν να πάρουν μαζί τους κατά την επιστροφή τους στην παραλία το πρωί. Στην πραγματικότητα δεν υπήρχαν και πολλά να κάνουν, αλλά πήρε πολύ περισσότερο χρόνο απ' ό,τι θα έπρεπε λόγω της συνέχισης των ευχάριστων εορτασμών των γενεθλίων τους από το Σαββατοκύριακο στο θέρετρο.

Ξεκίνησαν τη διαδρομή τους μετά την αποσυμφόρηση της πρωινής κυκλοφοριακής αιχμής, σταμάτησαν για ένα ήσυχο γεύμα στη διαδρομή και μπήκαν στην είσοδο του εξοχικού σπιτιού της Τσέλιαν πριν από τις δύο το μεσημέρι. Αφού ξεφόρτωσαν τις βαλίτσες τους, κατευθύνθηκαν προς το Πορτ Μπράμπλ για να γεμίσουν τα ψυγεία, το δικό της και το δικό του, και τα ντουλάπια. Κατά τη διαδρομή τους από το Σπρίνγκφιλντ συμφώνησαν ότι έπρεπε οπωσδήποτε να επιστρέψουν στο πρωινό και βραδινό πρόγραμμα περπατήματος. Και στους δύο έλειπε το γαλήνιο περιβάλλον και η χαλαρή ζωή των παραθεριστών.

Η Αριάνα και ο Μαρκ Χόλντεν βρέθηκαν στο κατώφλι της Τσέλιαν μόλις εντόπισαν την Escalade στο δρόμο, με περιέργεια να μάθουν πώς πέρασε η εβδομάδα των γειτόνων τους. Οι τέσσερις τους εγκαταστάθηκαν στο οικογενειακό δωμάτιο της Τσέλιαν, ενώ απολάμβαναν αναψυκτικά και ενημερώνονταν για τα νέα. Η Τσέλιαν έδωσε στους επισκέπτες τους μια τροποποιημένη εκδοχή των δραστηριοτήτων της εβδομάδας τους και μπορούσε να αισθανθεί ότι η Αριάνα περίμενε πώς και πώς τη σειρά της να ενημερώσει τους γείτονές της για την εβδομάδα της στην παραλία.

"Οι Pierces είναι μέσα τώρα για το καλοκαίρι. Οι Γουότσον ήταν εδώ το Σαββατοκύριακο για να ανοίξουν το εξοχικό τους, αλλά δεν θα επιστρέψουν για μερικές εβδομάδες. Αρκετές από τις οικογένειες με τα μικρά παιδιά ήταν επίσης μέσα για να ανοίξουν τις εξοχικές τους κατοικίες, αλλά κάποιοι από αυτούς προφανώς έφυγαν και πάλι προς το παρόν. Ωστόσο, δεν έχω ακούσει τίποτα για την κυρία ηΜπέντλει. Την απολαμβάνω τόσο πολύ όταν είναι εδώ, όπως ξέρεις Τσέλιαν. Είναι πολύ καλή, Μελ. Θα την ευχαριστηθείς πολύ. Ελπίζω να μην είναι άρρωστη ή κάτι τέτοιο και να μην μπορεί να έρθει μαζί μας αυτό το καλοκαίρι. Φυσικά, υπάρχουν πολλοί άλλοι άνθρωποι που επιστρέφουν, πάνω και κάτω από την παραλία, τους οποίους δεν γνωρίζουμε πραγματικά πολύ καλά, αλλά τους βλέπουμε μόνο πού και πού κατά τη διάρκεια των δραστηριοτήτων στην παραλία. Έχεις ακούσει τίποτα από τους Τζόνσον, Μελ;"

"Όχι, δεν τους έχω μιλήσει από τότε που έφτασα. Νομίζω ότι σας ανέφερα νωρίτερα ότι διαβεβαίωσα τους Τζόνσον ότι αν οι γιατροί του Βικ έδιναν το ΟΚ να έρθει στην παραλία αργότερα, τότε θα ήμουν ευτυχής να μετακομίσω από το εξοχικό τους, ώστε να απολαύσουν το υπόλοιπο καλοκαίρι τους εδώ με όλους τους καλούς γείτονές τους. Υποθέτω σε αυτό το σημείο ότι δεν έχουν λάβει το ΟΚ από τους γιατρούς".

"Θα επιστρέψεις στη Φλόριντα αν χρειαστεί να φύγεις από το εξοχικό των Τζόνσον;" ρώτησε η Αριάνα.

"Δεν μπορεί να το κάνει αυτό", απάντησε αμέσως η Τσέλιαν. "Πρέπει να μείνει στην παραλία ή στο Σπρίνγκφιλντ για να συγκεντρώσει τις πληροφορίες που χρειάζεται για τη βιογραφία του Ντίτερ. Έχω πολλά επιπλέον δωμάτια στον επάνω όροφο. Μπορεί να μετακομίσει στο υπνοδωμάτιο της επιλογής του και να χρησιμοποιήσει ένα δεύτερο δωμάτιο για να στήσει τον υπολογιστή του και τις ερευνητικές του εργασίες. Έχουμε μάθει ότι μπορούμε να τα πάμε αρκετά καλά ο ένας με τον άλλον στα ταξίδια μας, και δεν έχω καμία αμφιβολία ότι μπορούμε να μοιραστούμε το σπίτι μαζί χωρίς να τρώει ο ένας τα νεύρα του άλλου. Είναι η πρώτη φορά που ο Μελ με ακούει να αναφέρω αυτή την ιδέα. Νομίζεις ότι θα μπορούσε να λειτουργήσει εντάξει αν χρειαστεί, Μελ;"

"Νομίζω ότι αυτό θα ήταν ένα θαυμάσιο σχέδιο. Σας ευχαριστώ και θα δεχτώ τη γενναιόδωρη προσφορά σας, αν χρειαστεί να μετακομίσω από το εξοχικό των Τζόνσον".

"Ωραία. Κανονίστηκε, λοιπόν", δήλωσε η Τσέλιαν, προσπαθώντας απεγνωσμένα να καταπνίξει ένα χαμόγελο.

Οι μέρες κυλούσαν με βόλτες στην παραλία, μπάρμπεκιου με τους γείτονες και βραδινά παιχνίδια με χαρτιά ή φωτιές με ψητά ζαχαρωτά. Ο Μελ δούλευε το μυθιστόρημά του όταν είχε την ευκαιρία. Με την Τσέλιαν συζήτησαν και συμφώνησαν ότι όσο περισσότερο ανέβαλε την έρευνα για τη βιογραφία του Ντίτερ, τόσο περισσότερο θα μπορούσαν να ξεγελάσουν τους γείτονες σχετικά με όλο τον χρόνο που περνούσαν μαζί.

"Η Τσέλιαν κάλεσε το συνηθισμένο εβδομαδιαίο

τηλεφώνημά της στον ντετέκτιβ Ζέλερτον την επόμενη Τρίτη".

Η αναμονή κράτησε περισσότερο από τις περισσότερες ημέρες. "Καλημέρα, Τσέλιαν. Πώς είσαι σήμερα το πρωί;"

"Η ζωή είναι υπέροχη στην παραλία πρέπει να πω."

"Τυχερή είσαι."

"Σίγουρα."

"Έχω κάποια συναρπαστικά νέα για εσάς, καθώς οι ντετέκτιβ της Σάρλοτ έψαξαν κάποιες πληροφορίες για εμάς. Ο Μπερτ Λονγκ εξακολουθεί να εργάζεται στην εταιρεία Hammond Brothers Fabricating. Τώρα μοιράζεται ένα διαμέρισμα με τον αδελφό του Μπεν. Επειδή ήταν η αστυνομία που έκανε τις ερωτήσεις, ο διευθυντής προσωπικού μοιράστηκε κάποιες προσωπικές πληροφορίες για τα αδέρφια. Αφού τον εγκατέλειψε η γυναίκα του Μπερτ, αποφάσισε ότι έπρεπε να βάλει μια τάξη στη ζωή του πριν καταλήξει στο βούρκο. Αποφάσισε να σταματήσει να πίνει με τους συναδέλφους του στα μπαρ και μερικά από τα παιδιά είπαν ότι λίγο πολύ εγκατέλειψε το ποτό μαζί. Εντάχθηκε επίσης σε μια ομάδα των Ανώνυμων Αλκοολικών για ηθική υποστήριξη.

"Αφού ο Μπερτ πήρε καλύτερα τον έλεγχο της ζωής του, προφανώς άρχισε να εργάζεται πάνω στον Μπεν για να κάνει το ίδιο. Ο Μπεν είχε πιει πολλές φορές στα μπαρ με τον Μπερτ και τους εργάτες του Χάμοντ, οπότε πολλοί από αυτούς τον γνώριζαν και ήξεραν ότι ήταν πιο κοντά στο να γίνει αλκοολικός από ό,τι ο Μπερτ. Όταν ο Μπερτ σταμάτησε να πηγαίνει στα μπαρ με τους συναδέλφους του, ο Μπεν εξακολουθούσε να τους συνοδεύει μερικές φορές στα μπαρ χωρίς τον Μπερτ, αλλά τα παιδιά λένε ότι τους ακολουθούσε όλο και λιγότερο με την πάροδο του χρόνου. Ο Μπεν παραδέχτηκε επίσης στους φίλους που έπιναν ποτό ότι είχε εντυπωσιαστεί αρκετά με τον τρόπο που ο Μπερτ επανεφευρίσκει τον εαυτό του και ότι σκέφτηκε ότι θα έπρεπε να προσπαθήσει να κάνει το ίδιο, οπότε μπήκε και αυτός στην ίδια ομάδα των Ανώνυμων Αλκοολικών.

"Μερικοί από τους στενότερους φίλους του Μπερτ στο Hammond ανέφεραν στον υπεύθυνο προσωπικού ότι είναι πολύ πιο χαλαρός και ευτυχισμένος απ' ό,τι ήταν πριν από μερικά χρόνια. Κάποια από τα παιδιά ρωτούν για τον Μπεν κατά καιρούς και ο Μπερτ τους είπε ότι και ο Μπεν έκανε τεράστια βήματα στο ταξίδι προς τη νηφαλιότητα, παρόλο που για κάποιο λόγο πέφτει από το βαγόνι που και που. Αυτό είναι περίπου το μόνο που έχουν βρει μέχρι στιγμής οι ντετέκτιβ της Σάρλοτ, αλλά μου αρέσει γιατί αν ο Μπεν ο μεθυσμένος μπορεί να είναι τώρα αρκετά ή εντελώς νηφάλιος, μπορεί να έχει καταφέρει να ανακτήσει τις ικανότητές του ως σκοπευτής. Τότε θα μπορούσε πράγματι να είναι αυτός που καθάρισε τον Ντίτερ, για οποιονδήποτε λόγο".

"Πρέπει να παραδεχτώ ότι αρχίζει να γίνεται ενδιαφέρον", σχολίασε η Τσέλιαν. "Αν αυτό είναι το μόνο που έχεις μέχρι στιγμής, θα φύγω από τα πόδια σου προς το παρόν και θα σε ξανακαλέσω σε μια εβδομάδα περίπου".

"Θα το περιμένω με ανυπομονησία."

Όταν η συζήτηση τελείωσε, η Τσέλιαν ανυπομονούσε να μοιραστεί τα νέα με τον Μελ που δούλευε το μυθιστόρημά του στο εξοχικό των Τζόνσον.

25

Την Πέμπτη πριν από το μεσημέρι, η Τσέλιαν περίμενε τον Μελ να επιστρέψει από το εξοχικό του, όπου δούλευε πάνω στο μυθιστόρημά του. Ήλπιζε να απολαύσει ένα ορεκτικό πριν από το γεύμα, όταν χτύπησε το κινητό της. Σημείωσε ότι ήταν ο Μάρσαλ. "Γεια σου, Μάρσαλ, πώς πάει;"

"Καλημέρα, Τσέλιαν. Όλα είναι καλά εδώ. Τι λέτε εσείς οι τυχερές πάπιες που μπορείτε να αράζετε στην άμμο όλο το καλοκαίρι;"

Η Τσέλιαν χαχάνισε. "Λοιπόν, συνήθως κάνει πολύ ζέστη για να μείνουμε στην παραλία για πολύ μια ηλιόλουστη μέρα, οπότε ο Μελ κι εγώ κάνουμε τις πρωινές και βραδινές μας βόλτες στην παραλία και στη συνέχεια απασχολούμαστε σε εσωτερικούς χώρους κατά τη διάρκεια των πιο ζεστών ωρών. Ο Μελ αφιερώνει πολύ χρόνο στο μισοτελειωμένο μυθιστόρημά του, ώστε να μπορέσει να δώσει όλη του την προσοχή στη βιογραφία του Ντίτερ αργότερα".

"Αυτό ακούγεται καλό σχέδιο. Εντάξει, γλυκιά μου, τηλεφώνησα σήμερα για έναν συγκεκριμένο λόγο. Σου ανέφερε ποτέ ο Ντίτερ, τα τελευταία χρόνια, ότι δέχεται κατά καιρούς προσφορές για την αγορά της εχνολογίες Ντίτερ ;"

"Δεν το νομίζω. Πιθανότατα θα το θυμόμουν αν το έκανε. Γιατί;"

"Τα τελευταία πέντε περίπου χρόνια συζητούσε μαζί μου αυτές τις περιστασιακές προσφορές, ή ίσως θα έπρεπε να τις αποκαλέσω ερωτήματα, σχετικά με το αν ο Ντίτερ θα πουλούσε την εταιρεία ή τουλάχιστον το τεχνολογικό τμήμα της εταιρείας. Δεν τους ενδιέφεραν οι πολυκατοικίες".

"Ποιοι είναι αυτοί;"

"Ποτέ δεν μάθαμε ακριβώς την απάντηση σε αυτό. Τα τηλεφωνήματα προέρχονταν από μια εταιρεία εξαγοράς που εκπροσωπούσε έναν άγνωστο ενδιαφερόμενο πελάτη. Μου τηλεφώνησε σήμερα το πρωί μια εταιρεία με το όνομα Intercontinental Acquisitions Incorporated, ή ΙΑΙ. Ο Ντίτερ δέχτηκε όλες τις άλλες κλήσεις και δεν θυμάμαι αν μου είπε το όνομα του καλούντος ή όχι. Υποθέτω ότι ήταν πάντα η ίδια εταιρεία κάθε φορά. Πιστεύω ότι η πρώτη από τις έρευνες αφορούσε μια πρόχειρη τιμή προσφοράς πεντακοσίων εκατομμυρίων και κάθε χρόνο περίπου όταν τηλεφωνούσαν, η προτεινόμενη προσφορά ήταν υψηλότερη από την προηγούμενη. Θυμάμαι καθαρά ότι λίγους μήνες πριν πυροβοληθεί ο Ντίτερ δέχτηκε ένα τηλεφώνημα όπου του πρότειναν ότι θα πλήρωναν ένα δισεκατομμύριο περίπου αν πουλούσε".

"Ουάου! Τόσα πολλά! Τι σκέφτηκε ο Ντίτερ για όλα αυτά;"

"Όπως γνωρίζετε, του άρεσε να κάνει έρευνα για νέα και βελτιωμένα προϊόντα ή εξαρτήματα. Τα χρήματα δεν είχαν τόση σημασία γι' αυτόν. Ερχόταν κάθε μέρα στη δουλειά για να παίξει στο τμήμα έρευνας, όχι για να πλουτίσει. Οι προσφορές τους περιλάμβαναν επίσης τον όρο να συνεχίσει να εργάζεται για τον νέο ιδιοκτήτη, ερευνώντας και εφευρίσκοντας νέα προϊόντα για έναν συμφωνημένο αριθμό ετών. Ο Ντίτερ μου είπε ότι δεν υπήρχε περίπτωση να ξαναδουλέψει για κανέναν άλλον.

Πιστεύω ότι τα περισσότερα από τα προηγούμενα τηλεφωνήματα ήταν συμπαθητικά και κατά κάποιο τρόπο ερωτήματα ψαρέματος, αλλά ο Ντίτερ σοκαρίστηκε από το γεγονός ότι το τελευταίο τηλεφώνημα για την προσφορά του ενός δισεκατομμυρίου δολαρίων έγινε λίγο άσχημο, επειδή η εταιρεία εξαγοράς δεν μπορούσε να πιστέψει ότι θα αρνιόταν μια προσφορά για ένα δισεκατομμύριο δολάρια. Το τηλεφώνημα που έλαβα σήμερα ήταν συμπαθητικό και μου εξήγησαν ότι κράτησαν την προσφορά τους στο ένα δισεκατομμύριο επειδή ο Ντίτερ δεν μπορούσε πλέον να εργάζεται σε εφευρέσεις για τον νέο ιδιοκτήτη.

"Δεν επιθυμώ να πάρω αποφάσεις σχετικά με το αν θα πρέπει να πουλήσουμε την εταιρεία. Αυτή ήταν η επιλογή του Ντίτερ και καθώς είστε τώρα ο κύριος μέτοχος, είναι δική σας απόφαση. Αν νομίζετε ότι μπορεί να θέλετε να τους πουλήσετε τότε θα πρέπει να κάνετε μια καλή συζήτηση με τον φορολογικό και εταιρικό μας δικηγόρο για να δείτε ποιες είναι οι συνέπειες και ποιες θα είναι οι διαδικασίες wi. Είπα στον καλούντα ότι η απόφαση δεν είναι δική μου και ότι θα διαβιβάσω τις πληροφορίες στο πρόσωπο ή στα πρόσωπα που θα αποφασίσουν αν θα πουλήσουν ή όχι".

"Δεν ξέρουν ότι είμαι ο μεγαλομέτοχος;"

"Οι ιδιωτικές εταιρείες δεν υποχρεούνται να αποκαλύπτουν την ιδιοκτησία των μετοχών τους. Αυτό όμως δεν το κρατάει πάντα μυστικό. Μπορεί να γνωρίζουν ή να υποψιάζονται ότι είστε εσείς".

"Αυτό είναι τρομακτικό. Ο Ντίτερ πυροβολήθηκε λίγους μήνες αφότου τσακώθηκε με την εταιρεία εξαγοράς, σωστά;"

"Δυστυχώς, ναι."

"Αυτό μπορεί να σημαίνει ότι είμαι η επόμενη στη λίστα τους αν δεν τους πουλήσω, σωστά;"

Ο Μάρσαλ αναστέναξε. "Υποθέτω ότι είναι μια

πιθανότητα, δυστυχώς, αλλά να έχετε υπόψη σας ότι ο πυροβολισμός και το δυσάρεστο τηλεφώνημα μπορεί να είναι απλώς μια ατυχής σύμπτωση".

"Ίσως. Θα πρέπει να το σκεφτώ αυτό, αλλά σας παρακαλώ κλείστε το τηλέφωνο και καλέστε αμέσως τον ντετέκτιβ Ζέλερτον και πείτε του όλα όσα μου είπατε μόλις τώρα. Τονίστε ότι ξαφνικά φοβάμαι για την ασφάλειά μου. Ας ελπίσουμε ότι θα μπορέσει να μάθει κάτι για την ΙΑΙ και ίσως ανακαλύψει τον πραγματικό λόγο για τον οποίο πυροβολήθηκε ο Ντίτερ, συμφωνείτε;"

"Είναι σίγουρα λογικό. Συγγνώμη που κατέληξα να σε αναστατώσω. Θα καλέσω τον Γκάρλαντ τώρα. Γεια σου γλυκιά μου".

"Αντίο."

Η Τσέλιαν έκλαιγε όταν ο Μελ έφτασε για το γεύμα και σιγά σιγά μέσα από τους λυγμούς και τα δάκρυά της μοιράστηκε όσα περισσότερα από τη συνομιλία της με τον Μάρσαλ μπορούσε να θυμηθεί.

26

Η Τσέλιαν πέρασε ένα δύσκολο Σαββατοκύριακο ψυχολογικά, καθώς άρχισε να φαντάζεται κάθε ξαφνικό θόρυβο ή την παραμικρή κίνηση που συνέβαινε με την άκρη του ματιού της ως επικείμενη απειλή. Συνέχισε τις βόλτες της με το Μελ και τις συναντήσεις με τους γείτονες, αλλά δεν ήταν ο συνηθισμένος της ζωηρός εαυτός.

Αν και δεν ήταν εύκολο, απέφυγε να κάνει το εβδομαδιαίο τηλεφώνημα στον ντετέκτιβ Ζέλλερτον μέχρι την Τετάρτη, για να δώσει λίγο περισσότερο χρόνο στους ερευνητές.

"Καλημέρα, Τσέλιαν. Πώς είναι η ζωή στην παραλία σήμερα;"

"Είναι μια τέλεια μέρα στην παραλία, αλλά δυστυχώς, με έχουν απορροφήσει οι ανησυχίες για το τηλεφώνημα του Μάρσαλ την περασμένη εβδομάδα. Υποθέτω ότι σας τηλεφώνησε γι' αυτό;"

"Ω, ναι. Και χαίρομαι που το έκανε, καθώς μας δίνει άλλο ένα στοιχείο για να ερευνήσουμε στην προσπάθειά μας να εξιχνιάσουμε τον πυροβολισμό του Ντίτερ".

"Ωραία. Βρήκες τίποτα;"

"Λίγο. Η Intercontinental Acquisitions Incorporated είναι μια νόμιμη και γενικά αξιοσέβαστη επιχείρηση που αναζητά μικρότερες εταιρείες για να τις αγοράσουν μεγαλύτεροι όμιλοι. Σε γενικές γραμμές, οι όμιλοι αυτοί επιδιώκουν να επεκταθούν σε ορισμένους τομείς της επιχείρησής τους ή σε νέες χώρες σε όλο τον κόσμο. Τα τηλεφωνήματα που δέχθηκαν ο Ντίτερ και ο Μάρσαλ από αυτούς δεν είναι ασυνήθιστα. Αυτή είναι η δουλειά τους. Το πιο άσχημο τηλεφώνημα που έλαβε ο Ντίτερ πριν από τους πυροβολισμούς μπορεί απλώς να ήταν ότι ο εκπρόσωπος της IAI είχε μια κακή μέρα".

"Καταλαβαίνω, αλλά μπορεί να ήταν και κάτι περισσότερο από αυτό, σωστά".

Υπήρξε μια στιγμή σιωπής. "Ναι, Τσέλιαν, είναι πιθανό, αλλά κατά την έμπειρη γνώμη μου είναι μάλλον απίθανο".

"Δεν κινδυνεύει η ζωή σου εδώ", είπε παλεύοντας με τα δάκρυα. "Μπορώ να έχω κάποια προστασία;"

"Είσαι πολύ έξω από τη δικαιοδοσία μου."

"Κι αν επιστρέψω στο Σπρίνγκφιλντ;"

"Ίσως, αλλά όχι πιθανό. Θα μπορούσα να ρωτήσω τον αρχηγό, αλλά δεν έχετε δεχτεί καμία απειλή, έτσι δεν είναι;"

"Όχι."

"Νομίζω ότι η φαντασία σου σε έχει κυριεύσει. Πρέπει να χαλαρώσεις και να σταματήσεις να ανησυχείς τόσο πολύ. Οι κίνδυνοι βρίσκονται στο μυαλό σου, όχι στην πραγματικότητα".

Η Τσέλιαν αναστέναξε. "Αλήθεια το πιστεύεις αυτό;"

"Ναι, πραγματικά το πιστεύω αυτό."

"Εντάξει, θα προσπαθήσω να μην το σκέφτομαι τόσο πολύ. Έχετε λάβει περισσότερες πληροφορίες από την αστυνομία της Σάρλοτ για τους αδελφούς Λονγκ;"

"Λίγο. Οι ντετέκτιβ της Σάρλοτ κατάφεραν να συνομιλήσουν με την πρόεδρο των συναντήσεων των Ανώνυμων Αλκοολικών στις οποίες συμμετείχαν οι αδελφοί Λονγκ. Ο Μπερτ ήταν ένας ήσυχος αλλά φρόνιμος συμμετέχων, ενώ ο Μπεν ήταν λίγο εχθρικός όταν πρωτοξεκίνησε να παρακολουθεί τις συναντήσεις. Υποθέτει ότι όσο περισσότερο κατάφερνε να μειώσει το ποτό του και, ως αποτέλεσμα, να συνηθίσει περισσότερο να είναι νηφάλιος, τόσο περισσότερο αποκτούσε μεγαλύτερο έλεγχο των συναισθημάτων του. Αυτό τον έκανε να συμπεριφέρεται καλύτερα. Ο Μπερτ παρακολουθούσε τακτικά τις εβδομαδιαίες συναντήσεις, αλλά ο Μπεν έχανε αρκετές από αυτές, περισσότερο νωρίτερα απ' ό,τι πρόσφατα. Άκουσε τον Μπερτ να λέει σε μια από τις κυρίες με τις οποίες έχει έρθει, ας πούμε, κοντά, ότι ο Μπεν είχε φύγει από την πόλη σε κάποιες από αυτές τις περιπτώσεις. Οι ντετέκτιβ της ζήτησαν να ελέγξει τα αρχεία παρουσιών και μία από αυτές τις χαμένες συναντήσεις συνέβη την εβδομάδα που πυροβολήθηκε ο Ντίτερ".

"Αυτό ακούγεται ελπιδοφόρο", σχολίασε η Τσέλιαν.

"Ναι, μας δίνει μεγαλύτερο κίνητρο να συνεχίσουμε να ψάχνουμε τις δραστηριότητες του Μπεν. Δυστυχώς, δεν έχουμε σημειώσει μεγάλη πρόοδο σε αυτό το θέμα, μέχρι στιγμής".

"Καταλαβαίνω. Έχετε κάτι άλλο;"

"Αυτά για σήμερα. Θυμηθείτε να προσπαθήσετε να χαλαρώσετε. Ειλικρινά, δεν νομίζω ότι κινδυνεύετε προς το παρόν".

"Τι εννοείτε με το "προς το παρόν";" είπε η Τσέλιαν, με τον πανικό να κυριεύει ξανά το σώμα της.

"Χαλάρωσε, Τσέλιαν. Χαλάρωσε. Θα σου εξηγήσω. Αν απορρίπτατε κατηγορηματικά την προσφορά της IAI όπως έκανε ο Ντίτερ, τότε ίσως να μπορούσατε να υποστηρίξετε ότι θα είχατε δικαίωμα να ανησυχείτε. Η συμβουλή μου, που δεν ζητήθηκε, θα ήταν να παίξεις με την IAI για λίγο υπονοώντας ότι εξετάζεις την προσφορά τους και να ελέγξεις πώς θα σε επηρεάσει με την εφορία ή οτιδήποτε άλλο. Εάν με κάποιο τρόπο ο δολοφόνος του Ντίτερ συνδέεται με τον υποψήφιο αγοραστή που εκπροσωπεί η IAI, τότε πιστεύω ότι είναι εξαιρετικά απίθανο να έχουν συμφέρον να σας βλάψουν. Από τη δική τους οπτική γωνία εδώ, θα ήταν πολύ πιο εύκολο να αγοράσουν το μερίδιό σας. Θα μπορούσαν να χρειαστούν πολλά χρόνια για να διευθετηθεί η περιουσία σας και ποιος ξέρει πόσο καιρό μετά από αυτό για να προσπαθήσετε να αγοράσετε τα κομμάτια από τους δικαιούχους σας. Σε χρειάζονται ζωντανό και αυτό μας δίνει περισσότερο χρόνο για να ερευνήσουμε την IAI και να δούμε τι άλλο μπορούμε να βρούμε για τον Μπεν. Βγάζεις νόημα;"

"Στην πραγματικότητα, αυτό με κάνει να αισθάνομαι λίγο καλύτερα. Σ' ευχαριστώ, Γκάρλαντ. Θα σε αφήσω να επιστρέψεις στη δουλειά σου τώρα και θα σου τηλεφωνήσω σε μία ή δύο εβδομάδες".

"Παρακαλώ. Αντίο για την ώρα".

"Αντίο."

Η Τσέλιαν κάλεσε αμέσως το κινητό τηλέφωνο του Μάρσαλ.

"Γεια σου, Τσέλιαν. Όλα καλά;"

"Αυτό εξαρτάται από τη στιγμή. Βρίσκομαι σε αναμμένα κάρβουνα μετά από το τηλεφώνημά σου την περασμένη εβδομάδα σχετικά με την IAI".

"Προσπάθησε να χαλαρώσεις, γλυκιά μου. Δεν νομίζω ότι κινδυνεύεις".

"Αυτό μου είπε ο Γκάρλαντ στο τηλέφωνο, αλλά είναι πιο εύκολο να το λες παρά να το κάνεις, πίστεψέ με. Τέλος πάντων, ο Γκάρλαντ είχε μια ενδιαφέρουσα πρόταση που νομίζω ότι θα με βοηθήσει να βγω για λίγο από το τρενάκι του τρόμου. Είχες νέα από την IAI ξανά;"

"Όχι."

"Ωραία. Ο Γκάρλαντ πιστεύει ότι πρέπει να κάνουμε την IAI να πιστέψει ότι εξετάζουμε την πρότασή τους, αν πάρουμε μία, τουλάχιστον ως τεχνική καθυστέρησης, ακόμη και αν δεν είμαστε σοβαροί. Αυτό δίνει σε αυτόν και στους ντετέκτιβ περισσότερο χρόνο για να ερευνήσουν την IAI και ένα άλλο στοιχείο που αποκαλύψαμε στη Σάρλοτ. Ξέρεις πολύ περισσότερα από μένα για το επιχειρηματικό κομμάτι των πραγμάτων, οπότε μπορείς να επικοινωνήσεις με τους αρμόδιους ειδικούς και να μάθεις πώς προτείνουν να προχωρήσουμε με αυτή την ιδέα. Αρχίζω να σκέφτομαι ότι η πώληση της επιχείρησης σε αυτούς μπορεί να είναι η σωτηρία της λογικής μου, αλλά ταυτόχρονα ένα μέρος του εαυτού μου μισεί την ιδέα. Τέλος πάντων, προχωρώντας σιγά-σιγά στη διαδικασία χωρίς υποσχέσεις προς την IAI κερδίζουμε πολύτιμο χρόνο και μαθαίνουμε τι είδους προσφορές θα λάβουμε σε περίπτωση που αποφασίσουμε να ακολουθήσουμε αυτόν τον δρόμο. Ήταν αυτό συνεκτικό;"

Ο Μάρσαλ γέλασε. "Ναι. Ξέρω ακριβώς τι θέλετε να κάνετε και θα το κάνω αμέσως. Θα είναι συνετό από την πλευρά μας να έχουμε εκπονήσει το σχέδιό μας πριν ξανακαλέσει η IAI, αλλά επίσης δεν έχω καμία πρόθεση να τους καλέσω πρώτα, παρόλο που έχω ένα όνομα και έναν αριθμό επικοινωνίας. Άφησέ το σε μένα, γλυκιά μου".

"Ευχαριστώ, Μάρσαλ. Πες γεια στη Μέλοντι από μένα. Αντίο."

"Θα το κάνω. Αντίο."

27

Το πρωί της Τρίτης η Τσέλιαν περίμενε με ανυπομονησία τον Μελ να περάσει από το εξοχικό του για ένα ορεκτικό πριν το γεύμα στην κρεβατοκάμαρα, όταν το κινητό της διέκοψε τις φαντασιώσεις της. Είδε ότι ήταν ο Μάρσαλ και υπέθεσε ότι είχε κάποια ενημέρωση για εκείνη σχετικά με την ΙΑΙ. "Καλημέρα, Μάρσαλ. Πώς είναι ο υπέροχος κόσμος του Σπρίνγκφιλντ σήμερα;"

"Θα έλεγα ότι απέχει πολύ από το να είναι υπέροχο. Έχετε παρακολουθήσει τα νέα του Σπρίνγκφιλντ, ενώ απολαμβάνετε τη ζεστή άμμο της παραλίας;"

"Αποκλείεται. Τι συμβαίνει;"

"Αργά χθες το βράδυ, ο Ντανκ Σάτερ σκοτώθηκε από έναν ελεύθερο σκοπευτή κάτω από τρομακτικά παρόμοιες συνθήκες με τον πυροβολισμό του Ντίτερ."

"Θεέ μου! Σοβαρά μιλάτε; Φυσικά και μιλάς. Ξέρω ότι ποτέ δεν θα με πείραζες με κάτι τέτοιο. Τι ξέρεις εσύ;"

"Δούλευε μέχρι αργά για κάτι στο γραφείο του και όταν έφυγε για να πάει στο αυτοκίνητό του πυροβολήθηκε στο κεφάλι, προφανώς από απόσταση, όπως ακριβώς και ο Ντίτερ. Αυτό είναι λίγο πολύ το μόνο που γνωρίζουν, ή ίσως θα έπρεπε να πω ότι αυτό είναι το μόνο που δίνει στη δημοσιότητα η αστυνομία αυτή τη στιγμή".

"Αυτό είναι τρομερό και η ομοιότητα των δύο πυροβολισμών είναι αλλόκοτη".

"Δεν άκουγα εγώ ο ίδιος, αλλά προφανώς η φλυαρία στα τηλεφωνικά talk shows αγγίζει τα όρια της υστερίας, υποθέτοντας γιατί δύο από τους πιο σεβαστούς και πλούσιους πολίτες του Σπρίνγκφιλντ θα πυροβολούνταν με παρόμοιο τρόπο σε λιγότερο από έξι μήνες. Ακούστε με τώρα. Δεν έχετε κανένα λόγο να ξαναμπείτε στο τρενάκι του λούνα παρκ. Δεν μου άρεσε να σου τηλεφωνήσω και να σου το πω, αλλά αποφάσισα ότι ήταν καλύτερο να μάθεις τα νέα από εμένα και όχι από κάποιους φίλους σου που μπορεί να εξωραΐσουν την εκδοχή τους με φανταστικές εικασίες. Ήξερα ότι δεν θα αργούσε να σου τηλεφωνήσει κάποιος. Καλύτερα εγώ παρά εκείνοι".

"Ναι. Καταλαβαίνω και συμφωνώ. Σας ευχαριστώ. Γιατί νομίζω ότι θα μπορούσα να είμαι η επόμενη;" ρώτησε παλεύοντας με τα δάκρυα.

"Τώρα, τώρα! Σταμάτα το αυτό. Τα είπαμε όλα αυτά την προηγούμενη εβδομάδα. Και οι δύο πυροβολισμοί έγιναν εδώ στο Σπρίνγκφιλντ. Δεν έχω ιδέα αν υπάρχει κάποια σχέση μεταξύ των δύο, παρόλο που οι συνθήκες ήταν παρόμοιες. Δεν μπορώ να καταλάβω πώς οι δύο πυροβολισμοί συνδέονται με το ΙΑΙ, αλλά αυτό θα πρέπει να το καταλάβει ο Γκάρλαντ. Μείνε εκεί στην παραλία".

"Σίγουρα. Έχεις τίποτα καινούργιο σχετικά με το ενδιαφέρον του ΙΑΙ;"

"Στην πραγματικότητα, ναι. Ο φορολογικός μας δικηγόρος έχει καταρτίσει έναν κατάλογο με έξι πολύ αξιόλογες αμερικανικές λογιστικές και ελεγκτικές εταιρείες, τον οποίο θα παραδώσω στον εκπρόσωπο της ΙΑΙ όποτε -ή αν ποτέ- ξανακαλέσει κάποιος. Ο φορολογικός μας δικηγόρος μου είπε να μην επιτρέψω στην IAI ή σε οποιονδήποτε άλλον να έχει πρόσβαση στα οικονομικά μας αρχεία. Αν θέλουν να ελέγξουν τα βιβλία μας, και πιθανότατα θα το κάνουν, τότε αυτό θα γίνει μόνο αν επιλέξουν μία από τις εταιρίες του καταλόγου μας. Αν δεν τους αρέσει, τότε δεν μας ενδιαφέρει να ακούσουμε καμία από τις προσφορές τους, εκτός αν μου πείτε το αντίθετο".

"Μου ακούγεται καλό".

"Επίσης, ζήτησα από τον φορολογικό μας δικηγόρο να ερευνήσει την IAI, ώστε να μάθουμε περισσότερα γι' αυτήν πριν αρχίσουν πιθανές διαπραγματεύσεις... αν αρχίσουν. Ξέρω ότι ο Τζέραλντ θα τους ελέγξει επίσης, αλλά το ενδιαφέρον του μάλλον θα περιοριστεί σε πιθανή εγκληματική δραστηριότητα. Από την άλλη πλευρά, το ενδιαφέρον μας πρέπει οπωσδήποτε να συμπεριλάβει τις επιχειρηματικές τους συναλλαγές, καθώς και τις επιχειρηματικές συναλλαγές του ακόμα αγνώστου, πιθανού αγοραστή τους".

"Μου αρέσει. Καλή δουλειά."

"Σας ευχαριστώ. Έχετε άλλες ερωτήσεις τώρα πριν κλείσω;"

Η Τσέλιαν βασάνισε για λίγα δευτερόλεπτα το μυαλό της, αλλά δεν βρήκε άλλες ερωτήσεις. "Δεν μπορώ να σκεφτώ κάτι άλλο αυτή τη στιγμή. Απλά ενημέρωσέ με αν ακούσεις κάτι σημαντικό".

"Το ξέρεις ότι θα το κάνω. Θα τα πούμε σύντομα, γλυκιά μου".

Η Τσέλιαν ενημέρωσε τον Μελ για τα νέα του Μάρσαλ όταν έφτασε για μεσημεριανό γεύμα. "Εντάξει, κύριε συγγραφέα αστυνομικών μυστηρίων, τι θα έλεγες να μου δώσεις την άποψή σου για όλα αυτά. Ήταν πολύ πιο απλό όταν είχαμε μόνο τους αδελφούς Λονγκ ως υπόπτους. Τώρα έχουμε φτάσει σε τουλάχιστον τρεις και έχω ένα απαίσιο προαίσθημα ότι είμαι μπλεγμένος στη μέση όλων αυτών".

"Τα αστυνομικά μυστήρια δεν είναι ποτέ απλά,

αλλιώς δεν θα ήταν μυστήρια. Εντάξει, ας ξεκινήσουμε με τον εκτελεστή του Ντανκ Σάτερ. Αν το ίδιο άτομο πυροβόλησε τον Ντίτερ και τον Ντανκ, τότε αυτό μάλλον αποκλείει τους αδελφούς Λονγκ. Αν και αν ο Μπεν είναι τώρα ουσιαστικά νηφάλιος και έχει γίνει ελεύθερος σκοπευτής, τότε μπορεί να είναι ακόμα ένας πιθανός ύποπτος. Είναι απίθανο η ΙΑΙ ή ο υποψήφιος αγοραστής της Τεχνολογίες Ντίτερ να είχε προσλάβει αυτόν τον ελεύθερο σκοπευτή και στις δύο περιπτώσεις. Αλλά αν ο υποψήφιος αγοραστής ενδιαφερόταν επίσης για την κατασκευαστική εταιρεία του Σάτερ, τότε παραμένει πιθανό ότι θα μπορούσαν να εμπλέκονται.

"Τώρα, ο σκοπευτής του Ντανκ και ο σκοπευτής του Ντίτερ μπορεί να μην είναι απαραίτητα το ίδιο πρόσωπο. Μερικές φορές διαταραγμένα μυαλά αποφασίζουν να παίξουν το παιχνίδι της αντιγραφής. Θα μπορούσαν εύκολα να μάθουν από τις αναφορές των μέσων ενημέρωσης τις λεπτομέρειες σχετικά με τον πυροβολισμό του Ντίτερ και να αποφασίσουν να κάνουν να φανεί ότι ο ίδιος δράστης εμπλέκεται και στους δύο πυροβολισμούς στο Σπρίνκφιλντ, για οποιονδήποτε λόγο που μόνο αυτοί γνωρίζουν. Αν αυτό το άτομο βρίσκει την ευχαρίστησή του από την πρόκληση πανικού, μάλλον το έχει ήδη πετύχει. Οι περισσότεροι κατά συρροή δολοφόνοι εμπίπτουν στην κατηγορία των διαταραγμένων μυαλών, νομίζω".

Ο Μελ έκανε μια παύση και πήρε μια βαθιά ανάσα πριν συνεχίσει. "Αν ο Μπερτ Λονγκ ήθελε να εκτελέσει τον Ντίτερ επειδή, κατά τη γνώμη του τουλάχιστον, του έκλεψε τη Σαρλότ ή έστω του την έκρυψε, τότε δεν θα έπρεπε να υπάρχει κανένας λόγος για τους Λονγκ να θέλουν να εξοντώσουν τον Ντανκ, εκτός αν ο νηφάλιος Μπεν έχει γίνει ελεύθερος σκοπευτής επί πληρωμή. Κοιτάζοντας την ΙΑΙ ή τον υποψήφιο αγοραστή, αν δεν έχουν προσπαθήσει ανεπιτυχώς να αγοράσουν και τις δύο επιχειρήσεις, τότε μάλλον δεν εμπλέκονται τουλάχιστον στον πυροβολισμό του Σάτερ. Βγάζεις νόημα;"

"Ποιος ξέρει; Υπάρχουν πολλά τι-αν εκεί μέσα".

"Δεν θα ήταν μυστήριο αν δεν υπήρχε. Η αστυνομία θα συγκεντρώσει τις πληροφορίες της για τους πυροβολισμούς στο Σάτερ, οι οποίες πιθανότατα θα περιορίσουν τις πιθανότητες. Ας ελπίσουμε ότι θα μπορέσουν να λάβουν μια καλή βαλλιστική έκθεση και από τις δύο μοιραίες σφαίρες. Μπορεί να προέρχονται ή να μην προέρχονται από το ίδιο όπλο. Ακόμα και αν είναι από το ίδιο όπλο μπορεί να υπάρχουν δύο διαφορετικοί δράστες. Οι εγκληματίες μπορούν να νοικιάσουν ή να δανειστούν όπλα κάτω από τον πάγκο από κάποιους υποτιθέμενους νόμιμους εμπόρους όπλων και στον υπόγειο κόσμο. Σίγουρα δεν μιλάω για όλους τους σκοπευτές τώρα. Ακόμα οι μισθωμένοι δολοφόνοι είναι δύσκολο να εντοπιστούν και αλλάζουν σκόπιμα το μοτίβο των ενεργειών τους για να είναι πιο δύσκολο να τους εντοπίσει κανείς. Ξέρω ότι δεν θέλεις να το ακούσεις αυτό, αλλά μην εκπλαγείτσαν αυτοί οι πυροβολισμοί δεν εξιχνιαστούν ποτέ".

"Αστειεύεσαι, έτσι;"

"Όχι."

28

Αφού έλαβε το συγκλονιστικό τηλεφώνημα από τον Μάρσαλ σχετικά με τον πυροβολισμό του Ντανκ Σάτερ, η Τσέλιαν ανέβαλε το επόμενο τηλεφώνημά της στον ντετέκτιβ Γκάρλαντ Ζέλερτον για άλλη μια εβδομάδα, γνωρίζοντας πολύ καλά ότι ο Γκάρλαντ και οι ντετέκτιβ του θα ήταν απασχολημένοι σαν το ποντίκι της εκκλησίας σε τυροκομείο, προσπαθώντας να συγκεντρώσουν όσες περισσότερες πληροφορίες μπορούσαν για τους δύο εκπληκτικά παρόμοιους πυροβολισμούς στο Σπρίνγκφιλντ.

"Καλημέρα. Αστυνομικό Τμήμα του Σπρίνγκφιλντ. Πώς μπορώ να κατευθύνω την κλήση σας;"

"Τον ντετέκτιβ Ζέλερτον, παρακαλώ."

"Ποιος μπορώ να πω ότι σας καλεί;"

"Τσέλιαν Μόρισον."

"Θα δω αν μπορώ να τον εντοπίσω για σας, κυρία Μόρισον. Ήταν πολύ ταραχώδης-τρελή η κατάσταση εδώ την τελευταία εβδομάδα".

"Καταλαβαίνω. Σας ευχαριστώ".

Η Τσέλιαν δεν παρακολουθούσε συγκεκριμένα τον χρόνο, αλλά υπολόγισε ότι περίμενε στην ουρά για πάνω από πέντε λεπτά. "Γεια σου, Τσέλιαν. Συγγνώμη για την καθυστέρηση, αλλά ήμουν στη μέση μιας δουλειάς που έπρεπε να τελειώσω".

"Κανένα πρόβλημα. Αν είστε πολύ απασχολημένος, μπορώ να σας ξαναπάρω σε μια εβδομάδα".

"Μπορώ να διαθέσω λίγα λεπτά. Εξάλλου, πρέπει να σας κάνω και εγώ μερικές ερωτήσεις".

"Εντάξει. Ποιος είναι πρώτος;"

"Θα πάω πρώτος πριν ξεχάσω τι ήθελα να σε ρωτήσω. Έχω εκατό πράγματα στο μυαλό μου αυτή τη στιγμή και ξέρω ότι προσωρινά χάνω την επαφή με κάποια από αυτά, τακτικά. Υποθέτω ότι έχετε ακούσει για τον Ντάνκαν Σάτερ".

"Ναι, ο Μάρσαλ τηλεφώνησε το πρωί της Τρίτης μετά το συμβάν. Τι κρίμα".

"Σύμφωνοι. Πόσο καλά γνωρίζατε με τον Ντίτερ τον Ντάνκαν;"

"Όχι και τόσο καλά. Σίγουρα δεν ήμασταν στενοί φίλοι με τον Ντανκ και τη Σοφία, αλλά τους βλέπαμε πού και πού σε γκαλά και άλλες δημόσιες εκδηλώσεις. Ο Ντίτερ γνώριζε τον Ντανκ λίγο καλύτερα, τουλάχιστον τα προηγούμενα χρόνια. Πιθανότατα γνωρίζετε ότι η κατασκευαστική εταιρεία του Ντανκ έχτισε το εργοστάσιό μας στο Σπρίνγκφιλντ πριν από περίπου είκοσι χρόνια. Στη συνέχεια, έχτισαν επίσης την προσθήκη σε αυτό πριν από περίπου δέκα χρόνια για τα κεντρικά γραφεία της εταιρείας. Απ' όσο γνωρίζω, ο Ντίτερ δεν έκανε μικροελέγχους σε κανένα από τα κατασκευαστικά έργα, επειδή είχε απόλυτη εμπιστοσύνη στη δουλειά του Ντανκ. Ποτέ δεν άκουσα τον Ντίτερ να παραπονιέται για οτιδήποτε αφορούσε οποιοδήποτε από τα δύο κατασκευαστικά έργα".

"Ο Ντίτερ και ο Ντάνκαν συμμετείχαν σε οποιαδήποτε επιχειρηματική δραστηριότητα μαζί, εκτός από τα δύο κατασκευαστικά σας έργα, ας πούμε ίσως να δανείζονταν χρήματα ή να έπαιρναν υποθήκη σε νέες κατασκευές όπου ένα άλλο μέρος χρειαζόταν εξωτερική χρηματοδότηση;"

"Δεν θυμάμαι να έχω ακούσει ποτέ κάτι τέτοιο. Είμαι σίγουρος ότι ο Μάρσαλ θα ξέρει περισσότερα γι' αυτό το θέμα από μένα. Θέλεις να τον ρωτήσω για σένα ή προτιμάς να το ελέγξεις από πρώτο χέρι;"

"Θα μιλήσω μαζί του όταν μου δοθεί η ευκαιρία. Μπορεί να έχω κάποιες άλλες ερωτήσεις γι' αυτόν μέχρι τότε, ούτως ή άλλως".

"Εντάξει."

"Ξέρετε από ποιον αγόρασε ο Ντίτερ ή ο Ντάνκαν τη γη για να χτίσετε το εργοστάσιό σας;"

"Δεν έχω ιδέα. Αν ήξερα ποτέ, το έχω ξεχάσει προ πολλού. Αυτό είναι ένα άλλο θέμα για να το απαντήσει ο Μάρσαλ".

"Υπέροχα. Αυτά ήθελα να σας ρωτήσω προς το παρόν, οπότε είμαι σίγουρος ότι θα θέλατε να μάθετε αν έχουμε αποκαλύψει περισσότερες πληροφορίες σχετικά με τον πυροβολισμό του Ντίτερ".

"Σίγουρα."

"Φοβάμαι ότι ακόμα δεν έχω πολλά για εσάς αυτή την εβδομάδα. Επικεντρώσαμε τον χρόνο μας κυρίως στους πυροβολισμούς του Ντάνκαν σε αντίθεση με τον Ντίτερ, εκτός αν υπήρχε πιθανή σύνδεση μεταξύ των δύο. Δεν έχω τίποτα καινούργιο από την αστυνομία της Σάρλοτ για τον Μπεν Λονγκ και τίποτα καινούργιο για την ΙΑΙ. Έχουμε κάτι ενδιαφέρον σχετικά με τους δύο πυροβολισμούς, αλλά οι πληροφορίες δεν έχουν δημοσιοποιηθεί, οπότε μάλλον δεν θα έπρεπε να σας διαρρεύσω πολλά. Έχουμε τώρα τις βαλλιστικές δοκιμές για τις δύο σφαίρες και επιτρέψτε μου να πω ότι δεν μάθαμε αυτό που περιμέναμε να μάθουμε από τις δοκιμές. Σε παρακαλώ, αυτό να μείνει μεταξύ μας, εντάξει;".

"Θα το κάνω, το υπόσχομαι".

"Υπέροχα. Ελπίζω να μπορώ να μοιραστώ μαζί σας

περισσότερα την επόμενη εβδομάδα ή σύντομα, αλλά προς το παρόν προσπαθούμε ακόμα να ενώσουμε τα κομμάτια του παζλ και μας λείπουν πάρα πολλά κομμάτια για να έχουμε ακόμα μια σαφή εικόνα. Υπάρχει κάτι άλλο που θα θέλατε να ρωτήσετε πριν επιστρέψω στο ντετέκτιβ;"

Η Τσέλιαν γέλασε. "Μου αρέσει αυτή η λέξη. Ευχαριστώ για τον χρόνο σας. Θα σου τηλεφωνήσω σε μια ή δύο εβδομάδες, εκτός αν προκύψει κάτι νωρίτερα. Αντίο προς το παρόν".

"Αντίο, Τσέλιαν."

Η Τσέλιαν ενημέρωσε το Μελ για τη συνομιλία της με τον Γκάρλαντ κατά τη διάρκεια του γεύματος, αφού απόλαυσαν το συνηθισμένο τους ορεκτικό πριν από το γεύμα στην κρεβατοκάμαρα.

29

Το πρωί της Παρασκευής, η Τσέλιαν περίμενε με ανυπομονησία τον Μελ να σταματήσει να δουλεύει το μυθιστόρημά του και να πάει στο εξοχικό της για μεσημεριανό γεύμα, όταν χτύπησε το τηλέφωνό της. Είδε ότι ήταν ο Μάρσαλ. "Γεια σου, Μάρσαλ. Πώς πάνε τα πράγματα στο Σπρίνγκφιλντ;"

"Καυτό. Συνήθως φυσάει καλό αεράκι στην παραλία;"

"Όταν φυσάει από τα ανατολικά ή τα δυτικά ή πάνω από τη λίμνη είναι συχνά υπέροχο, αλλά όταν έρχεται πάνω από τη στεριά είναι σαν το Σπρίνκφιλντ με τον ζεστό καιρό".

"Ακούγεται σαν να κερδίζεις τρεις στις τέσσερις φορές. Πολύ καλύτερες πιθανότητες εκεί παρά εδώ".

"Αλήθεια. Εντάξει, αρκετά με τον καιρό. Ξέρω ότι δεν μου τηλεφώνησες για να μιλήσουμε για τον καιρό. Τι κάνεις σήμερα;"

"Έχω κάποια νέα για την ΙΑΙ. Δεν ήμουν σίγουρος αν θα σου τηλεφωνούσα καν, αλλά η συνείδησή μου δεν σταματούσε να μου γκρινιάζει μέχρι να το κάνω".

Η Τσέλιαν αναστέναξε. "Αυτό δεν ακούγεται πολύ καλό."

"Δεν θέλω να αρχίσεις πάλι να ανησυχείς, γι' αυτό

υποσχέσου μου ότι θα ακούσεις όλα όσα έχω να σου πω πριν βγάλεις βιαστικά συμπεράσματα, εντάξει;"

"Ίσως θα έπρεπε να παραλείψουμε αυτή τη συζήτηση εντελώς;"

"Εντάξει. Αντίο."

Η Τσέλιαν κάθισε. "Περίμενε, εσύ. Δεν πρόκειται να ξεφύγεις με αυτό. Πλάκα έκανα".

"Κι εγώ το ίδιο, γλυκιά μου. Εντάξει, άκου όλη την ιστορία, το υπόσχεσαι;"

"Το υπόσχομαι. Έξω με αυτό".

"Ο φοροτεχνικός μας, που δεν είναι τόσο πλούσιος όσο εσείς, αλλά μάλλον δεν απέχει και πολύ από εσάς, έχει επενδύσει πολλά χρήματα - με επιτυχία θα μπορούσα να προσθέσω - στο χρηματιστήριο. Ισχυρίζεται ότι έχει τον καλύτερο χρηματιστηριακό σύμβουλο στον κόσμο, οπότε ζήτησε από τον σύμβουλό του να εξετάσει την ΙΑΙ. Τα καλά νέα είναι ότι η ΙΑΙ είναι ένας νόμιμος, ιδιαίτερα συνιστώμενος, διεθνής χρηματιστής εξαγορών. Έχουν οργανώσει πολλές συμφωνίες πολλών δισεκατομμυρίων δολαρίων. Μερικές από αυτές τις συμφωνίες έχουν γίνει για αγοραστές από την Κίνα. Πιθανότατα γνωρίζετε ήδη ότι οι κινεζικές εταιρείες καταβροχθίζουν πολλές ξένες εταιρείες, συμπεριλαμβανομένων των εταιρειών εκμετάλλευσης ακινήτων".

"Ναι, το έχω ακούσει αυτό. Οπότε, είναι μια κινεζική εταιρεία που θέλει την Τεχνολογίες Ντίτερ ;"

"Αυτό δεν το ξέρουμε ακόμα."

"Εντάξει, αυτό δεν πρόκειται να ανεβάσει την πίεσή μου, αλλά γιατί υποψιάζομαι ότι θα ακολουθήσουν κι άλλα;"

"Είσαι πολύ έξυπνος για τα καλά σου. Εδώ έρχονται τα κακά νέα, αλλά επιτρέψτε μου πρώτα να τονίσω και πάλι ότι τα κακά νέα είναι πολύ πιθανό να μην έχουν καμία επίδραση σε εμάς ή στην πιθανή συμφωνία μας με την ΙΑΙ, ωστόσο υπάρχει πάντα μια μικρή πιθανότητα να έχουν. Ακούστε. Ορισμένες πολύ πλούσιες ομάδες της κινεζικής μαφίας ξεπλένουν παράνομα αποκτηθέντα μετρητά σε νόμιμες εταιρείες. Μπορούν να το κάνουν απλά αγοράζοντας μετοχές στο χρηματιστήριο και συνεχίζοντας να αγοράζουν τις μετοχές μιας εταιρείας μέχρι να συγκεντρώσουν ένα αρκετά μεγάλο ποσοστό που θα τους επιτρέψει να έχουν κάποια επιρροή ή έλεγχο στην εταιρεία. Οι μαφίες δεν μπορούν να το κάνουν αυτό άμεσα φυσικά, αλλά έχουν εξαγοράσει, δωροδοκήσει, απειλήσει ή οτιδήποτε άλλο πλούσιους Κινέζους κατοίκους για να τους καλύψουν, ώστε ακόμη και η κινεζική κυβέρνηση να μην γνωρίζει τι συμβαίνει ή να μην αφήνει να εννοηθεί ότι γνωρίζει τι συμβαίνει.

"Αυτές οι κινεζικές εταιρείες στις οποίες επενδύθηκαν τα χρήματα που ξεπλύθηκαν με ξέπλυμα, στη συνέχεια γυρίζουν και συχνά επενδύουν σε άλλες εταιρείες, αγοράζοντας τις μετοχές τους στο χρηματιστήριο. Ή μπορούν να κάνουν προσφορές για την αγορά ιδιωτικών εταιρειών όπως η Τεχνολογίες Ντίτερ . Υπάρχει πιθανώς λιγότερο από ένα τοις εκατό πιθανότητα η επιχείρηση που ενδιαφέρεται για την Τεχνολογίες Ντίτερ να υποστηρίζεται από χρήματα της κινεζικής μαφίας. Θα έχουμε μια καλύτερη ιδέα για το αν είναι καν δυνατόν όταν μάθουμε ποιος είναι ο μνηστήρας της Τεχνολογίες Ντίτερ. Ελπίζω να καταλαβαίνετε γιατί ήμουν απρόθυμος να σας τα αναφέρω όλα αυτά ακόμη και τώρα, αλλά αν καταλήξουμε στην ομάδα του 1%, δεν ήθελα να σας σοκάρω με τα νέα όταν εξετάζαμε σοβαρά την προσφορά τους ... αν ποτέ έρθει προσφορά. Τα παρακολούθησες όλα αυτά;"

"Έτσι νομίζω. Υπάρχει μια μικρή πιθανότητα ο μνηστήρας της Τεχνολογίες Ντίτερ να χρηματοδοτείται έμμεσα από χρήματα της κινεζικής μαφίας. Αλλά δεν θα έχουμε ιδέα αν αυτό είναι καν δυνατό μέχρι να μάθουμε ποιος είναι ο αγοραστής".

"Σωστά."

"Και αν καταλήξουμε να πουλήσουμε ολόκληρη την εταιρεία μας στον αγοραστή, δεν θα μας ενδιαφέρει καν από πού προήλθαν τα χρήματά τους, επειδή θα είναι νόμιμα χρήματα από μια πιθανώς εισηγμένη στο χρηματιστήριο εταιρεία, σωστά;"

"Σωστά."

"Αλλά αν αποδειχθεί ότι ο αγοραστής της Τεχνολογίες Ντίτερ στηρίζεται στην πραγματικότητα έμμεσα από χρήματα της κινεζικής μαφίας, τότε υπάρχει πιθανότητα η κινεζική μαφία να έχει οργανώσει τον πυροβολισμό του Ντίτερ. Και αν απορρίψω την προσφορά τους θα μπορούσα να είμαι ο επόμενος στόχος τους", ξεστόμισε η Τσέλιαν καθώς ξέσπασε σε κλάματα.

Ο Μελ μπήκε από την πίσω πόρτα εκείνη τη στιγμή και σοκαρισμένη βρήκε την Τσέλιαν να κλαίει πάλι με λυγμούς. Όταν έτρεξε προς το μέρος της, εκείνη του έδωσε το τηλέφωνό της, λέγοντας μόνο "Μάρσαλ", και όρμησε επάνω με ταχύτητα τυφώνα.

"Γεια σου, Μάρσαλ, ο Μελ είμαι. Μόλις πέρασα από το εξοχικό μου και τη βρήκα να κλαίει πάλι με λυγμούς. Τι συμβαίνει;"

Ο Μάρσαλ έδωσε στον Μελ μια σύντομη εκδοχή της συνομιλίας του με την Τσέλιαν. "Όπως της είπα, υπάρχει μια πολύ μικρή πιθανότητα αυτή να είναι η κατάσταση με τον αγοραστή της ΙΑΙ για την Τεχνολογίες Ντίτερ, αλλά δεν θα μπορούσα με καλή συνείδηση να της αποκρύψω την πληροφορία και μετά να χρειαστεί να της την ανακοινώσω εν μέσω διαπραγματεύσεων, αν ποτέ προκύψουν. Μπορείς να προσπαθήσεις να την πείσεις ότι δεν αξίζει να το μαζέψεις τώρα, επειδή πιθανότατα δεν θα εξελιχθεί έτσι;".

"Θα βάλω τα δυνατά μου. Στο παρελθόν έχει λυγίσει και κλαίει με λυγμούς στον ώμο μου μερικές φορές".

"Γυναίκες. Ποτέ δεν ξεμένουν από εκπλήξεις για εμάς τους άντρες, έτσι δεν είναι;"

Στο μυαλό του Μελ πέρασε η ανάμνηση του συγκλονιστικού αιτήματος της Τσέλιαν για ένα Σαββατοκύριακο με σεξ μαζί του. "Μπορώ να το ψηφίσω αυτό, φίλε μου. Έτρεξε επάνω στο δωμάτιό της αφού μου έδωσε το τηλέφωνο. Θα πάω επάνω και θα της προσφέρω τον ώμο μου για να κλάψει για άλλη μια φορά. Τελικά της τελειώνει το νερό και οι λυγμοί σταματούν. Υπάρχει κάτι άλλο που πρέπει να ξέρω;"

"Χαίρομαι που μου το υπενθύμισες. Πες της, σε παρακαλώ, όταν ηρεμήσει, ότι παρέδωσα στον ντετέκτιβ Ζέλλερτον τις πληροφορίες σχετικά με την αγορά της γης στο Σπρίνγκφιλντ, όπου βρίσκεται σήμερα η Τεχνολογίες Ντίτερ ".

"Θα το κάνω. Ευχαριστώ, Μάρσαλ".

"Αντίο."

Ο Μελ ανέβηκε αθόρυβα τις σκάλες και άνοιξε απαλά την πόρτα της κρεβατοκάμαράς τους. Η Τσέλιαν ήταν μπρούμυτα στο κρεβάτι και μυξοκλαίει, αλλά προφανώς είχε τελειώσει με το μεγαλύτερο μέρος των λυγμών χωρίς να χρειάζεται τον έμπιστο ώμο του.

Ανέβηκε στο κρεβάτι δίπλα της και την κράτησε σφιχτά στην αγκαλιά του. "Όλα θα πάνε καλά, αγάπη μου. Όλα θα πάνε καλά."

30

Περιμένοντας υπομονετικά το επόμενο πρωινό της Παρασκευής την άφιξη του Μελ για το καθημερινό τους γεύμα, η Τσέλιαν αποφάσισε ότι θα μπορούσε να κάνει το εβδομαδιαίο τηλεφώνημα στον ντετέκτιβ Ζέλερτον.

"Καλημέρα, Τσέλιαν. Πώς είναι η ζωή στην παραλία σήμερα;"

"Καυτή. Ήταν τέλεια στην πρωινή μας βόλτα, αλλά είναι αρκετά ζεστά τώρα, καθώς δεν υπάρχει κανένα σύννεφο που να μας δίνει ένα διάλειμμα από την ηλιοφάνεια. Φαίνεται ότι θα είναι μια μέρα μέσα στο σπίτι μέχρι να κρυώσει το βράδυ".

"Τουλάχιστον δροσίζει για σένα. Με αυτόν τον αποπνικτικό καιρό, ακόμα και τα βράδια δεν είναι πολύ πιο δροσερά από τις μέρες".

"Θυμάμαι κάποιες από εκείνες τις μέρες, πιστέψτε με. Ξέρω ότι πιθανότατα είσαι απασχολημένος, οπότε θα βγω και θα ρωτήσω αν έχεις κάποια ενημέρωση για μένα".

"Λοιπόν, δεν θέλω να γρουσουζέψω τον εαυτό μου, αλλά νομίζω ότι μπορεί να έχουμε μια τυχερή ευκαιρία".

"Μη σταματάς τώρα. Έχεις την απόλυτη προσοχή μου".

"Σας είπε ο Μάρσαλ ότι μπόρεσε να μου δώσει

πληροφορίες σχετικά με την αρχική αγορά της γης όπου βρίσκεται σήμερα η Τεχνολογίες Ντίτερ εδώ στο Σπρίνγκφιλντ;"

"Έμμεσα. Είπε στον Μελ Χαλντέιν ότι σας έδωσε αυτές τις πληροφορίες και ο Μελ το είπε σε μένα. Αλλά ο Μάρσαλ στην πραγματικότητα δεν είπε στον Μελ ποιος ήταν ο πωλητής. Ποιος ήταν;"

"Ο Ντάνκαν Σάτερ έψαχνε για την κατάλληλη τοποθεσία, κατόπιν αιτήματος του Ντίτερ, για το νέο κτίριο του Ντίτερ και αποφάσισε ότι ο σημερινός χώρος ήταν ο τέλειος. Μπορεί να γνωρίζετε ή να μην γνωρίζετε ότι υπάρχουν δέκα στρέμματα γης εκεί. Ανήκε τότε σε ένα ζευγάρι Γερμανών μεταναστών με το όνομα Κλάους και Όλγα Ράινχαρντ. Ο Clause είχε δουλέψει σκληρά μετά την εγκατάστασή του στο Σπρίνγκφιλντ και αποταμίευσε τα χρήματά του αφού βρήκε δουλειά σε εργοστάσιο. Το ζευγάρι αποταμίευσε αρκετά με την πάροδο του χρόνου για να αγοράσει τα δέκα στρέμματα γης τότε που δεν ήταν πολύ ακριβά. Καλλιεργούσαν μόνοι τους το μικρό στρέμμα- παρήγαγαν αρκετά φρέσκα λαχανικά για τις ανάγκες τους και πολλά άλλα που μπορούσαν να πουλήσουν στους γείτονες ή στα καταστήματα της πόλης. Με τον καιρό, έχτισαν ένα μικρό σπίτι στην ιδιοκτησία και ήταν πολύ ευτυχισμένοι στο νέο τους σπίτι στη νέα τους πατρίδα. Είχαν έναν γιο που ονόμασαν Ουάσινγκτον.

"Ο Ντάνκαν προσέγγισε τους Ράινχαρντ για την αγορά της γης τους. Δεν είχαν καν σκεφτεί ποτέ να πουλήσουν τη γη και πραγματικά δεν ενδιαφέρονταν και πολύ να το κάνουν, αλλά ο Ντάνκαν δεν θα το αρνιόταν. Τους είπε ότι θα μπορούσε να τους χτίσει ένα μεγαλύτερο νέο σπίτι στην πόλη σε αντάλλαγμα για τα δέκα στρέμματά τους. Αυτό προφανώς τράβηξε την προσοχή τους. Έκαναν μια συμφωνία. Ο Ουάσινγκτον ήταν έφηβος τότε και προφανώς δεν ήθελε οι γονείς του να πουλήσουν τη γη, υποτίθεται επειδή τη θεωρούσε τελικά δική του, ως το μοναχοπαίδι τους. Ο Ουάσινγκτον δεν ήταν καθόλου ευχαριστημένος με τον Ντάνκαν, καθώς κατηγορούσε τον Ντάνκαν ότι έπεισε τους γονείς του να πουλήσουν. Φέρεται να εκστόμισε κάποιες απειλές σε έξαλλη κατάσταση. Καταφέραμε να λάβουμε πολλές από τις πληροφορίες μας σχετικά με αυτό από πρώην γείτονες των Ράινχαρντ την εποχή που όλα αυτά εκτυλίσσονταν. Είναι ενδιαφέρον ότι οι γείτονες πούλησαν αργότερα τη γη τους στον Ντάνκαν και αυτός έχτισε ένα άλλο εργοστάσιο στη γη τους.

"Αφού οι τρεις Ράινχαρντ μετακόμισαν στο νέο τους σπίτι στην πόλη, τα πράγματα προφανώς ηρέμησαν. Ο Ουάσινγκτον αποφοίτησε από το λύκειο, αλλά δεν πήγε ποτέ στο κολέγιο. Αντ' αυτού, κατατάχθηκε στο στρατό και έγινε στρατιώτης καριέρας. Υπηρέτησε τρεις φορές στο Ιράκ κατά τη διάρκεια του πολέμου του Ιράκ και άλλες δύο φορές στο Αφγανιστάν κατά τη διάρκεια του πολέμου του Αφγανιστάν. Δεν ήταν ελεύθερος σκοπευτής, αλλά σύμφωνα με τα φιλαράκια του που έπιναν εδώ στο Σπρίνγκφιλντ ήταν πολύ εύστοχος σκοπευτής και του άρεσε να σκοτώνει όσους περισσότερους από τους στρατιώτες του εχθρού μπορούσε να βάλει στο στόχαστρό του. Αφού πέθανε ο πατέρας του, επέστρεψε στο Σπρίνγκφιλντ, αφού ολοκληρώθηκε η τελευταία του θητεία, για να ζήσει με την ηλικιωμένη μητέρα του. Προφανώς δεν μπόρεσε να κρατήσει μια σταθερή δουλειά για πολύ καιρό, επειδή υποτίθεται ότι βρίσκεται στα πρόθυρα να χάσει τη μάχη με το μπουκάλι. Ένας από τους μυστικούς μας ντετέκτιβ έχει πιει μαζί του και με τους φίλους του στο μπαρ πρόσφατα, μερικές φορές, και άκουσε τις ιστορίες του Ουάσινγκτον ως ήρωα του πολέμου, καθώς και τη δηλωμένη χαρά του για το γεγονός ότι κάποιος είχε αρκετή πυγμή για να εξοντώσει αυτούς τους άθλιους μπάσταρδους Μόρισον και Σάτερ, που έκλεψαν από τους γονείς του τη γη τους πριν από δύο δεκαετίες.

"Σίγουρα υποψιαζόμαστε ότι είναι αυτός που πυροβόλησε τον Ντάνκαν και τον Ντίτερ. Ο μυστικός μας ντετέκτιβ δεν έχει ακούσει ακόμη κανέναν από τους φίλους που έπιναν ποτό να το δηλώνει πραγματικά, αν και κάποιοι από αυτούς τους φίλους που έπιναν ποτό παραδέχτηκαν σε αυτόν ότι το υποψιάζονται επίσης. Μόλις ακούσουμε κάποιον να δηλώνει κατηγορηματικά ότι ο Ουάσινγκτον πυροβόλησε τον Ντίτερ και τον Ντάνκαν, τότε δεν θα έχουμε κανένα πρόβλημα να βγάλουμε ένταλμα έρευνας για τα κτίρια - το σπίτι, το γκαράζ και την αποθήκη, στην ιδιοκτησία όπου εξακολουθεί να ζει με τη μητέρα του. Όλα αυτά είναι εμπιστευτικές πληροφορίες. Σας παρακαλώ, μην τις μοιραστείτε με κανέναν, ούτε καν με τον Μελ ή τον Μάρσαλ, εντάξει;".

"Εντάξει, το υπόσχομαι".

"Σας ευχαριστώ. Δεν έχουμε τίποτα καινούργιο για τον Ben Λονγκ ή την ΙΑΙ".

"Μου φαίνεται ότι δεν έχουν σημασία, ούτως ή άλλως".

"Το ξέρω, αλλά ούτε εμείς έχουμε πραγματικά στοιχεία εναντίον της Ουάσινγκτον προς το παρόν, παρά μόνο υποψίες".

"Ώρα για τρέξιμο. Ο Μελ μόλις ήρθε να φάει μαζί μου για μεσημεριανό. Τηλεφώνησέ μου αν ακούσεις κάτι. Αντίο."

Η Τσέλιαν έστρεψε την προσοχή της στον Μελ. "Γεια σου, σέξι κούκλε μου", γουργούρισε η Τσέλιαν, καθώς έσφιγγε το σώμα της πάνω στο σώμα του Μελ και δούλευε επιμελώς για να ανάψει τη φωτιά του.

Δούλεψε. Την πήρε στην αγκαλιά του και τη μετέφερε προσεκτικά μέχρι τη σκάλα, για να μην χτυπήσει κατά λάθος το κεφάλι της στο κάγκελο. "Ποιος ήταν στο τηλέφωνο;"

" Ο Ντετέκτιβ Ζέλερτον. Πιστεύουν ότι έχουν έναν

νέο ύποπτο, αλλά είναι πολύ νωρίς για να είναι σίγουροι και όλα είναι ακόμα εμπιστευτικά".

"Θα το καταλάβουν μια από αυτές τις μέρες", είπε ο Μελ, καθώς ελιγμούσε επιμελώς τον αιχμάλωτό του μέσα από την πόρτα της κρεβατοκάμαρας και έκλεισε την πόρτα με το ένα πόδι.

31

Ανησυχώντας για τις πρόσφατες εναλλαγές συναισθημάτων της Τσέλιαν, μόλις ο Μελ επέστρεψε στο εξοχικό του μετά το μεσημεριανό γεύμα, τηλεφώνησε στον παλιό του φίλο ντετέκτιβ Ντιν Γουέστμορλαντ στο Σεντ Λούις.

"Γεια σου Μελ. Νόμιζα ότι θα έπαιρνες έναν ωραίο υπνάκο στην παραλία τώρα".

Ο Μελ γέλασε. "Κάνει πολύ ζέστη γι' αυτό αυτή τη στιγμή, και έχω κάτι που με τρώει και ελπίζω να με βοηθήσεις".

"Ακούω."

"Θυμάμαι πριν από χρόνια ότι είχες ένα μέντιουμ που το συμβουλευόσουν πού και πού όταν ήσουν σε αδιέξοδο σε υποθέσεις. Εξακολουθείς να διατηρείς επαφή μαζί της;"

"Πού και πού, αλλά έχει περάσει καιρός. Τι συμβαίνει;"

"Η Τσέλιαν ήταν κατά καιρούς μια περίπτωση καλαθοσφαίρισης, ειδικά όσον αφορά πιθανές διασυνδέσεις της μαφίας με τη δολοφονία και μια δεύτερη παρόμοια δολοφονία στο Σπρίνγκφιλντ. Ελπίζω να αναμεταδώσω την πενιχρή συλλογή των στοιχείων μας στο μέντιουμ σας και να δω αν μπορεί να εντοπίσει τον δράστη. Θα μπορούσατε, σας παρακαλώ, να προσπαθήσετε να την εντοπίσετε και να με ρωτήσετε αν μπορώ να συνομιλήσω μαζί της για τη δολοφονία του Ντίτερ;".

"Καταλαβαίνω. Αφήστε με να δω τι μπορώ να κάνω".

"Ευχαριστώ, φίλε. Πώς τη λένε;"

"Παρακαλώ. Το όνομά της είναι Μέντιουμ Σαρμέιν ".

Ο Μελ έστρεψε την προσοχή του στον υπολογιστή του και έγραψε μερικές σελίδες του μυθιστορήματός του. Όταν χτύπησε το τηλέφωνο, κατάλαβε αμέσως ότι ήταν η Τσέλιαν, αλλά συνειδητοποίησε ότι δεν ήταν ο ήχος κλήσης της. "Εμπρός".

"Γεια σας. Ο Μελ Χαλντέιν;"

"Ναι."

"Ο Μελ Χαλντέιν, ο διάσημος τηλεοπτικός ρεπόρτερ πρώτης γραμμής;"

"Ποια είστε; Σας γνωρίζω;"

"Όχι ακόμα, αλλά το θα το ήθελες. Είμαι το μέντιουμ Σαρμέιν."

Ο Μελ άφησε μια βαθιά ανάσα. "Συγγνώμη, φοβήθηκα ότι κάποιος από τους θαυμαστές μου κάπου είχε στα χέρια του τον προσωπικό μου αριθμό. Σας ευχαριστώ πολύ που μου τηλεφωνήσατε τόσο σύντομα".

"Παρακαλώ πολύ. Ο φίλος σου ο Ντιν είναι ένας υπέροχος άνθρωπος και όταν μου ζητάει βοήθεια, κάνω πάντα ό,τι μπορώ. Οπότε, ας ακούσουμε τι ξέρεις και θα δούμε αν οι πληροφορίες σου θυμίζουν κάτι στους οδηγούς μου, εντάξει;".

"Σου είπε πολλά ο Ντιν;"

"Όχι. Εγγυήθηκε για σένα και του είπα να μη μου δώσει λεπτομέρειες γιατί ήθελα να τις ακούσω από σένα".

"Υπέροχα. Ο Ντίτερ Μόρισον, ο ιδρυτής και ιδιοκτήτης της Τεχνολογίες Ντίτερ, δολοφονήθηκε πριν από περίπου έξι μήνες στο Σπρίνγκφιλντ, έξω από τα κεντρικά γραφεία της εταιρείας του, αργά τη νύχτα. Μια σφαίρα τοποθετημένη με ακρίβεια διαπέρασε το κρανίο του. Το πτώμα του δεν ανακαλύφθηκε παρά μόνο το πρωί, όταν οι πρώτοι εργάτες έφτασαν για δουλειά. Η αστυνομία του Σπρίνγκφιλντ δυσκολεύτηκε να βρει κάποιο στοιχείο και καταχώρησε τη δολοφονία στο Crime Stoppers. Έτυχε να νοικιάσω ένα εξοχικό σπίτι εδώ στην παραλία Μπράμπλγκροβ την άνοιξη και γνώρισα τη χήρα του Ντίτερ. Γίναμε συνεργάτες και φίλοι. Αργότερα με προσέλαβε για να γράψω τη βιογραφία του Ντίτερ. Η Τσέλιαν, με εμένα στο πλευρό της, επισκέφθηκε όλες τις επαγγελματικές εγκαταστάσεις της εταιρείας στο Σπρίνγκφιλντ, το Σιάτλ και τη Σάρλοτ, με το πρόσχημα της προετοιμασίας για τη συλλογή πληροφοριών για τη βιογραφία, αλλά και για να δούμε αν θα μπορούσαμε να αποκαλύψουμε κάποια πληροφορία που θα μπορούσε να φανεί χρήσιμη στην αστυνομία. Εντάξει μέχρι στιγμής;"

"Ναι. Συνέχισε."

"Στο Σιάτλ ανακαλύψαμε ότι ο Ντίτερ είχε μακροχρόνια σχέση με τη διαχειρίστρια της πολυκατοικίας της εταιρείας, αλλά καμία προφανή σχέση με τη δολοφονία του. Κάποιο συναίσθημα;"

"Δεν υπάρχει σύνδεση."

"Στη Σάρλοτ, ανακαλύψαμε ότι είχε επίσης μια πολύ πιο σύντομη σχέση με τη διαχειρίστρια της πολυκατοικίας της εταιρείας. Ξεκίνησε αφότου ο Ντίτερ και ο σοφέρ του στη Σαρλότ τη διέσωσαν από έναν πολύ βίαιο σύζυγο και την έκρυψαν στην πολυκατοικία. Δεν του άρεσε βέβαια που η γυναίκα του τον άφησε και επανειλημμένα προσπάθησε να επικοινωνήσει μαζί της στην εργασία του στην πολυκατοικία, αλλά δεν μπορούσε να μπει στο κτίριο επειδή δεν είχε την απαιτούμενη κάρτα-κλειδί. Η διαχειρίστρια ήταν αρκετά σίγουρη ότι ο σύζυγός της δεν είχε συναντήσει ποτέ τον Ντίτερ, αλλά φυσικά θα μπορούσε να τον εντοπίσει στα μέσα κοινωνικής δικτύωσης. Ο σύζυγος και ο αδελφός του συζύγου ήταν και οι δύο αλκοολικοί, αλλά ο αδελφός ήταν παλαιότερα σκοπευτής αιχμηρού δόρατος των Navy Seals. Η κουνιάδα δεν πίστευε ότι ήταν ποτέ αρκετά νηφάλιος για να πυροβολήσει κάποιον. Έχεις κανένα συναίσθημα, αυτή τη φορά;"

"Δεν υπάρχει σύνδεση. Συνέχισε."

"Χαίρομαι που το ακούω αυτό. Αυτό εξαλείφει έναν πιθανό ύποπτο. Υπήρχαν προσφορές για την αγορά της Τεχνολογίες Ντίτερ στο παρελθόν και ο Ντίτερ πάντα τις απέρριπτε. Ο Μάρσαλ Γουάιτχεντ, ο πρόεδρος της εταιρείας και στενός φίλος του Ντίτερ, έλαβε πρόσφατα μια άλλη έρευνα για την πιθανή αγορά της εταιρείας από μια εταιρεία εξαγοράς που ονομάζεται Intercontinental Acquisitions Incorporated ή IAI. Ο Μάρσαλ έβαλε κάποιες από τις διασυνδέσεις του να ελέγξουν την IAI και προφανώς είναι πολύ γνωστή στον τομέα αυτό. Αλλά υπήρξαν κάποιες φήμες ότι οι κινεζικές μαφίες ξέπλεναν χρήματα σε νόμιμες επιχειρήσεις και στη συνέχεια χρησιμοποιούσαν την IAI για να αποκτήσουν άλλες επιχειρήσεις σε όλο τον κόσμο. Η είδηση αυτή προκάλεσε υστερία στην Τσέλιαν, καθώς θεωρούσε τον εαυτό της πιθανό θύμα δολοφονίας αν αρνιόταν να πουλήσει το πλειοψηφικό της μερίδιο στην Τεχνολογίες Ντίτερ στον πιθανό αγοραστή. Κάποιο συναίσθημα;"

"Δεν υπάρχει σύνδεση. Συνεχίστε, παρακαλώ."

"Ναι! Χαίρομαι που το ακούω αυτό. Πρόσφατα, ένας άλλος γνωστός και πλούσιος επιχειρηματίας στο Σπρίνγκφιλντ, ο Ντανκ Σάτερ, δολοφονήθηκε με παρόμοιο τρόπο με τον Ντίτερ. Αυτό έστειλε την Τσέλιαν σε υστερία για άλλη μια φορά, θεωρώντας ότι μπορεί να είναι η επόμενη. Έχεις κάποιο συναίσθημα;"

Υπήρξε μια παύση στη γραμμή και ο Μελ υποψιάστηκε ότι η Σαρμέν λάμβανε κάποια σοφία από τους οδηγούς της, οπότε περίμενε υπομονετικά σιωπηλά.

"Ο δράστης, και στις δύο περιπτώσεις, ήταν ντυμένος

στα μαύρα και διάλεγε σκοτεινές νύχτες για να διαπράξει τους φόνους", συμβούλευσε η Σαρμέιν . "Μαύρο σακάκι, μαύρο παντελόνι, μαύρες μπότες και μαύρη μάσκα του σκι. Ως εκ τούτου, δεν μπορώ να δω το πρόσωπό του, αλλά αισθάνομαι ότι είναι το ίδιο πρόσωπο. Ο δολοφόνος είναι κάτοικος της περιοχής του Σπρίνγκφιλντ. Οι αρχές πρέπει να συνεχίσουν να εργάζονται για τη συσσώρευση συνδέσεων μεταξύ των δύο δολοφονιών και σύντομα θα έχουν μια σημαντική ανακάλυψη στην υπόθεση".

"Φανταστικό. Υπάρχει κάτι άλλο που μπορείς να μου πεις;"

"Όχι για τους πυροβολισμούς, αλλά μπορώ να σας δώσω κάποιες ενδιαφέρουσες προσωπικές πληροφορίες, αν θέλετε;"

"Ω." Ο Μελ δίστασε, βαθιά σκεπτόμενος. "Είναι καλά ή κακά νέα;"

Η Σαρμέιν χαχάνισε. "Δίκαιη ερώτηση. Νομίζω ότι θα τα θεωρήσετε καλά νέα, τρομακτικά νέα, αλλά καλά νέα".

"Εντάξει, είμαι μέσα."

"Η φίλη σου είναι κάτι περισσότερο από μια απλή φίλη και σύντροφος για βόλτα, όπως ήθελες να πιστέψω. Δεν μπορείς να ξεγελάσεις το μέντιουμ. Σωστά;"

"Ζητώ συγγνώμη. Δεν έπρεπε να υποβαθμίσω τη σχέση μας, η οποία είναι καταπληκτική, πιστέψτε με, αλλά προσπαθούσαμε να κρατήσουμε μυστική τη σχέση μας, επειδή η Τσέλιαν είναι πρόσφατα χήρα. Αυτό που μπορεί να μην ξέρετε, αλλά τότε μάλλον το ξέρετε, είναι ότι τα τελευταία χρόνια ο γάμος της Τσέλιαν έγινε λίγο πολύ πλατωνικός. Προφανώς έβρισκε την ευχαρίστησή του έχοντας σχέσεις με τους δύο διαχειριστές ακινήτων και ποιος ξέρει με πόσους άλλους".

"Καταλαβαίνω απόλυτα, Μελ, και ξέρω ότι εσύ και η Τσέλιαν είστε απίστευτα ευτυχισμένοι. Αυτό είναι το πιο σημαντικό πράγμα που πρέπει να θυμάσαι. Όταν δύο άνθρωποι είναι απίστευτα ευτυχισμένοι μαζί, είναι προορισμένοι ο ένας για τον άλλον και απλώς χρειαζόταν χρόνος για να βρουν ο ένας τον άλλον σε αυτόν τον κόσμο. Καταλαβαίνεις;"

"Σίγουρα."

"Ωραία. Έχω μια ακόμη πληροφορία για εσάς τους δύο, αλλά θα σας σοκάρει μνημειωδώς. Προτιμάτε να το ακούσετε τώρα ή να το μάθετε αργότερα με άλλο τρόπο;"

"Ωχ. Έχω χάσει αυτό το θέμα. Ας δοκιμάσουμε αυτό: αν ήσουν στη θέση μου τώρα, ποια θα ήταν η επιλογή σου;"

"Θα έλεγα να μου το πεις τώρα".

"Εντάξει, πες μου τώρα."

"Η Τσέλιαν είναι έγκυος."

"Αυτό δεν είναι δυνατόν. Οι γιατροί της είπαν πριν από πολλά χρόνια ότι δεν θα μπορούσε ποτέ να κάνει παιδιά".

"Τα χρόνια μπορούν μερικές φορές να αλλάξουν το σώμα μιας γυναίκας. Φαίνεται ότι αυτό συνέβη και με αυτήν".

"Πόσο είναι;"

"Μόνο μερικές εβδομάδες. Πιθανότατα δεν το γνωρίζει ακόμη, αλλά σύντομα θα παρατηρήσει κάποια από τα στοιχεία. Συγχαρητήρια, μπαμπά".

"Ουάου. Ευχαριστώ για την προειδοποίηση, Σαρμέν, και για όλες τις προηγούμενες πληροφορίες. Πραγματικά το εκτιμώ".

"Παρακαλώ πολύ. Είναι ωραίο που μπορώ να στέλνω πού και πού καλά νέα, γιατί τα περισσότερα τηλεφωνήματά μου για τα αστυνομικά τμήματα καταλήγουν τελικά σε λυπηρά νέα. Επικοινωνήστε ξανά μαζί μου μέσω του Ντιν αν χρειαστείτε περαιτέρω βοήθεια και φροντίστε να μετράτε τις ευλογίες σας. Αντίο". Η Σαρμέιν αποσύνδεσε την κλήση.

32

Ο Μελ καθόταν εκεί στον καναπέ, αναλογιζόμενος τις πληροφορίες που του έδωσε η Σαρμέν. Τα καλά νέα ήταν ότι προφανώς οι αδελφοί Λονγκ και η δυνητική απειλή της κινεζικής μαφίας δεν υπήρχαν πλέον. Δυστυχώς, ο ελεύθερος σκοπευτής του Σπρίνγκφιλντ θα μπορούσε ενδεχομένως να έχει την Τσέλιαν στη λίστα των απολύσεών του. Ας ελπίσουμε ότι η αστυνομία του Σπρίνγκφιλντ θα είχε σύντομα την ευκαιρία που χρειαζόταν για να εξαλείψει και αυτή την απειλή.

Έτσι έμεινε η υποτιθέμενη έγκυος αγαπημένη του. Για χρόνια πίστευε ότι δεν θα γινόταν ποτέ πατέρας στην ηλικία του. Τώρα που φαινόταν ότι αυτό το γεγονός ήταν πιθανό να συμβεί την άνοιξη, η σκέψη ήταν μάλλον συναρπαστική. Ελπίζοντας ότι αυτό δεν θα άλλαζε.

Έτσι έμεινε η Τσέλιαν. Πόσα από αυτά θα έπρεπε να της πει; Πώς θα το δεχόταν; Είχε ένα προαίσθημα ότι τελικά θα ήταν ενθουσιασμένη με το μωρό. Σίγουρα το ήλπιζε. Το ένστικτό του έλεγε ότι δεν θα επέλεγε ποτέ την έκτρωση, τουλάχιστον αν δεν την εγκατέλειπε, πράγμα που σίγουρα δεν επρόκειτο να κάνει. Μετά από μια ώρα ανάλυσης όλων των νέων πληροφοριών που έλαβε, κατέληξε στο συμπέρασμα ότι η άμεση κίνησή του ήταν να μην πει απολύτως τίποτα σε κανέναν μέχρι να το επιβάλουν οι μεταβαλλόμενες συνθήκες. Κλείδωσε την πόρτα και πήγε στο εξοχικό της Τσέλιαν για να δειπνήσει.

Την επόμενη Πέμπτη η Τσέλιαν περίμενε με ανυπομονησία τον Μελ να φτάσει για το μεσημεριανό γεύμα. Συζητούσε με τον εαυτό της αν θα έπρεπε να καλέσει τον ντετέκτιβ Ζέλερτον ή να περιμένει άλλη μια εβδομάδα, όταν χτύπησε το τηλέφωνό της. Παρατήρησε ότι ήταν το αστυνομικό τμήμα του Σπρίνγκφιλντ. "Εμπρός".

"Καλημέρα, Τσέλιαν", είπε ο Τζέραλντ Ζέλερτον. "Ελπίζω όλα να πάνε τόσο καλά εκεί όσο και εδώ", είπε πειράζοντας.

"Έχετε καλά νέα;" ρώτησε ενθουσιασμένη.

"Όχι! Είναι φανταστικά νέα. Έχουμε τον Ουάσινγκτον Ράινχαρντ κλειδωμένο στη φυλακή και του έχουν απαγγελθεί δύο κατηγορίες για φόνο πρώτου βαθμού".

"Ναι! Ναι! Ναι!" φώναζε καθώς χόρευε στο οικογενειακό δωμάτιο με το τηλέφωνο στο αυτί της. "Αυτό είναι φανταστικό. Έχεις χρόνο να μου εξηγήσεις πώς κατέληξαν όλα αυτά;"

"Θα βρω χρόνο. Ο μυστικός μας ντετέκτιβ, ο οποίος θα παραμείνει ανώνυμος, τα κατάφερε όλα. Πήγαινε πιστά στο μπαρ όπου ο Ουάσινγκτον και οι φίλοι του σύχναζαν κάθε απόγευμα την ώρα του δείπνου και εξίσου πιστά τους κερνούσε τη μία κανάτα μετά την άλλη με βαρελίσια μπύρα. Ως μεγάλος σπάταλος, έγινε γρήγορα ένας από τα αγόρια. Πριν από δύο ημέρες, ήταν μόνο πέντε από αυτούς παρόντες, αλλά ο δικός μας συνέχισε να ρέει η μπύρα και ο Ουάσινγκτον είχε αρχίσει να φορτώνεται καλά.

"Ο δικός μας τον ρώτησε κάτι σαν, πώς ήταν να σκοτώνει τόσους πολλούς εχθρούς μαχητές όταν ήταν στο στρατό. Ο Ουάσινγκτον άρχισε να μοιράζεται μερικές από τις αγαπημένες του αναμνήσεις από τις απολαυστικές του δολοφονίες. Ήταν τόσο απορροφημένος από τον κομπασμό του, που συμπεριέλαβε στη λίστα με τα αγαπημένα του τον πυροβολισμό του Ντίτερ και του Ντάνκαν. Όλο το τραπέζι σιώπησε και ο δικός μας αναρωτήθηκε αν ο Ουάσινγκτον θα ανακαλέσει το τελευταίο κομμάτι, αλλά εκείνος απλώς είπε: "Ναι, το έκανα και χαίρομαι που το έκανα".

"Η παρέα τελείωσε γρήγορα τη νύχτα και ένα από τα παιδιά πήγε τον Ουάσινγκτον σπίτι του, επειδή δεν ήταν καθόλου νηφάλιος για να οδηγήσει. Φυσικά, ο δικός μας έχει τα ονόματα των άλλων τριών μαρτύρων. Χθες το πρωί πήγαμε στο δικαστήριο και πήραμε ένταλμα έρευνας για τα κτίρια στην ιδιοκτησία του Ράινχαρντ. Βρήκαμε δύο κυνηγετικές καραμπίνες μεγάλου βεληνεκούς κρυμμένες κάτω από ένα σωρό σκουπίδια στην αποθήκη τους. Θυμάστε όταν σας είπα ότι δεν ήμουν και πολύ ευχαριστημένος με τις βαλλιστικές εκθέσεις για τις δύο σφαίρες;".

"Ναι."

"Οι αναφορές έδειξαν ότι οι σφαίρες ήταν πανομοιότυπες, μόνο που δεν είχαν πυροδοτηθεί από το ίδιο όπλο, γεγονός που, όπως μπορείτε να φανταστείτε, μας ανησύχησε. Ο Ουάσινγκτον και ο πατέρας του πήγαιναν συχνά μαζί για κυνήγι, όταν ο Ουάσινγκτον ήταν σε άδεια, οπότε ο καθένας τους είχε πανομοιότυπα όπλα. Υποθέτω ότι ήταν αρκετά έξυπνος ώστε να χρησιμοποιήσει δύο διαφορετικά όπλα όταν πυροβόλησε τον Ντίτερ και τον Ντάνκαν, για να τον βοηθήσει να κρατήσει τις υποψίες μακριά του. Ευτυχώς, ξέχασε ότι τα καλά λαδωμένα χείλη δυσκολεύονται να κρατήσουν μυστικά".

"Τζέραλντ, αυτά είναι φανταστικά νέα. Σε ευχαριστώ πολύ για όλα όσα έκανες και να είσαι σίγουρος ότι θα δώσεις ένα ιδιαίτερο ευχαριστώ από μένα στον μυστικό ντετέκτιβ που τα κατάφερε όλα αυτά".

"Παρακαλώ πολύ, Τσέλιαν, και σίγουρα θα στείλω το ευχαριστώ σου στον μυστικό ντετέκτιβ μας, που σπάει το παιχνίδι. Απολαύστε το υπόλοιπο του καλοκαιριού σας στην παραλία".

Η Τσέλιαν μοιράστηκε με ανυπομονησία τα νέα της με τον Μελ όταν έφτασε. Με το τεράστιο βάρος που έφυγε από τους ώμους της, χοροπηδούσε στο σαλόνι σαν μίνι ανεμοστρόβιλος.

Η Τσέλιαν, με τη βοήθεια τουΜελ, διοργάνωσε ένα υπέροχο εορταστικό πάρτι με μπάρμπεκιου και φωτιά για όλους τους φίλους της το βράδυ του Σαββάτου, με ένα τόνο φαγητό, συμπεριλαμβανομένων φιλέτων, και όλα τα ποτά με αλκοόλ που θα μπορούσε κανείς να αντέξει. Εκείνη και ο Μελ σύρθηκαν στο κρεβάτι μετά τις δύο το πρωί, αλλά όσο κουρασμένη κι αν ήταν, δεν είχε καμία πρόθεση να παραλείψει το συνηθισμένο τους καβγαδάκι πριν τον ύπνο. Και πρόσθεσε πιστά σε αυτό μέσα στη νύχτα κάθε φορά που τύχαινε να είναι ξύπνια.

Η Τσέλιαν άνοιξε τα μάτια της και κοίταξε το ρολόι. Έδειχνε δώδεκα και δεκαπέντε το απόγευμα. Κοίταξε τον Μελ, που κοιμόταν ακόμα βαθιά και ακούμπησε το γυμνό της σώμα πάνω στο δικό του. Της άρεσε το γεμάτο κεφάλι του με τα κυματιστά, ανοιχτόχρωμα καστανά μαλλιά και πέρασε απαλά τα δάχτυλά της μέσα από αυτά, ξανά και ξανά, μέχρι να αναστατωθεί.

Ο Μελ άνοιξε κουρασμένος τα μάτια του με ένα χαμόγελο στα χείλη. "Καλημέρα, όμορφη".

"Καλησπέρα, όμορφε."

"Είναι πραγματικά τόσο αργά; Έκανες φοβερό πάρτι χθες το βράδυ, αγαπητή μου".

"Και κάναμε ένα φοβερό πάρτι μετά το τέλος του. Φαίνεται ότι είδα το πιο παράξενο όνειρο κάποια στιγμή μέσα στη νύχτα".

"Ω!" είπε ο Μελ προσπαθώντας να μην χαμογελάσει. "Πες μου γι' αυτό".

Αγκάλιασε το σώμα της κοντά στο δικό του και του ψιθύρισε στο αυτί: "Ονειρεύτηκα ότι μου έκανες πρόταση γάμου κάποια στιγμή κατά τη διάρκεια της νύχτας".

"Ω. Θυμάσαι αν δέχτηκες την πρόταση;"

"Φυσικά, δέχτηκα".

"Μάντεψε τι; Δεν ήταν όνειρο", ψιθύρισε εκείνος χαμογελώντας από αυτί σε αυτί.

"Είμαστε πραγματικά αρραβωνιασμένοι;" Η Τσέλιαν ούρλιαξε.

"Εκτός αν θέλεις να αλλάξεις γνώμη".

Η Τσέλιαν πέταξε το σεντόνι πίσω όσο πιο μακριά μπορούσε να πετάξει και αμέσως έπεσε πάνω στο γυμνό σώμα της Μελ. "Πρέπει να το κρατήσουμε αυτό το μυστικό μας για λίγο, μέχρι να είναι πρέπον για μια πενθούσα χήρα να συνεχίσει τη ζωή της". Έσκυψε και φίλησε σαγηνευτικά το Μελ μέχρι να νιώσει την επιθυμητή αντίδραση από κάτω της. "Τώρα έχουμε κάτι άλλο να γιορτάσουμε, νέα μου αγάπη".

Ο Μελ ήταν αρκετά σοφός ώστε να αγνοήσει προς το παρόν το σχόλιο της Τσέλιαν για τη μυστικότητα και να αφεθεί στην απόλαυση της στιγμής.

Αγαπητέ αναγνώστη,

Ελπίζουμε να σας άρεσε η ανάγνωση του *Ένας Λόγος Για να Ζω*. Παρακαλούμε αφιερώστε λίγο χρόνο για να αφήσετε μια κριτική, ακόμη και αν είναι σύντομη. Η γνώμη σας είναι σημαντική για εμάς.

Με τους καλύτερους χαιρετισμούς,

Doug Simpson και η Ομάδα του Next Chapter

ΣΧΕΤΙΚΆ ΜΕ ΤΟΝ ΣΥΓΓΡΑΦΈΑ

Ο Doug Simpson είναι συνταξιούχος καθηγητής λυκείου που έχει στρέψει το ταλέντο του στη συγγραφή. Το πρώτο του μυθιστόρημα, ένα πνευματικό μυστήριο με τίτλο Soul Awakening, εκδόθηκε στις Ηνωμένες Πολιτείες τον Οκτώβριο του 2011.

Άρθρα του σε περιοδικά και ιστότοπους έχουν δημοσιευτεί από το 2010 έως σήμερα στην Αυστραλία, τον Καναδά, τη Γαλλία, την Ινδία, το Μεξικό, τη Ρωσία, τη Νότια Αφρική, το Ηνωμένο Βασίλειο και τις Ηνωμένες Πολιτείες.

Ένας Λόγος Για να Ζω
ISBN: 978-4-82416-802-3
Χαρτόδετο χαρτί μαζικής αγοράς

Εκδόσεις
Next Chapter
2-5-6 SANNO
SANNO BRIDGE
143-0023 Ota-Ku, Tokyo
+818035793528

7 Φεβρουάριος 2023